U0925712

劉大風

黄泽岭　　赵文泽　编著

中国文史出版社

图书在版编目（CIP）数据

刘大风 / 黄泽岭，赵文泽编著. -- 北京 : 中国文史出版社，2021.7

ISBN 978-7-5205-3067-5

Ⅰ. ①刘… Ⅱ. ①黄… ②赵… Ⅲ. ①传记文学－中国－当代 Ⅳ. ①I25

中国版本图书馆CIP数据核字（2021）第128070号

责任编辑: 梁玉梅

出版发行: 中国文史出版社
社　　址: 北京市海淀区西八里庄路69号　邮编: 100142
电　　话: 010-81136606　81136602　81136603(发行部)
传　　真: 010-81136655
印　　装: 山东麦德森文化传媒有限公司
经　　销: 全国新华书店
开　　本: 710mm×1000mm　1/16
印　　张: 20.75
字　　数: 241千字
版　　次: 2021年9月北京第1版
印　　次: 2021年9月第1次印刷
定　　价: 69.80元

——谨以此书，献给中国共产党成立一百周年

春风化雨润心田，红色基因永传承。为使广大青少年充分了解中国共产党带领中国人民艰苦奋斗的历史，追寻革命先辈的足迹，继承共产党人的优良传统，引导他们听党话、感党恩、跟党走，厚植爱党爱国爱社会主义情怀，值此中国共产党成立一百周年之际，特编《刘大风》一书，以助力党史学习教育。

政协濮阳市委员会　　中共濮阳市委宣传部
中共濮阳市委党史研究室　　濮阳市社会科学界联合会
共青团濮阳市委　　濮阳市文广体旅局
濮阳市教育局　　濮阳市地方史志办公室
濮阳市教育发展基金会　　濮阳市阅读促进会

编审委员会

濮阳市佛善村第一党支部纪念馆

2020 年 3 月被定为濮阳市爱国主义教育示范基地

2021 年 6 月被中共河南省委党史研究室定为河南省中共党史教育基地

1950 年春于商丘

1943 年于涉县（前排左一刘大风）

1949 年同商丘地委领导在一起（后排左二刘大风）

1951 年在开封同河南军区领导合影（前排右一刘大风）

1977 年 10 月华北军区烈士陵园留念（后排左五刘大风）

1980 年冬于广州从化温泉同省纪委同志合影
（右二刘大风）

1980 年前后同战友聚会广州参观孙中山先生故居陈列馆（前排左三刘大风）

1983 年 10 月于邯郸峰峰矿区（右二刘大风）

1983 年 10 月同安阳地区领导合影（前排右三刘大风）

1983 年 10 月在南乐县委大院，同县领导及有关同志合影
（前排右五刘大风）

1985 年 5 月 22 日参加直南直鲁豫党史座谈会（右三刘大风）

青年时期刘大风全家照

中年时期的刘大风与夫人

晚年时期的刘大风与夫人

前 言

刘大风（1906—1986），河南省南乐县近德固乡佛善村人，1926 年加入中国共产党，是南乐县第一个共产党员，也是濮阳最早的共产党人之一。

在庆祝中国共产党百年华诞之际，为缅怀这位老一辈革命者的英雄事迹，继承和发扬他一生追求革命真理，为共产主义事业奋斗终生的伟大精神，现编纂出版《刘大风》，以助力党史学习教育，重温红色历史，铭记革命精神，不忘初心，砥砺前行。

刘大风在学生时代就具有强烈的爱国主义精神，为追求救国救民的真理，百折不挠，矢志不渝。在大名七师求学期间，他时常关心时局，勤奋好学，勇于发表自己的政治见解，不论学习成绩还是思想品德，都是名列前茅，时被称为“濮阳八才子”之一。五卅运动爆发后，刘大风积极参加领导了大名各校的反帝爱国活动，他登台演讲，慷慨激昂，很快成为当地著名的学生领袖，也是大名七师最早的共产党员和第一任党支部书记。

刘大风是濮阳党组织和抗日武装的创始人。1927 年 4 月他主持建立了濮阳第一个党支部——南乐县佛善村党支部；同年 9 月，他以顺直省委特派员的身份筹建了中共濮阳县委并首任书记。七七事变后，他以临时直南特委书记的身份到濮阳一带，恢复了直南各县遭到严重破坏的党组织，并组建了直南第一支地方抗日武装——四支队。1938 年初，中共直南特委正式成立，刘大风任副书记。同年 3 月，在直南“肃托”问题上，由于他坚持正确原则，受到错误处理，离开直南去延安抗大学习。此后，他以“安心工作，久而自明”来自勉，并将名字改为“安明”。

在革命的洪流中，刘大风无所畏惧。在他的身上，时刻充满了理想信仰的力量。他一生经历了土地革命战争、抗日战争、解放战争以及社会主义建设各个时期，受尽了磨难，受尽了冤屈，受尽了挫折，历经坎坷，饱经风霜。但他始终坚信共产主义，坚信马列主义，坚信毛泽东思想，坚信共产党的领导，坚信社会主义道路。这种坚信，正是老一辈革命者矢志不渝的理想信念。

刘大风的精神世界是丰满的。他从追求革命、探索真理到实践革命、坚信真理，做到了锲而不舍、无怨无悔。

刘大风的理想信仰是牢固的。无论环境多么艰苦，无论革命多么曲折，他从不动摇，从不疑虑。

刘大风的品行操守是高尚的。他从不怨天尤人、自暴自弃，即便受到不公正待遇，也始终坚持自信自重自强，绝不气馁，绝不抱怨。

刘大风的作风毅力是过硬的。他坚持原则，忠诚可靠，党叫干啥就干啥，从不讲个人利益，一切行动听指挥。

刘大风一生正直无私，廉洁奉公，始终严格要求自己的子女不能把组织内部个别人带给他的不公正归咎于党。他临终前嘱咐子女：“我干了一辈子革命，深刻认识到只有共产党才能使中国富强。你们一定要跟着党走，不要为我以前的问题抱怨任何人，组织上已经做过正确结论了。”体现了老一辈革命者的高尚情操。

目 录

第三辑　书信·讲话·诗词

第四辑　亲友怀念集

第五辑　缅怀诗词·题联

附　录

概 述

冀鲁豫革命根据地（又称冀鲁豫边区）位于太行山以东，泰山以西，是河北、山东、河南的交界处，是中国共产党在抗日战争期间创建的敌后抗日根据地之一。其中濮阳一带始终是冀鲁豫边区的中心区。特别是边区党政军领导机关的所在地濮（县）、范（县）、观（城）地区，被誉为“钢铁濮、范、观，华北小延安”。濮阳因此成为革命老区。

冀鲁豫边区是一个具有较好的群众基础和光荣革命传统的地方。地处三省边缘，敌人统治力量比较薄弱，经济、文化比较落后，匪患猖獗，处于水深火热之中的贫苦农民，渴望翻身得解放，为中国共产党在这里开展工作提供极好的客观条件。1927 年 4 月，濮阳市最早的党组织——中共佛善村党支部建立。它的建立及领导的早期农民运动，唤起了大批群众的觉醒，发展壮大了党的组织；佛善村党支部带领群众同地主豪绅开展的一系列反压迫、反剥削的斗争，推动了濮阳地区早期农民运动的发展，在某种意义上为后来大规模的革命斗争奠定了思想基础和组织基础。

此后，党的组织逐步发展壮大，境内各县均建立县委。在地方党组织的领导下，群众运动蓬勃发展，先后发动濮阳“二一五”农民革命斗争、盐民斗争、小学教师增资运动、姚家暴动等革命斗争。

抗日战争爆发后，中共中央北方局指示冀鲁豫边区特委迅速恢复和建立大名以南各县党组织，重新建立直南特委，广泛发动群众参加抗日斗争，建立共产党领导的抗日武装，开辟敌后根据地。1937 年 10 月，中共直南临时特委先后恢复和建立中共南乐县工委、清丰县委、濮（阳）内（黄）滑（县）县委和濮（阳）滑（县）工委。11 月，在南乐县留固店成立直南特委领导的河北民军第一路军四支队。之后，又成立河北省濮阳专区民军第八大队、直南特委游击第二支队、黄河支队、豫北大队等近 30 支抗日武装。同月，中共直南特委在清丰县古城正式建立，领导清丰、南乐、大名、濮阳、长垣、东明、内黄、滑县、浚县、汤阴、淇县等县，共有党员 1200 余人。直南特委一方面发动民众抗日救亡，扩大抗日武装；另一方面积极开展统一战线工作，同国民党河北省濮阳专员丁树本达成合作抗日的协议。同时，对各县有影响的开明士绅、社会名流进行争取、团结工作，影响和带动广大群众抗日，建立边区抗日救国会等群众抗日救亡组织。为扩大抗日武装和开展群众性的游击战争，提供雄厚的人力、物力保障。1939 年 2 月，第一一五师三四四旅代旅长杨得志奉命率旅直属队 100 多人，进驻濮阳、内黄、滑县交界的沙区井店一带同该旅特务团、独立团会合。为统一指挥主力部队和地方游击队，3 月 9 日成立冀鲁豫支队，将独立团、特务团、直南特委游击第二支队等编为一、二、三、四、五大队等 5 个大队，约 4700 人。至年底，冀鲁豫支队扩大到 1.7 万人，为开创冀鲁豫抗日根据地奠定了基础。此时，在国民党反共政策的驱使下，丁树本的立场逐步逆转，不断制造同中共直南党组织的摩擦。1939 年底至 1940 年春，国民党顽固派掀起第一次反共高潮。国民党第三十九集团军总司令石友三，在直南、冀鲁豫区杀害大批抗日军民。面对国民党顽固派长期制造摩擦和寻衅的严重局面，八路军发起反顽讨逆战役，歼灭石友三、高树勋、孙良诚、丁树本等部 1.5 万余人，冀鲁豫区全部被八路军所控制。在取得反顽讨逆战役胜利的同时，清丰、南乐、濮阳、濮县、范县、寿张等县相继建立抗日民主政府。1940 年 4 月 17 日，冀南六县代表在清丰县安庄（今属濮阳市区）开会，成立冀南六县行政督察专员公署。4月18日，中共冀鲁豫区党委在清丰县王什村成立。次年1月，冀鲁豫军民300余人在内黄县张固村召开军民代表大会，成立冀鲁豫边区行政主任公署。冀鲁豫区党委和行署的建立，标志着冀鲁豫抗日根据地的初步形成。

1940年至1942年，由于敌人在华北推行“强化治安运动”，不断对根据地进行“扫荡”，加之蝗灾、旱灾等自然灾害的侵袭，根据地日渐缩小，进入最困难时期。

1940年6月5日，日本侵略军共800余人，在汽车、坦克配合下，分三路向濮阳西南一带进击。八路军第二纵队新三旅八团毙伤敌400余人，击毁汽车25辆。同年6月10日，敌人2万余人分12路向清丰、濮阳一带合击，抢占清丰县、南乐县、濮阳县、内黄县、长垣县、滑县，并在滑县、浚县等地建立据点30余处，初步形成对根据地的包围。6月28日，同日本侵略军达成密约的石友三部3万余人，重新占领濮县县城和濮阳、清丰、观城、范县一带。反动会道门快刀会和土匪武装也乘机发展起来，形成日、伪、顽、会、匪“五鬼”闹边区的局面。7月11日，根据八路军总部命令，由宋任穷、肖华、杨得志、杨勇组成的讨匪司令部，指挥左、中、右三路大军，对再犯根据地的石友三部进行反击。11月17日，八路军在范县坊子铺、濮县颜村铺一带重创顽军，共毙伤敌2700余人。从8月中旬开始，八路军各部采取政治、军事双管齐下的方针，配合地方党组织和政府，以各种方式开展对顽军和反动会道门的攻势。8月30日，鲁西独立支队在范县西南道口村一带，歼灭外出抢粮的石友三部一八一师700余人。9月3日，该支队在濮阳南部的郭龙、小濮州、大小屯一带，将给石友三部队送给养的顽军一个团大部歼灭，俘国民党军校学生120余人。濮阳县、濮县、范县等县委和县政府，组织武工队、县大队、民兵等，积极配合主力孤立顽军据点，消灭零星外出抢粮、抓丁的顽军。11月底，直南一带的反动会道门相继瓦解。12月4日，顽军石友三部发生“石高内讧”事件，高树勋将石友三处死，国民党第三十九集团军内部互相倾轧，分崩离析。12 月，中央纵队收复观城，右纵队的南进支队攻取濮县东北古云集，歼灭高树勋、孟昭进部队 2000 余人，将高树勋军队压缩在濮县城及周围四五十里的狭小地带，从而转变冀鲁豫根据地的斗争形势。

1941 年 4 月 12 日，8000 余名日本侵略军和 1.5 万名伪军分 5 路对濮、内、滑交界处的沙区进行血腥“扫荡”，杀害群众达 3400 余人，制造惨绝人寰的“四一二”大惨案。各县抗日武装紧密配合主力部队，开展反“扫荡”斗争。军区独立团六连副连长何尚及 6 名战士，在与部队失掉联系、陷入包围后，仍坚持战斗，被誉为“打通沙区的七勇士”。冀鲁豫沙区外围军民积极配合，四面出击，打击敌人。在内外线军民的打击下，敌人被迫于 20 日撤出沙区。1942 年 9 月 27 日，日伪军万余人，分 8 路包围濮范观中心区，妄图消灭边区领导机关和主力部队。经过 18 天战斗，终于粉碎敌人的“扫荡”。在粉碎敌人多次“扫荡”的同时，在根据地内部，以各种形式，发动军民开展减租减息、生产自救运动，以减轻人民负担，使抗日根据地军民战胜前所未有的大灾荒，度过抗日战争最困难的时期。

1942 年年底，区党委在组织上加强党的一元化领导，实行精兵简政，同时普遍开展整风运动。在群众工作上，认真总结濮县、范县开展民主民生斗争的经验，在全区开展民主民生斗争。在对敌斗争上，贯彻“敌进我进”的方针，以主力部队为骨干，组织大批游击队和武工队，深入敌占区和游击区活动，打击日伪军。1943 年，随着日军在太平洋战场上的失利，抗日根据地进入恢复和再发展时期。1943 年 11 月，八路军采取“掏心战术”，奇袭孙良诚总部驻地八公桥，俘伪参谋长甄纪印及官兵 3200 余人。八路军各部队、地方武装、民兵乘势展开猛烈的反“蚕食”作战，在纵横 200 余里的广大地区，先后拔除日伪军据点 100 余处，歼敌数千人，使边区中心区同第二、四、五分区连成一片。1944 年，八路军在敌后战场开始局部反攻。同年 5 月 29 日晚，八路军突袭清丰县城，活捉伪冀南道尹薛兴甫及伪县长、警察所长共40余名，伪军1300余名，清丰解放。10月，日伪军出动万余人，分别“扫荡”南乐、清丰、濮阳等县。冀鲁豫军民奋起反击，收复濮阳县城及周围地区，平毁大小据点30余处。12月，冀鲁豫八分区七团，配合分区炮兵连、特务连，奇袭寿张县城，全歼伪军400余人，解放寿张县城。

1945年4月，自清丰、濮阳等县解放后，冀鲁豫抗日根据地中心区与沙区连成一片。同年4月24日，冀鲁豫八分区发起南乐战役，歼灭日伪军3300余人，攻克南乐县城，拔除南清店、五花营等大小据点29处，解放南乐县和大名县以北、广平县以东的地区，使冀鲁豫根据地南北连成一片。8月中旬，冀鲁豫南北中三路大军对日伪展开大反攻。经过一个半月的反攻作战，到9月底，东起津浦线，西至平汉铁路，南到新黄河，北连德石线，纵横千余里的广大地区全部被八路军所控制。8月15日，日本天皇宣布无条件投降，9月2日，日本新任外相重光葵代表日本天皇和政府、陆军参谋长梅津美治郎代表帝国大本营在投降书上签字。至此，抗日战争胜利结束。

解放战争时期，冀鲁豫边区是对敌作战的主要战场，是刘邓大军揭开战略进攻序幕、挺进大别山的前沿阵地，也是第二、三野战军同国民党逐鹿中原的后方基地之一。濮阳地区人民在各级党组织的领导下，贯彻中央“五四”指示，掀起大规模的土地改革运动，经过1946年的土改和1947年的复查，彻底平分地主富农的土地。仅清丰一县，就从地主富农手中夺回土地11.6万余亩。之后，境内各级党组织又及时领导广大农民，掀起参军支前的高潮。1947年6月30日，刘邓大军从濮阳到山东东阿县150公里黄河岸线上强渡黄河，挺进大别山，揭开全国战略进攻的序幕。沿黄各县共出动民工120余万人次，有3.7万人参军作战，修造大批船只，动员所有船工，保证粮秣供应。1949年4月，范县、寿张人民又赶造船只，在今台前县孙口渡河处架起一座公路式的浮桥，完成协助第四野战军40万人渡河的任务。仅1947年下半年，濮阳地区各县就有5万余名青壮年参军入伍，同时出动大批担架、民工，参加济南、淮海等战役。1949年春，清丰县、南乐县、濮阳县共800余名干部奉命南下江西、贵州，开辟新区，建立政权。

南乐县政协党组书记、主席　黄泽岭

第一辑 革命征程杂忆

刘大风

生平自述

我叫安明，学名刘介风，后叫刘大风，1906年2月18日出生在河南省南乐县佛善村一个中农家庭里。父亲刘建午是个勤劳刻苦的农民。祖父刘清心是一位拘拘谨谨教私塾的晚清秀才。我从6岁起即随祖父读私塾，9岁丧母，与胞妹依赖祖父母生活，13岁读高小，1923年秋考入设在大名的直隶省立第七师范学校（下简称为大名七师）。

大名县是当时直隶重镇，道尹公署、镇守使署、直隶高等法院分院均设在大名；也是直南的文化中心，省立十一中学、省立七师、五女师均设在大名；又是美、法教会根基牢固的地方。而广大农村则是灾荒频仍，民不聊生，北洋军阀连年混战，到处拉兵派夫，广大人民已无法继续生活，反帝反封建的任务极为突出。另一方面则是中共统战政策的确立，国共第一次合作的局面出现，北方国民革命军运动的兴起，都给社会及广大师生以较大的影响。

大名七师校长谢台臣、教务主任晁哲甫、训育主任王振华等都很注意教育改革，深受五四运动影响，提倡“以作为学”，注重科学民主，全校师生互教互学，团结融洽，读书自由，生活愉快，对国民革命军运动积极支持。五卅运动中，全校学生联合大名各校师生游行示威，通电募捐，和全国一起参加了反帝的斗争。1926年7月，北伐战争顺利开展时，原在开封进行地下工作的中共党员冯品毅同志，因开封环境恶劣，回到家乡与七师学校负责人进行了联系。当时大名驻军是直鲁联军谢玉田师，大名的白色恐怖亦较严重。但谢台臣校长却毅然决定聘请冯品毅到校任英语教员。冯到校后积极进行党的工作，于 10 月间同时介绍我和赵纪彬、李大山加入中国共产党，并组成七师特别支部，我为支部书记，负责日常党的工作。从此，党的工作即很顺利地开展起来。在 1927 年 1 月放寒假前，已发展的党员有：石仙洲、解蕴山、成润、吴益普、李渭川、朱子欣、裴志耕、郭仪安等同志，并决定寒假期间在农民中发展党员，建立组织，从此各县农村中也开始有了党员和党的工作。

3 月初我由当时的北方区介绍到武汉中央农民运动讲习所受训，在夏斗寅叛变企图偷袭武汉时，全所曾编为中央独立师第三营，担任武昌城北方一带的警戒任务，农讲所于 6 月底结业后，我经上海回天津，8 月间以顺直省委特派员的身份派回大名各县工作。不久八七会议文件即到了直南。因工作刚开始未能执行秋收起义指示，主要是组织领导农民日常的经济斗争、发展党员建立农村的党组织，由大名、南乐、清丰、濮阳合组县委会，因在濮阳成立就叫濮阳县委。不久移至南乐，即改称大名县委，书记是农民刘峰同志，实际上负责工作的仍然是安明。

大名七师情况则是安明赴武汉学习之后不久，即由北方区决定成立大名地区特支，派来李素若任书记，李大山和赵纪彬分任组织、宣传工作，谢台臣、晁哲甫、王振华三位学校主要负责人于 1927 年 4 月间同时入党，七师的党员又有很大发展；6 月间因红枪会进攻大名而停课，师生分头深入农村工作，这样又使七师的党与农民取得进一步的结合，濮阳的千口、化村、井店党的工作开展，大名儒家寨、谢化寨等地工作的建立，南乐佛善村、石任村等村斗争的开展，都可以说明这种情况。另有七师分散下去的个别党员也在农村发展，这种分散的情况下，除利用一定的会议形式传达布置工作外，到各村去检查联系最多的是我。

1928 年秋我赴天津汇报后，见到隆平的朱林森、磁县的王子青，这对沟通隆平、磁县、大名各县党的关系起了一定的作用。到1929年4月陈潭秋同志在邢台召开的直南党的活动分子会上，决定成立邢台中心县委，领导邢台、任县、南和、隆平、南宫、巨鹿、磁县、大名、濮阳、清丰、南乐等各县党的工作，并由我任中心县委组织部长。

直南特委成立于1930年4月间，领导范围仍和邢台中心县委一样，特委组织部长仍由我继任，书记是冯和斋，上级常驻代表是郝青玉。这时立三路线的精神已传达到直南，因而有磁县岳城镇五一节的暴动、南乐麦收暴动，但都失败了。我当时既是“立三路线”的执行者，给当地工作造成了不应有的损失；同时也对“左”倾路线产生一些怀疑。其中，开除七师学校领导谢台臣、晁哲甫、王振华的党籍，事先我并不知道，而是由郝青玉、冯和斋决定的。这种家长制的领导作风我很反感。在六届四中全会后，以更“左”的方式批判“立三路线”和三中全会调和路线时，我曾提出开除七师谢、晁、王的党籍问题应重新研究，意思是不同意当时的开除，这样又闯了大祸，说我是陷入谢台臣老右倾机会主义泥坑而不能自拔，不允许我申辩就给予我最后警告处分，若不向党内作开公检讨就开除我党籍，迫使我进行检讨并向直南全党公布。

当时直南特委驻在磁县城关和马头镇一带，1930年底，我又兼任磁县县委书记。这时批判立三路线的工作已开始，而更“左”的王明“左”倾路线也开始积极推行，基层群众和农村党员干部的思想上都有些害怕情绪，对“开展游击战，创造新苏区”等口号听不进去。九一八事变后反帝情绪则较为高涨。我们只能发动群众开展经济斗争，在学生和知识界中组织反帝大同盟。当时，濮阳、滑县、内黄一带发动了十数万盐民的反长芦盐巡的斗争并取得胜利；磁县煤矿工人为要求增加工资而进行了罢工；磁县西部数十村庄运磁工人小车社举行数千人的示威游行，取得了初步胜利。以上这些群众斗争，我都参加了领导工作。1932年秋，执行“左”倾路线的上级领导同志又来到了直南，看到磁县小车社群众的斗争热情，他们便决定以小车社工人为基础，定期夺取附近民团武装，开展游击战争。结果集中起来部分小车社工人后，夺取枪支的计划还未实施，就被地方民团包围，王维纲、唐老寿、马载等10多位同志被捕，特委也不便在磁县活动而移驻邯郸，这是王明“左”倾路线给直南工作造成的一次损失。这些开展游击战争的准备工作，我都参加了，只是为了发动各地配合才没有直接参加游行队伍。

到六河沟煤矿做矿工，这是执行1933年3月间特委的决定，调我到六河沟煤矿参加劳动生产，当然是免去了特委组织部长的职务，当时那里工作习惯是不说明原因，这是由王子青作出的决定。其实我也愿意去锻炼一下，经过纪得贵、吴玉山的介绍，在观台井下推矿车，开始很艰苦，几天后也就习惯了，身体还可以支撑。这期间曾有三次罢工都未能坚持下去。7月初的一天，我在漳河桥南岸张贴自写的罢工标语时（要求增加工资到五毛三），被观台警察局查住而被捕。审讯时，我始终坚持说：“我不认字，是别人给我的。”在观台审问一次后被送往安阳监狱。到安阳后，因我一直坚持原口供，并与敌人进行合理合法斗争，结果于1934年2月被宣布无罪释放。这一段的监狱生活，使我对国民党的监狱制度有了切身体验。同时一块儿住监狱的还有七师学生张太林和另一位罗某，不久他们也都无罪释放。5月间，我回到特委见到了王子青、王卓如，便派我到濮阳中心县委任组织部长。当时我的情绪有点消沉，工作环境也比较艰苦，与党组织失去联系后我就到新乡教书去了，当时的想法是先休息一下再说，实际上是动摇逃跑。到1936年，王维纲同志在北平越狱后，找到我那里，我们才又去找组织接上了关系。

七七事变后，我由直南特委恢复关系后，直接受北方局代表朱瑞领导，10月间被派回大名及以南各县，负责恢复那里中断的党组织，同时建立和发展当地的抗日武装。当时刘汉生、王从吾、张增敬等同志先后出狱，我就及时与他们取得了联系。当月，我们就在清丰、南乐一带，利用高树勋给的名义成立了河北抗日民军第四支队；在井店、千口、化村一带，利用丁树本给的名义成立了抗日八大队。两支武装合编，有400余人近300支枪。这是特委直接领导下一支土生土长的人民抗日武装力量，也是我党根据形势需要，应广大人民群众保家卫国的要求而建立的当地第一支抗日武装力量。不久，朱瑞同志又派来三位老红军干部到四支队分任军事指挥工作，我任四支队的副支队长，实际上是做政委工作。年底大名以南特委正式成立，朱则民任书记，我任副书记，王从吾、刘汉生分任特委组织、宣传部长。

1938年2月间，在小濮洲与日寇的遭遇战中，敌遗尸4具、军需品1部。第三天，在常庄战斗中，与日寇激战一整夜，将其击退。两次战斗，对当地群众影响很大，对四支队战力的提高也有极大帮助。

3月中旬，在错杀所谓托派王冠儒、李素若的问题上，未经特委讨论，朱即认定王、李确是托派，应即加以暗杀。我则认为他们是托派的证据不足，坚决不能采用暗杀的手法。因而给予我停止党籍三个月的处分，我便到延安去学习。我走后不久，他们即被杀害（现都予以平反）。我到延安后，向少奇同志报告经过，提出申诉意见。不久中组部罗少华同志和我一起晋见少奇同志。少奇同志严厉地批评了朱的做法是方针性的错误，并提出纠正的办法，即送我到抗大三大队学习。12月初结业之后，我随李大章同志到晋东南，当时朱瑞同志是北方局组织部长，他根据朱则民提供的报告材料，又停止了我的党籍，我被派到太行区党校教书。这时我思想上很不通，但只能安心工作，久而自明，从此就改叫安明了。以后也曾多次提出过申诉意见，均未见答复。直至1941年10月路遇李大章同志对我说："你的问题早解决了，中央有电报来，你快去北方局。"到那后，李欣然、尚志同志让我看了电报，原文是不同意朱瑞对此问题的处理决定，这样才又正式恢复了我的党籍。

我的党籍问题解决后，被调到太行五分区武委会做民兵工作。在那里，我曾参加过多次反“扫荡”。1944 年开始参加太行党校的整风运动。在一年多的“抢救”运动时，从祖宗三代直到入校之前的历史都翻腾了一遍。由于区党委的直接领导，运动进行得还比较文明一些，最大的收获是路线觉悟有所提高。日寇投降后，平汉战役、豫北战役、解放汤阴等战役大都是在太行五分区进行的。我都是搞战地后勤工作，如组织民兵参战，动员民工运输伤员、粮秣，押送俘虏等任务，每次都能较好完成。工作虽然忙碌，精神却很愉快。

刘邓大军南下大别山时，我随六纵队后勤行动。到大别山后，我被任命为西南（麻西、纪安等县）工委书记，改为三地委时任专员。不久，即随总部、中原局转回淮北做新区土改工作。河南省委成立时调任商丘地委副书记，1950 年底又穿上军装，到河南省军区任人民武装处长；1952 年调任中南军区人武处长；后到铁路局、省交通部。最后调省委监委工作。各项工作尚能完成任务，但因水平不高，一生也未搞出显著成绩。

“文革”时期，因为我的历史经历，当然是首当其冲，把太行整风中已解决过的问题又重新折腾一次，老问题加新怀疑，自然问题更为严重了。当时，我心里确实有点儿不满意，把隔离反省看作是坐监狱，于是就吟出一句：“镣铐锒铛又一回，漳河桥头旧滋味。”据此，我被打成“现行反革命”加上“叛徒”“特务”“死不悔改的走资派”等帽子，并蹲了 8 个月的监狱，受到 6 年多审查，直到 1973 年 6 月才被解放，恢复党籍。4 年多的干校劳动，对身体倒是个锻炼，其他方面冲击也不很大。“未做亏心事，不怕鬼叫门。”1977 年底我被选为广东省政协委员，第四届政协常委，后又被特邀为第五届全国政协委员。

纵观本人一生，虽然政治思想水平不高，工作能力平常，但心地正直，能顾大局，对党忠诚，群众路线作风较好，能虚心接受批评。现年已 80 岁，除了心脏有点毛病，日常生活尚能自理，在两个文明建设中，尚能发挥一定的作用。

文 / 安　明

冀南党的创立

第一个特别支部

第一次国内革命战争时期，国民革命军北伐胜利到达武汉后，北方军阀的统治也发生了动摇，反动政府在粮饷不足的条件下，无限制地扩充军队，调兵遣将，忙于战争，苛捐杂税达到惊人的地步。当时民间流传着一句话："过去大粪也要税，如今只有屁无捐。"此外，还有地主、富农的高利贷剥削，有的日利银洋达到一元一个大铜板的高利。一年就超过本钱的二三倍。贫农负债累累，无法偿还，一到年关地主就登门要账，使很多贫农家中仅有的几亩土地被夺去而无以生存。当时南乐县一家大地主，一个荒年就夺去贫农的土地180余亩，却没有付一个现钱。由于普遍赋税繁重，地主的盘剥加重和战祸频仍，造成许多贫苦农民倾家荡产，颠沛流离，走上求生不得的道路。

这时，南方革命的洪流已经波及冀南。贫苦农民为了有饭吃，有衣穿，因此都有着强烈的革命要求。很多地方，在没有共产党领导的条件下，有的采取原始的革命形式，利用黄沙会、红枪会等迷信组织，结成帮会，提出"抗捐抗税"等口号，举行起义。

当时大名第七师范学校受五四运动的影响很深，对军阀混战非常不满。校长谢台臣、教务主任晁哲甫、训育主任王振华等，思想都很进步，五卅运动时，曾领导大名七师全体学生参加过反英斗争。

1926年北伐运动，对大名七师的学生，教师鼓舞更大。这一年暑假后，党派冯品毅同志从河南开封到大名七师任英语教员。他是五四运动时学生中的活动分子，也是我党地下党员。冯品毅同志到大名七师任教后，就宣传革命，宣传北伐胜利，还介绍一些马列著作和进步书籍让我们看，他与进步学生和教师的关系都很好，我和赵纪彬同他来往得比较多。

1926年底，冯品毅同志又被调回河南，在他未走的前两天晚上，我同赵纪彬给他写了一封信，大意是：冯老师虽然在七师任教时间不长，对我们的教育、帮助却很大，表明了我们对军阀混战和旧社会给贫苦农民带来的贫困表示极大的不满，对大革命浪潮的到来感到无限鼓舞，对冯老师突然调走非常惋惜。他接到信后，就把我们两人叫到他的住室,介绍我们参加共产党。他说:要救国必须依靠党。这天夜里，我和赵纪彬加入了共产党。那时，虽然对马列主义知道得还不多，可黑暗的社会现实使我们悟出了一个道理，只有革命才能救中国。

冯品毅同志离任后，我们在大名七师继续做一些宣传工作。反对军阀混战，反对帝国主义，反对贪官污吏是主要宣传内容。七师的学生和教员由于受五四运动的影响，并参加过反英爱国的五卅运动，对革命都深表同情和支持。所以，在很短时间内又发展李大山、成小川（成润）、吴益普参加了共产党。据我所知，这时大名以南的南乐、清丰、濮阳还没有党员。到放寒假时，又发展李渭川、王楚阁、李亚光、解方山、朱子欣、石仙洲等十几名同志入了党。

随着我党的影响在七师不断扩大，我们订阅了天津出版的进步报纸——《华北新闻》。登载的主要内容是北伐军光复南昌和农民支援北伐的消息。这对我们做农民工作、发展农民党员有很大启发。七师放寒假时我们即确定：所有党员回家后，都要向农民进行宣传，在农村中发展党的组织。农民严重破产，对现实都极为不满，有着强烈的革命要求。假期时间虽然不长，但大名、清丰、南乐、濮阳几个县发展党员达几十名。如南乐的刘峰、胡通三、陈子敬等就是这个时候入的党。

1927年的初春，出现了北伐战争的节节胜利和工农运动高涨的形势，特别是农民革命风暴席卷全国。农民运动的迅猛发展，迫切需要大批农民干部。有一次，我和训育主任王振华闲谈，告诉他：我们已经参加了党。王振华老师一向是同情和支持革命的，他说："北伐军已经到武汉了，你们去受训好不好？"那时毛主席正在武昌办农民运动讲习所。有许多革命青年多么渴望能在党的直接领导下，学到更多的革命道理，更好地从事革命工作啊！要我们到农讲所去受训。我们当然高兴极了。他跟校长谢台臣、教务主任晁哲甫一商量，给我们准备了90元的路费，让我们去受训。

我同赵纪彬、李大山先到北京，通过北大学生李素若（共产党员）找到北方局，要求到武汉参加北伐，到农民运动讲习所受训，在府右街罗圈胡同甲字14号住了一段时间，等到3月底，北方局派刘伯钊指示我们说："组织上说了，你们只能一个人去武汉，两个人回去继续开展工作。"按照北方局的指示，我们三人确定：赵纪彬、李大山回大名，我去武汉。我怀着寻求真理的殷切愿望，路过天津、上海，经过长途跋涉，4月中旬到达武昌，住在了革命的摇篮——中央农民运动讲习所。农讲所当时有学生800多名，来自全国各地。从学生的成分看，有具有实践经验的工农，特别是农民占了很大的比重。在农讲所里，学员们一面学习，一面参加军事训练。用马列主义武装学生，是农讲所的根本目的。结合中国革命的具体实践，主要研究农民土地问题，农民政权问题和农民武装问题。毛主席亲自给我们讲授"农民问题"。

当时正是革命与反革命、反投降与投降斗争十分尖锐激烈的时期。"四一二"惨案发生后，全国笼罩着严重的白色恐怖气氛，反革命鹰犬在城乡四处活动，搜捕和杀害共产党员和革命者。武汉政府这时还没有公开反共。许克祥偷袭武汉时，农讲所学员编为中央独立师第三营，走出校门，进行操练，经常待命出发，以对付蒋介石的反革命进攻。当时，广大人民群众对空前的农村大革命无不拍手叫好，而中层以上社会特别是国民党右派，却恶毒攻击农民运动“糟得很”。党内的右倾机会主义者也跟在蒋介石的后面随声附和。一时街头巷尾议论纷纷。这种议论，在农讲所的学员中，也引起了不同的反映。为了回击敌人，提高学员的思想认识，5 月份，毛主席亲自给我们讲授了《湖南农民运动考察报告》，深刻分析了农民问题在中国革命中的地位和作用，对如何看待和组织农民运动，给我们指明了方向，并用生动的比喻来说明“矫枉必须过正，不过正不能矫枉”的道理。谆谆教导我们要坚定地站在农民运动的前头，到乡下去，实行农村大革命。

农讲所学习结束后，学员们立即秘密返回全国各地，担任农民运动特派员，深入农村，宣传发动群众。顺直省委驻武汉办事处把我介绍到顺直省委工作，住在天津一个小学。不久把我派往大名当特派员。临行前省委指示说：“回去后，先将大名各县组成一个特别支部，工作展开后再合组成大名县委。”

自从北京分手后，赵纪彬、李大山回到大名七师，按照北方局的指示，继续发展党的组织。校长谢台臣当时虽然还没有参加共产党，对党的主张却非常信仰。有一次，他找赵纪彬谈话问：“你们参加的是什么党啊？是左派国民党呢，还是共产党呢？”

赵纪彬说：“我们参加的是共产党。”

谢台臣听了后，“哦”了一声说：“那我们也要考虑考虑呢！”意思是说，他也准备参加共产党。随即他找到了晁哲甫、高少廷、王振华商量：左派国民党靠不住，要救国就得参加共产党。不久，由赵纪彬介绍，他们一齐参加了共产党。这几位教员在社会上和学校里是很有威望的，他们参加共产党以后，影响很大。当时学生共有 6 个班，300 来人，很快又发展了几十个党员，这时党员将近占全校师生的三分之一。党的力量由此也迅速壮大起来。根据这种情况，我回到大名七师后，按照顺直省委的指示，建立了冀南党的第一个组织——中共大名七师特别支部。

星火燎原

1927年6、7月间，冀南一带发生了两件大事。第一件事，当时，农民忍受不了封建军阀的苛捐杂税，自发组织起红枪会（领头的是魏县的赵德贵）几千人攻打大名。镇守大名的是直鲁联军，他们听到红枪会要攻打大名的消息后，有一个军长十分傲慢，认为红枪会成不了什么气候，只要一吓唬，便会不打自散。当红枪会走到魏县时，这位军长坐着汽车去训话，对红枪会进行威胁。红枪会正在气头上，不吃他那一套。一听不顺耳，就把他的汽车玻璃砸了。当场七嘴八舌，吵成一团。有的说："把这个家伙挑了算了。""不听他的，挑他吧！"

就这样一哄而上，把那个军长挑死了。接着攻打大名，把镇守大名的直鲁联军赶跑了。但是，红枪会是属于自发性质的，带有很大的盲目性。没有正确的领导，纪律涣散，后来又被直鲁联军孙殿英的部队打散了。

第二件事，7月间，国民革命军第二集团军暂编第三军梁寿凯率部沿京汉线北上。梁当时是北伐军的政训处长，地下党员汪静涵任梁部政治部主任。梁率部从东明过黄河，以大名为目标，进行北伐，先后打下濮阳、清丰、南乐。所过各县，我党均以国民党的名义参加县党部。濮阳的平杰三、李素若，清丰的王冠儒，南乐的李调元、石仙洲、汪静涵，都参加了国民党县党部公开活动。但是，梁部由于受武汉政府"清共"的影响，未打下大名即南退到新乡待命。党员也随之转入地下，或走他乡。直鲁联军孙殿英又占领了南乐、清丰。

7月15日，汪精卫的武汉政府公开反共后，两党的斗争越来越紧张和公开化。我党出于挽救民族危亡之目的，8月1日，由周恩来、朱德等老一辈革命家发动了南昌起义，向国民党反动派打响了第一枪。8 月 7 日，党中央在汉口召开了八七会议，批判了陈独秀的右倾机会主义路线，强调了农民问题和武装斗争的重要性，确定了我党今后的工作方针和任务。

在混乱局面下，大名七师被迫停课，所有党员都下到农村开展工作。我同赵纪彬、石仙洲、成荣亭同志到新乡找汪静涵同志，把武汉捎来的“湖南农民运动考察报告”“海陆丰农民运动”等文件拿回来，到濮阳井店南门里一个小学教师郭祝三（喻平）处，大家共同进行了学习，这对提高同志们的思想认识帮助很大。

9 月底，我正式接到八七会议的文件。文件指出左派国民党不存在了，并批判了陈独秀的右倾机会主义和瞿秋白的“左”的盲动主义错误。指明党要领导农民用武装保卫既得利益，反击国民党军阀的反革命进攻，并强调说：我们再也不能用国民党的名义做革命工作了，凡跨党的同志，一律退出国民党，否则开除出党。我带着文件到濮阳千口村找到赵纪彬，同郭祝三、王从吾、赵子云、李大山等同志学习了文件。大家感到，今后同敌人斗争，必须有我们自己的组织，有我们自己的武装，以便带领全体党员发动群众，壮大力量，逐步建立武装。当时确定在濮阳千口村建立大名中心县委，我任书记，赵纪彬担任组织，李大山担任宣传，成小川担任青年团书记。中心县委领导濮阳、清丰、南乐、东明、长垣、大名 6 个县。

大名中心县委建立后，对各县党支部提出三项任务：

（一）不放弃对红枪会的工作，但需接受 1927 年上半年的教训，改变单纯包围红枪会领导人物的机会主义做法。要派得力党员打入红枪会，以争取群众，取得领导权。

（二）开展以贫农为中心的经济斗争，通过经济斗争，组织训练群众，并尽量利用合法形式，扩大政治影响，为武装斗争打好基础。

（三）把红枪会工作和贫农的经济斗争结合起来，争取尽快地建立党的武装力量，为开展武装暴动，建立游击队、发动土地革命创造条件。

开始，先在千口、前化村、后化村、井店办起农民夜校。由刘汉生、王从吾、赵子云等同志具体负责，公开宣传马列主义，宣传反帝反封建，发动开展反豪绅、地主的斗争。千口有一家大地主叫赵少夫，家中死了人，大操大办，奢侈无度。而贫苦农民家中却无有隔夜粮，糠菜充饥尚且不能饱肚。赵家死了一个人就挥霍大量钱财，群众看了非常气愤。党员就带领贫苦农民同赵家进行斗争，要他公开承认错误，并拿出一部分粮食分给贫苦农民。这样一搞，群众看到了组织起来的力量，参加农民夜校的人越来越多。农民夜校的活动范围也不断扩大。濮阳、清丰、南乐一些农村也先后建立了农民夜校。在农民夜校里，我们又发展了一批党员和青年团员。

大约 10 月间，中心县委由千口转移到我的家乡——佛善村。我和本村最早发展的党员刘峰开始打入红枪会的工作。红枪会有 200 多人，不久我被推为会长。那时以会长的身份与邻村红枪会也联系起来。红枪会虽然武器落后、低劣，在农村却是很有影响的。掌握了红枪会后，即公开开展宣传马列主义，宣传反封建军阀，发动反地主的斗争。经过实际斗争，在红枪会中又发展了一批党员。

1927 年底，在佛善村发动了一次贫农与当权派算账的斗争，后又卖掉公地五亩，使 100 多户贫苦农民都分到了一些粮食，欢欢喜喜地过了一个春节。政治与经济相结合的斗争，使党的威信在农村中大大提高。地主富农对此非常害怕。有的偷偷地说："现在穷党起来了！"也有的说："红枪会起来了！"

1927 年下半年的工作很顺利，党的组织迅速壮大，群众的革命情绪也不断高涨。在此期间，我们把大名一带党组织的发展情况和筹建中心县委的情况向顺直省委写了一个详细报告。我到天津后，通过丁现修找到顺直省委。省委看了报告后，肯定了我们的工作，同意了联合几个县建立中心县委的意见，认为这样便于发动群众，对"报告"给予了很高的评价。1928 年 2 月间，中心县委迁移到大名七师。

1928 年 4、5 月间，冯玉祥的部下刘振华部与直鲁联军褚玉璞部在南乐西部作战，褚军败退，刘部占领南乐、大名。这就是国民党说的所谓二次北伐，这种战争实质上是新军阀取代旧军阀的不义之战，打来打去，农村依然是豪绅阶级的统治，对贫苦农民的经济剥削和政治压迫比以前更加厉害。

军阀之间的长期分裂和战争，无暇顾及我党，所以对我们尚未进行积极的破坏活动。这便给了我们一种有利条件，使我们的党组织能够在四面白色政权的包围中发展和坚持下来。在卖公地斗争的影响下，贫苦农民反对豪绅地主剥削，抢收地主庄稼的斗争不断发生。

党的六大开过以后，我又赴天津到顺直省委，见到了六大代表王子青，把六大文件带回冀南。党的六大指出：目前中国革命处于高潮与低潮之间，要发动群众，积蓄力量，准备二次革命。当时，大名中心县委实际工作中心在濮阳，我从天津回来后，刘汉生、王从吾、王卓如在濮阳发动了一次反对大地主蔡洪彬的斗争；同时，我在南乐组织的儿童团向地主作的斗争，都取得胜利。随后，濮阳、大名、南乐都建立了县委，加强了对各县党组织的领导。

1929 年春，赵纪彬、刘汉生、李大山、王从吾、王卓如等同志，在濮阳温邢固村召开大会，同地主豪绅公开进行斗争，并发生了武装冲突。这次斗争我党虽受了一些损失，但地主豪绅也没有占到便宜。5 月间，陈潭秋代表省委到邢台，正式传达党的六届二次会议决议，并根据形势的发展变化，决定成立邢台中心县委，领导邢台、南宫、邯郸、磁县、大名以南十几个县的党组织，郭祝三（喻平）任秘书长，我任组织部长。当时邢台中心县委所辖区域，已有十几个县都建立了党的组织。

组织农民暴动

几年来，国民党军阀之间的统治与混战不断发生，农村经济破产的局面日益严重。当时，中原一带蒋、冯、阎正在进行大战，贫苦农民更加贫困，这种形势正是我们动员群众，发展组织，壮大力量的好时机。

1930 年 4 月间，顺直省委代表郝青玉到冀南后，邢台中心县委改为冀南特委，冯和斋（后叛变）任书记，王子青任宣传部长，我任组织部长。这个时候，"立三路线"的精神传达到冀南，说冀南革命的客观条件已经成熟，只要我们登高一呼，枪声一响，四乡农民即可响应。强调全面组织农民暴动，提出不同意见者就被视为右倾，谢台臣同志当时提出：蒋、冯、阎正在混战，正是我们发展组织、壮大力量的好形势，但组织暴动的条件还不成熟，这样搞是要失败的。结果，以右倾机会主义、反对革命的罪名将谢开除出党。组织农民暴动就这样决定了。

当时的形势是，一方面蒋、冯、阎正在中原混战，国民党在冀南各地的驻军很少，从这方面看，敌人的统治力量薄弱确系事实；而另一方面，我们虽然有了一定的组织基础，但是武装力量还很薄弱。在这种条件下组织全面暴动，各派军阀就会达成暂时妥协，而调转枪口来共同对准我们。而且，地主阶级的武装力量到处存在，我们的武装工作几乎还没有开展。敌人依靠这些地主武装尚能维持其统治，在这种敌我力量对比的情况下，组织当地农村暴动，胜利的可能性是很小的。

既然组织上已经决定，自然要执行。就这样，我们组织了无胜利把握的农村暴动。5 月 1 日在磁县发动了岳城暴动，坚持了一天，因为只有几支枪，最终失败了。随后，彭城、井店的暴动也相继失败了。

岳城暴动失败后，因为损失不大，没有接受教训。5 月间，特委又指定我到大名、南乐、清丰、濮阳各县布置暴动，重点是南乐、濮阳。我到南乐后，找到县委书记刘峰同志，召开县委会议，确定以佛善村为中心进行暴动，当时由于县委内认识有分歧，又确定先到佛善村动员一下，了解一下群众情绪。这时佛善村已有党员数十人，影响的群众约有200人，只有匣子枪一支，步枪一支，红缨枪数百支。那时大名以北的农民暴动都被反动政府镇压下去了，暴动起来情势孤立，不宜存在。所以大多数同志都不同意干。暴动起来如何办，进攻的目标是什么，行动的方向是什么也没有确定下来。本来是会后研究决定行动方向问题的，但正在组织发动的时候，村子里地主阶级的代表人物收买了党内一个出卖灵魂的叛徒，出卖了党的组织和行动计划，探听到佛善村党支部书记吴书升的情况，就向敌人告了密，伪县长孙振邦纠集了伪警察、民团、县城总团以及元村、韩张两镇分团和全县联防队员共2000余人，于5月下旬的一个夜晚，包围了佛善村。这一天正是吴书升同志结婚的日子。敌人从洞房里把吴书升同志光着身子拉出来逮捕了，还逮捕了两名党员和我的三名家属。

吴书升同志的乳名叫铁头，他的意志很是坚强的。敌人为了彻底破坏党的组织，用皮鞭和压杠子的酷刑审讯吴书升同志。八个彪形大汉踩到压在吴书升同志双腿上的杠子上。书升同志昏过去数次，醒来后还是破口大骂。敌人要他供出党员的名单，他斩钉截铁地说："我啥都知道，就是不给你们说，看能把你吴爷爷怎么样！"吴书升同志被酷刑摧残得皮开肉绽，筋断骨碎，始终没有说出一点儿敌人所需要的东西。伪县长孙振邦恼羞成怒，用罪恶的子弹夺去了吴书升同志宝贵的生命。

吴书升同志壮烈牺牲后，恐怖的消息立时传遍附近各村。党的大部分同志由此也潜藏起来，有的出走他乡。我党的活动又转入地下。

回顾这段历史，实事求是地总结我党的历史经验、教训，以戒后人，我想肯定会有益处的。

文 / 安　明

我对南乐革命活动的回忆

革命活动前的农村形势

当时没有详细的阶级调查，现在能够回忆到的是地主占有不少的土地。梁村全村 200 户，土地 4000 亩，除张洪亮占地近 2000 亩外，另有几家地主都有 120 亩以上。北张村屈峰占地 1000 亩以上。张浮丘有八大家。北渠头庄王斌、王学颜，利固魏荫春，李岳村李应珍，翟村铺张华堂，都各占地在 300 亩以上。都设有放账的铺子，兼行高利贷，差不多每个自然村都有 300 亩以上，地主一家至十数家，利用地租和高利贷剥削农民。

南乐没有近代工业，商业也不发达。帝国主义和买办阶级利用卫河运输，低价收买小麦、大豆、花生、棉花、鸡蛋等直运天津。高价运销煤油、布匹，吸取农民血汗。家庭副业草帽辫则由济南转烟台出口，一向用压价办法，加强对人民的剥削。

军阀混战中对南乐是要枪要钱，抓车拉夫，苛捐杂税，横征暴敛。如 1924 年，奉军退却时抓夫，直送到沧县，有的拉去东北。这些税款兵费，由农村地主当权派，加重摊派在劳动农民身上，加速了农村的破产，同时也加深了农民与军阀的矛盾。土匪猖獗，1924 年秋同时占领元村、佛善村、善缘疃三村，绑票勒索，中贫农有苦没处诉，这样又刺激了红枪会的发展，南乐红枪会，开始发生于1910年，是群众性的武装自卫组织，其领导权又属于地主阶级。总之，农民在种种压迫剥削下，走投无路，具有强烈的革命要求。

党的建立与活动

据我所知，1926 年南乐只有个别党员，尚没有党的组织。1927 年开始有了党的组织，仍与大名、濮阳、清丰共组成一个县委。南乐只有一个支部，即佛善村支部，另在杏元、近德固、石任村有个别党员。

南乐县革命活动是与大名省立七师革命活动有密切联系的，七师受五四运动的影响很深，校长谢台臣、教务主任晁哲甫、训育主任王振华等思想都很进步。五卅运动爆发后，领导大名全体学生积极参加反英运动。1926 年北伐运动，对大名七师学生教员鼓舞更大。1926 年暑假后，冯品毅从河南回七师任英文教员。他是五四运动时期学生中的活动分子，也是冀南豫北一带早期的共产党员。1926 年 10 月间他将离开大名时，我和赵纪彬由冯介绍加入共产党。冯叫我们在学校发展组织，并积极发展工人和农民。到寒假时，我记得南乐在大名七师的几十个学生中，有李渭川、朱智仙、石仙洲等参加了革命。七师党支部看到影响逐渐扩大又订阅了在天津出版的报纸——《华北新闻》(当时革命势力在北方的机关报)。该报登载了北伐光复南昌与农民支持北伐军的消息，也启发我们做农民工作。七师放寒假时，我们即确定所有党员回家后，都向农民进行宣传，并在农村中发展党团组织。当时也利用左派国民党的名义去活动，对知识分子有的是先介绍加入国民党，表现好后再介绍参加共产党。

我寒假回家后，不断地宣传当时的北伐军胜利的革命形势，宣传反封建反帝国主义，介绍了刘峰同志参加了共产党。刘接近不少贫农，我们便积极在贫农中活动，直至七师开学，我又到了七师，这短短的寒假是南乐有党员和面向农村工作的开始。

1927 年 2 月，七师开学后，有一次我和王振华闲谈，告诉他我们参加了共产党的组织。七师学校当时送赵纪彬、李大山和我到武汉受训，到北京后，北方局不批准，只要我一个人去武汉，赵、李回大名工作。不久，七师的谢、晁、王都由赵纪彬介绍加入了组织。王振华在我县知识分子中有威信，在教育界中地位较高，他参加革命影响不小。王介绍城内北街李调元参加革命。

1927 年 8 月初，冯玉祥部暂编第三军军长梁寿凯率部围攻大名（守大名的是直鲁联军孙殿英）。梁的第十五旅政训主任是汪静涵（我们知道汪是党员，但未发生正式联系），与濮阳、清丰、南乐县革命组织接头。为便于工作，我们的同志都以各县国民党党部名义公开了，挂起了招牌。

我由武汉回到南乐的当天晚上，梁部即因冯玉祥当时政治态度右转（大概在冯、蒋徐州会议之后）而退却了。直鲁军孙殿英部又将到来，因此当时以国民党左派公开活动的同志们都离开本地外出了。我和石仙洲、赵纪彬、成荣亭等同志到了新乡汪静涵处，谢台臣也在新乡，我介绍谢到开封找河南省委，我到临颍县把张培深同志由武汉捎的一箱子书（有《湖南农民运动考察报告》《海陆丰农民运动》等）取回来，这对大名各县同志们思想认识上的提高是有帮助的。

我由武汉派回华北是 7 月上旬，当时顺直省委又决定我回大名。先将大名各县组成一个特别支部（当时顺直省委对大名情况也不大清楚），工作开展后再组成大名县委，这大约是 7 月中下旬省委对我当面指示的。当时革命形势是第一次大革命接近失败，武汉派国民党政客军阀日趋反动，省委指示发展组织深入农村工作。当时在动荡的时代，不可能有明确的指示。我回南乐并到新乡、临颍后，见到原武汉农讲所的同志，他们告诉我武汉派国民党政客军阀反共活动已表面化，但仍未谈到我们今后工作方针与任务。我们约在 8 月中旬，由新乡返回濮阳，决定由我再赴天津，向顺直省委汇报请示工作。

大约是9月初顺直省委的密印文件，由田资建同志转给我们。记得有八七会议的决议、告全体党员书及秋收暴动的布置。指明党要领导农民用武装保卫自己，反击国民党军阀的反革命进攻，我们再不能用国民党的名义做革命工作，凡跨党的同志一律退出国民党，否则开除。这时谢台臣私自从开封河南省委回来传达了秋收起义的布置。当时，濮阳千口村一带的夜校已办起来，南乐的农村工作尚未很好开展起来。几县组成的县委设在濮阳千口村赵纪彬家，我任书记，赵纪彬任组织委员，李大山任宣传委员，成润为青年团书记，仍叫大名县委，领导大（名）、南（乐）、清（丰）、濮阳等县工作。

约于1927年年底，县委移至佛善村我家，我和刘峰开始打入红枪会工作。不久我被推为会长，全会有200余人，发展了潘彬、刘介寿为党员。我以红枪会会长的身份与邻村红枪会联系。我们掌握了红枪会后，公开宣传马列主义，宣传苏联，宣传反帝反封建，发动反豪绅地主的斗争。年底即在佛善村发动一次贫农对当权派算账的斗争，后又典当公地5亩，所得粮食全部分给100余户贫苦农民准备过春节。政治与经济结合的斗争，使党的威信在农村大大提高，群众感到力量组织起来的伟大。地主富农偷偷地说“现在穷党起来了”。这时石任村石仙洲也发展了农民党员，王振华、王国华在古寺郎村中也开展了党的工作，李渭川、王师韩在近德固也开展了工作。但基础都差些，农民斗争的声势尚不大。

1928年4、5月间，冯玉祥部下的刘振华部与直鲁联军褚玉璞部在南乐西部作战，后褚军败退，刘部进驻南乐、大名。南乐的国民党县党部即开始活动，我们的党员都没有参加。郭景颜、郭子明等先后为国民党的负责人。当时大名一带由于大名七师的影响，在知识分子舆论中，相对于国民党，我党还是占优势的。同时斗争尚不很尖锐，还没有动摇封建地主的统治。国民党县党部对我们也未进行肆意地破坏活动，他们当时是吃饭做事的态度。这样就便于我们的活动，听说郭子明的子弟都参加了革命工作。

至7、8月间，佛善村、石任村都发生过抢秋斗争。是在卖公地斗争胜利后自发的活动。没有经过党的很好布置，因而有些脱离群众，引起了地主阶级的反攻。党的第六次代表大会的决议传达到了大名一带，要求我们深入发动群众，工作重点在濮阳井店一带。濮阳成立了县委，负责濮阳、清丰、南乐、大名各县党的工作。

1929年春，濮阳井店反豪绅斗争发生武装冲突，赵纪彬、李大山、刘汉生、王卓如四同志被捕，与地主阶级进行了一段合法斗争。4、5月间陈潭秋同志代表省委到邢台，在郭庄召开直南党的活动分子会议，正式传达了六次大会决议，并决定成立邢台中心县委，领导邢台、南宫、巨鹿、南和、任县、肥乡、磁县、大名以南各县工作。

执行“立三路线”及以后

几年来国民党政客军阀的统治与混战，并没有丝毫改变。农村经济破产的情况日益严重，更增加了人民的痛苦。

“立三路线”是1930年4月间传达到南乐的，当时河北省委代表郝青玉到冀南成立了冀南特委，我任组织部长，特委指定我到大名、南乐、清丰、濮阳各县布置暴动，重点是南乐与濮阳。南乐县县委书记是刘峰，委员是李调元、石仙洲、李渭川、吴书升、吴思温等同志，南乐是以佛善村为中心，该村已有党员数十人，影响的群众约200人。村支书为吴书升（小名铁头）兼，组委潘彬，宣委刘介寿（刘介法）。刘峰自邢台中心县委破坏后，逃回本村参与领导村的工作。当时附近的豆村、近德固等村都有党的活动。城内高小中有青年团员20余人，如宋同法、陈仰贤、刘同方、杨深堂、徐西昆等。

暴动正在组织串联中，当时由于这一带武装革命力量尚不够大，只有匣子枪 1 支、步枪 1 支，红缨枪数百支，即便暴动起来也不宜生存下来。因此，领导就让与正在深入发动并和抢收地主麦田的斗争结合起来。当时与地主的斗争声势很大，相距十数里即传说："佛善村已吃大锅饭，共产了。"农民听说后都很高兴，但地主却害怕。于是，有个地主随即就报告给当时的国民党南乐县县长孙振邦，孙振邦就集合起全县地主武装（民团），包围了佛善村，这时我在濮阳，刘峰也不在村里。国民党反动民团就将吴书升、潘彬、刘介寿等逮捕，并对吴书升当街刑讯逼供，严刑拷打，吴书升态度坚决，誓死不暴露党的秘密，遂英勇牺牲。吴当时结婚尚未圆房，即从容就义，对农民震动很大。孙振邦残杀吴书升后，即将潘彬、刘介寿关进监狱，南乐的麦收暴动就此被镇压下去。这也说明当时"立三路线"不符合南乐敌我力量悬殊的具体情况，招致了当时的失败。但我党及农民的革命斗争勇气也由此表现出来。

佛善村的暴动被镇压下去了，但革命是扑不灭的火焰，北关的宋同法，后陈家陈仰贤，五花营的刘会文（抗战时英勇牺牲于日寇屠刀之下）、刘秀文、刘淮安，袁东邵的袁宗武等仍在坚持革命斗争。城内一高有过学生斗争，1932 年全县盐民参加过轰轰烈烈的冀南盐民大斗争（详细情况及领导人，我因到别地工作，不大清楚了）。

1933 年 3 月间，直南特委在刘淮安家开了一次特委扩大会议，到会的有刘大风、王子青、王从吾等同志，开了 4 天，布置了整个冀南的工作。

1934 年 3 月间南乐党组织又遭受了一次大的破坏，驻大名的特务分子金柱，以河北省委在大名召开会议为借口，先骗捕了宋同法、王同兴、陈仰贤三位同志，又到五花营拘捕刘同方同志。刘跳墙逃脱，在村北恰遇王从吾同志，亦遭逮捕。走到岔河嘴，王从吾趁机逃去。敌特开枪追捕，王对种田人称是土匪绑票，从吾同志终于逃脱，宋、陈、王三同志被关进大名监狱。此后党的工作情况我就不清楚了。

抗日开始与党组织武装

大约是1937年10月间，国民党军队沿京汉线溃退，敌寇南犯，邯郸、大名危急。这时我由磁县回大名、南乐一带，任务是恢复党的工作，组织抗日武装，开展当地游击战争。我任直南（大名以南）临时特委书记，回南乐不久，大名即陷落，不少知识分子都在纷纷准备路费打听消息，打算逃到黄河南过流浪生活。广大人民则迫切要求领导抗日，这时石友三部一八一师驻城西审什村，石之学兵队长张克威（党员，后任我一二九师政治部生产部长）、袁也烈等同志也在那里。我们接头后，即以一八一师游击队名义，集合人枪，组织抗日武装，石派袁也烈、季铁中、刘静宇等同志参加，定期在留固店集合。捐第一支枪的是佛善村的吴春贤，捐第一支驳壳枪的是佛善村的杨向曙，由小而大，由少而多，终于建立了一支我党直接领导的抗日武装，张克威兼队长，我为副队长，袁为参谋长。

大约到1937年11、12月间，敌人进犯南乐，我们已有枪40支，人近百名，多系大名师范（原七师）及大名十一中学学生。另是佛善村、近德固、留固店及清丰古城集、梁村的青年农民，除在抗战中英勇牺牲者以外，现大都为县级以上干部。这时袁为烈也随石友三部南撤，其他同志留下继续工作。不久高树勋部进驻清丰，经其参谋唐哲明解释，我们的游击队改为河北民军第一路四支队，高树勋资助我们枪30支，子弹3000发、款10000余元，并派唐哲明为支队长。不久，中共北方局朱瑞同志也为四支队派来红军干部肖汉卿、陈耀元、漆汉臣三同志为军事指导员，张西三同志也带枪数支参加部队并任参谋长。

1938年2月间，日寇经清丰进犯濮阳，我们在清丰捉到一名日寇川田宣次。3月到濮阳井店一带与平杰三同志领导的八大队合编。这时枪近300支，有300多人。刘汉生、张增敬等同志都在部队工作。3 月初由井店北返清丰西北打了一次土匪，经南乐到清丰的六塔集打了土匪槐花子，保护了群众利益。几日后到小濮州，第二次与日寇作战，毙敌 4 名，缴枪 4 支；第三次又到常庄与日寇作战一日，将敌击退。在这两次直接与日寇作战中，我们都取得了胜利，而我方仅伤亡 3 人，队伍受到了很大的锻炼。群众见到我们直接与敌英勇作战，对我们更加爱戴和拥护，四支队真正成了南、清、濮一带抗日的人民子弟兵。

在敌人进占清丰时，高树勋部亦南撤长垣一带，国民党濮阳专员丁树本退往常庄，准备逃过黄河。经过我们两次与敌作战，丁树立了抗敌信心，不再南逃。我们便随丁部到濮县以东，因丁树本是当时我党的统战对象，我们即用丁部冀、鲁、豫边区第四支队的番号进行活动。徐州会战时，敌人一个师团由邯郸经大名、南乐、清丰、濮阳县过河到兰封。敌人经过后四支队首先收复清丰、南乐，逮捕枪杀汉奸数名，不久又攻占龙王庙。3 月下旬，我离开四支队赴延安。此后，这支部队又转至井店，收编当地武装刘祥有部后，即派人找东进纵队，部队统一改编为八路军东纵十九团，战斗力很强。

党的这次建立抗日武装是形势的需要，是当地人民的迫切需求，我们从一开始建立武装，就完全按照八路军“三大纪律、八项注意”的做法教育部队，与群众关系密切。1937 年，因水灾严重，秋粮歉收，我们就按价购买粮食，到处受到群众的欢迎。干部战士大都是自带粮食衣物，参加四支队，一有敌情，群众就给我们自动送信，以便使我们随时掌握，可打可走，灵活机动。我们与人民群众始终血肉相连，成为土生土长的抗日武装。同时，群众也依靠我们，四支队在当时真正起到了组织人民、保卫人民（各村成立抗日救国会，成立坚决抗日的武装）的作用。不足的是，在收复南乐、清丰后，没有及时建立自己的政权，对丁树本过于迁就，强调一切服从统一战线，后又北上到曲周、成安一带。未能一直坚持本地游击战争及迅速发展壮大部队。我认为是带有方针性的错误。

回忆刘中山伯伯的几件事

刘中山是五花营刘淮安同志的父亲，终身务农，勤劳治家，赖岳母帮助成为富农，性极倔强，认真理。自1927年与革命同志接触后，对革命同志即视若子弟，爱护备至。凡知为党员或党员介绍到其家的同志，住宿、吃饭、穿衣、用路费均热情解决。1933年春特委在其家开会时尽力招待，放下农活，为我们巡逻。我于1933年在安阳坐狱时，当时正在忙于收花生，淮安又发疟疾，伯伯听说后督促淮安带30元，立即去安阳设法救济，并对淮安说："同志们有困难时才用得着你，你如果不是酒肉朋友，你就要马上去，家中事你别管。"王从吾同志从岔河嘴脱险后，至刘家，伯伯问他："你腿带子丢了，神色不对，你发生什么事了吗？"从吾同志告诉他后，他既为从吾同志能够脱险感到高兴，同时也非常敬佩从吾同志的坚决果敢精神，并嘱咐以后要多加小心。

一次四支队派人侦察龙王庙敌情时，伯伯说："你们年轻人，都留着头，弄不好很容易出岔子，还是我去吧。"于是，他就提了走亲戚的篮子，内放一些馒头，到龙王庙走了一趟。回来后，就把哪里有岗，哪个门口有兵等侦察到的情况，弄得清清楚楚告诉了我们。抗日战争时期，有次淮安同志被捕，伯伯便卖掉田产，托人在敌军中进行活动。赎回淮安后，仍鼓励他不要灰心，要继续坚持抗日。有一年，因闹灾荒，颗粒无收，伯伯因挨饿而临终时，仍嘱咐家人不要让淮安回来，伯伯说："不要叫他回来，自古为国，有几个人为家呀！"

写到这里，我不仅泪流满面，伯伯慈祥而坚毅的面容又浮现在我的眼前，他那为革命而不惜牺牲个人的精神，时刻都在激励着我们向前进。

文／安　明

忆大名一带和七师党的活动

我是原直隶省南乐县（今属河南）人。1923 年在大名考入直隶省第七师范学校，为第二班学生。1926 年 10 月在学校加入中国共产党以后，长期在直南地区从事我党的工作，现就我了解大名一带和七师党的活动情况，作如下回忆：

大名建党前的社会状况

1925 年前后，正是军阀混战时期。当时大名府是直隶省南部一个重要城镇，是直、鲁、豫三省交界的地方，是直南镇守使、道尹的驻地，是直南地区军事、政治的中心，也是军阀混战相互争夺的重要阵地。1924 年第二次直奉军阀战争，孙岳在大名组成了国民军第三军移防后，奉军占大名。1925 年冬，国民革命军第三军梁寿凯又率部入大名，梁为镇守使。次年春直鲁联军方永昌率部进攻，梁部他去，直鲁联军谢玉田又率部进驻，形成了拉锯式的军阀混战局面。每个军队来后横征暴敛，苛捐杂税项目繁多，走时抓车拉夫、要枪、派款抢东西，所有这些开支都被地主豪绅分摊给中、贫农负担。因此，加深了农村经济的破产，激起了广大农民群众反对豪绅，反对军阀，特别是反对北洋军阀的斗争。

当时大名县境内有很多大地主，占据大量土地，如德政史家、漳河滩申家、茜圈茜家，都占有土地几十顷或近百顷，各自然村几乎都有三五百亩土地的地主，甚至一村数家。北洋军阀王占元及其亲戚在大名东北一带占有大量土地，并设有收租的专门机构。

帝国主义侵略势力侵入大名后，霸占了几十顷土地，除建筑洋房外，在城内和乡村多处设教堂，并在县城东南植造了数百亩大的树林，当时人们称之为“美国园”。

工商业不发达，农产品如小麦、大豆、芝麻、花生、棉花等大都由龙王庙、金滩镇两地装帆船运往天津。人们日常生活需用的煤油及其他商品也由水运转来。帝国主义和买办，经常用抬价压价的办法加强掠夺，大名县半殖民地的经济表现很明显。

连年的军阀混战，地主的残酷剥削，帝国主义的侵略，使匪祸蜂起，加上不断灾荒，造成广大农村经济严重破产，社会秩序混乱，民不聊生，成批的农民不断逃荒到山西或流入到天津、东北做苦工谋生。农村出现了一些会道门组织，如红枪会等，他们的革命要求非常迫切，但缺乏正确而坚强的领导。

大名七师初期的革命活动

驻大名的直隶省立第七师范，是大名革命活动的摇篮。它成立于 1923 年，第一任校长是谢台臣（濮阳人，清末秀才，河北保定高等师范学校毕业）。他是省议会的议员，由于他在议会上一直争取，后经省议会通过，省政府批准成立了直隶省立第七师范学校，校址设在大名，故又称大名七师。七师一成立，清丰的晁哲甫、南乐的王振华被聘来校当教员。1926 年晁哲甫任教务主任，王振华任训育主任。谢、晁、王他们思想进步，都倾向民主，对当时的政治局势军阀混战极为不满，有着强烈的反帝思想。谢台臣的教育方针是“以作为学”，提倡实践。他是研究历史的，著有《中国通史》，常常用历史的事例说明事实。他有一次说：“英国在大名城东南购地造林，按条约来说是非法的，政府却不敢阻止，是极不合理的。”1924 年直奉二次战争中冯玉祥反吴，建立了国民革命军，这在七师学生中引起一场激烈辩论。我们赞成冯的行动，有少数同学拥吴（佩孚）反冯，说冯玉祥是倒戈。吵来吵去争论不休，谢台臣知道了，谢在一次上历史课时讲："袁世凯倒了清政府的戈，段祺瑞倒了袁世凯的戈，吴佩孚倒了段祺瑞的戈，现在冯玉祥倒吴佩孚的戈有什么稀罕呢！倒戈有什么不好呢？不打仗就少死人，倒戈是衣钵相传，不足为奇。"这样说使同学们折服，并鼓舞了我们研究时事关心政治。谢是从爱国观点出发，主张教育救国努力把学校办好。五四运动的影响对新成立的七师是很深刻的，《独秀文存》及鲁迅的著作《呐喊》等几乎是每个师生必读之物。《语丝》出版后，全校订了几十份，这对我们的思想进步起了很大的作用。1925 年上海五卅惨案的消息传到大名后，七师学生群情激奋，立即联合了大名十一中、五女师，第一、二高级小学等罢课，集合大名全体学生上街举行反帝游行示威。同时成立五卅惨案"后援会"，通电全国，并在街头和附近农村散发传单，张贴标语，宣传抗英，进行募捐。谢台臣、晁哲甫、王振华对这些活动是很支持的。

1926 年夏，冯品毅（中共党员，大名人，在河南工作）路过七师，谢台臣领着他在学校转了转，并给我们学生介绍说，冯品毅是五四运动时学生中的活跃人物，冯先生青年其面貌，而老成其思想（是指其思想成熟），然后请冯给我们讲述了旧统治的罪恶、落后以及青年人的前途，指出在北方有一种新的革命势力在发展，这对我们有很大启发。我们知道他是共产党员，都很敬仰他，听说暑假后他要来七师当教员，我们都很高兴。

1926 年 7 月，北伐军旗开得胜，打开了醴陵、长沙的局面。这时两湖农民革命运动都起来了，援助北伐军参加北伐。北伐军的节节胜利，给我们以极大的鼓舞。七师开学后，冯品毅果真到校，任我们的英语教员，在全校师生大会上讲大革命发展的形势，同时在课外不断进行革命宣传。这时革命形势发展得很快，北伐军在汀泗桥、贺胜桥一连打了两个胜仗，把吴佩孚的部队击溃了。北伐军9月6日收复汉阳，8日收复汉口，10月10日就把武昌收复了。这场轰轰烈烈的革命风暴使得我们不能再安静地读书了。此时，冯品毅因处境危险、革命工作需要决定离开大名七师。我们知道冯品毅将要离开七师了，一天夜间，我跟赵纪彬讲："听说冯老师要走了，他走以后，我们再找党的关系就不容易了，走前让他介绍我们入党吧！"赵纪彬同意后，我们就给冯老师写了信，大意是：我们想参加革命活动，希望冯老师介绍我们参加党的组织。其中有这样一句话："如能介绍我们入党，则生我者父母，成我者师长。"语言是很恳切的。冯品毅看后把我们两个叫到他的屋里，就问我们说："为什么要入党？"我们说："因为对军阀不满，对现实社会不满。要改造它，唯有革命，除此之外没有别的出路。要革命，唯有跟着共产党才有希望。所以我们要求参加党的组织，投身于革命之中。"当夜，冯品毅就很高兴地同意了我们的入党要求，介绍我们加入了中国共产党，并把党的组织、党的纪律、党的最终口号、党的名称代号等都给我们讲了，还告诉我们通信密写的方法，最后还告诉我们河南省委的通讯处，即开封东大街天主教堂×××（名字记不清了）转。回宿舍后，我和赵纪彬就给我们最好的同学李大山讲了这件事，当晚冯老师还发展了李大山入党。第二天又发展了成润（成小川）、吴益普。于是就成立了党支部，支部书记是我，赵纪彬为组织委员，李大山为宣传委员，成润为团书记。这时的主要工作是分头活动，找进步同学谈话，发展党团组织，宣传党的主张，宣传北伐军的胜利和国民革命的内容，反对旧军阀。过了三天，冯品毅离校。我们按照冯老师走前特嘱，订了一份《华北新闻》报，此报是国民党左派出版的，态度明朗，观点鲜明。记得有一次读报，标题为《北伐军光复九江》，登载两湖农民起来帮助北伐军截击北洋军阀残兵败将的消息。我们就把有关北伐战争胜利的新闻写在黑板上宣传。这时也和北京的几个党员取得了联系，到放寒假前，我们在七师已发展党团员10多名，有大名县的解蕴山、裴志耕、甄择捷；南乐县的石仙洲、朱子欣、李渭川、王师韩；长垣县的郭仪安；臣鹿县的李亚光；还有吕鸿安、李青阳等人。这时党支部书记换成了赵纪彬，我是组织委员，李大山是宣传委员，成润做团的工作。这时我们也用国民党的名义活动，我们放寒假时开会布置了工作，要求党员在农村向农民宣传和发展党的组织。我在南乐家乡佛善村发展了刘峰同志为党员。

1927 年 2 月七师开学后不久，一天晚上我跟王振华（训育主任）同志说明了我们已加入党组织，王很惊奇，随后告诉了谢台臣、晁哲甫同志。他们商量后把我叫去，让我和赵纪彬、李大山到武汉去学习。我们感到很好，因为我们入党的几个人一是马列主义水平不高，马列著作没有怎么看过，革命理论差；二是没有实践经验，我们参加革命是大革命的浪潮把我们卷进来的，我们同意去武汉学习。谢台臣、晁哲甫、王振华各拿出 70 块现洋交给我们作路费。我们把工作交给了成润、吴益普两个人。我和赵纪彬、李大山于第三天在去武汉前先到北京找到了李素若（此人是赵纪彬的同学，好朋友，已经参加党组织，住在府右街罗圈胡同甲字 14 号），让他帮我们和北方区党委联系，当时北方区党的机关设在苏联大使馆内（已被敌人监视），很不容易进去。我们就把来意和要求写成报告通过李素若送上。3 月下旬一天晚上，李素若领我们到政法大学的宿舍，见到了刘伯庄同志，刘说："组织决定，你们三个人中只准有一个人去武汉学习，其他两个人回大名坚持工作。"谁去谁回呢？我们商量决定，我去武汉中央农民运动讲习所受训，赵纪彬、李大山回大名。随后我们就给谢台臣、晁哲甫、王振华写信，说明我们求学有困难，想回去。谢等收到信后马上给我们发了电报："在京求学既有困难，速回。"1927 年 3 月，赵纪彬、李大山自北京回大名七师。我从北京出发，途经天津、上海，然后登上了去武汉的船只，那天正是"四一二"，蒋介石在上海缴了纠察队的枪，叛变了革命。

从武汉回来到1930年春革命的活动

我到武汉后，先找到王虞传（接任冯品毅英文课的七师老师），又到顺直省委驻武汉办事处见到李希夷，证明我是党员，拿上介绍信，又找到屈楚豪，才介绍我到中央农讲所去学习。农讲所负责人是毛泽东、邓演达、陈克文，教育长是周以栗，学员按军队编制，开始学军事多，后来讲课比较多。毛泽东讲的是《湖南农民运动考察报告》。5月21日，马日事变前后，武汉的部队出师河南，夏斗寅部偷袭武昌，打到离武汉40里处的纸坊附近，武汉为应付紧急情况，组织了中央独立师，约3000人，师长叫侯连瀛，恽代英是党代表，由叶挺（武汉卫戍司令）率领开到纸坊打了一仗，把夏斗寅打跑了。这次我们农讲所的学员没去，只是整装待命，白天上课、打靶、搞军事训练，夜间到城墙上担负从农讲所到北门一带的城防。我们6月下旬毕业。我在农讲所毕业后，7月初由武汉派去顺直省委。我原道返回，到天津见了省委负责同志，其令我以特派员的身份回大名工作。这时大名正在打仗。驻守大名的是直鲁联军孙殿英师，冯玉祥的第二集团军暂编第三军梁寿凯率部前来攻打。我没直接去大名，绕道到了南乐，到南乐后住在县党部，因为北伐军已驻扎在这一带了，濮阳、清丰、南乐等县的国民党县党部都公开了，县党部里绝大多数是我们跨党的党员，真正的国民党员很少。当梁寿凯由大名撤到新乡，孙殿英的部队又占领了濮阳和南乐一带，这已是8月份了。在此之前武汉发生了“七一五”反革命叛变，我党举行了“八一”南昌起义。因为我在农讲所毕业后离开了武汉，对武汉国民党公开反共及宁汉合流等情况不清楚，就到新乡找到汪静涵（共产党员，是梁寿凯部队的政治部主任），让他为我弄了一套军衣穿上，去临颍张本固（又名张培深，农讲所同学，中共党员）家拿我的书。张本固给我讲：“两河书店”是开封党组织接头处，张和尚在那里。这时，由于形势紧张，赵纪彬、李大山、成润、石仙洲、谢台臣等在家待不住都到了新乡。我回新乡后就把张本固告诉我的情况又告诉了谢台臣。谢台臣穿了一身军衣（借的营级军服）去开封找张和尚。张和尚接见了他，并把他引荐给河南省委周以栗（原武汉农讲所教育长）。周以栗给谢台臣讲了八七会议精神，大意是：要举行秋收起义，保卫革命胜利果实。只要各地都起来搞暴动，国民党就没有办法啦。八七会议以后各地党组织应如何开展工作，周以栗没有具体讲。于是我和在新乡的赵纪彬、成润、石仙洲等同志回到濮阳县井店镇找到了喻屏（他在南门里小学教书），我们就在一起商量今后应如何工作，没料到他们却提出让我就共产党和国民党的关系问题、今后活动是否还用国民党的名义等问题，去天津请示顺直省委。我走到南乐时，收到了顺直省委寄来的一卷报纸，我就赶紧用药水洗出来，一看是八七会议文件，有《告全体党员书》，关于秋收起义的决定和关于共产党员一律退出国民党，否则开除的通知等。我不再去省委了，就带着文件去找赵纪彬等几个党员研究文件精神，并把几个同学王从吾、王卓如、喻屏、刘汉生、蔡兆麟也找来，共同商量如何贯彻执行八七会议文件精神。大家认为，现在我们还没有多大力量，组织暴动恐暴动不起来，就决定在我们这里组织农民夜校，通过夜校对农民进行教育和发动工作。这时千口、化村、井店等村都已组织了夜校，我们传达八七会议精神，宣讲毛泽东的《湖南农民运动考察报告》和彭湃同志的《海陆丰农民运动》，效果良好。根据当时的情况（8 月份），我们决定在大名、濮阳、清丰、南乐这几个县共同成立大名地方委员会，我任书记，赵纪彬任组织委员，李大山任宣传委员，成润任团的书记，从此，我们不再打国民党的招牌了，而是用共产党的名义开展工作，组织农民协会。12 月，县委机关移到南乐城西佛善村我家。这时主要是领导组织农民进行一些经济斗争，如发动群众算公账，年关卖公地，向富户借钱粮等，并组织我们的人参加红枪会和领导红枪会的工作，扩大实力。

1928年初，县委机关又搬到大名七师。这年2月，我带着关于成立大名县委后的领导分工、开展工作情况的报告等，到天津顺直省委进行汇报，蔡和森同志和我谈话说：直南的党是有基础的，是几省交界的地方，工作很重要。我回来带了些文件，还有蔡和森的《党的机会主义史》等书。4月间，冯玉祥部的刘振华率军又攻克南乐、大名两县，公开成立了县党部，南乐是郭敬颜，大名是姚玉、郭湛波等，当时我们在这几县和国民党的斗争还不很尖锐。在大名舆论界中，因为有七师及谢、晁、王诸同志的影响，我们始终占着优势。在大名西北儒家寨等村有曾则西、解蕴山等同志的活动。我们在农民中发展了不少党员，建立了党的组织。党的六大文件是9月传达到大名的。与此同时，顺直省委改名为河北省委，通知我在指定地点派人与我谈话，我按通知要求准时到达。这次给我谈话的是彭真同志。谈后让我带回一份六大文件，并让我给磁县党组织带去一份。此后，我们与磁县党组织也有了联系。我回到大名正是中秋节，我们根据党的六大精神，研究决定更深一步组织与发动群众斗争工作。因在南乐搞秋收斗争基本上没搞成，而井店一带工作有进展，喻屏、李大山、赵纪彬都在井店镇教书，李世英在该校做饭。后来县委领导机关又从大名搬到井店，还出了刊物叫《白杨书札》，实际是党的通讯。这年冬成立了濮阳县委。

1929年初，濮阳县千口一带农民反豪绅斗争进行得很激烈，学校将放寒假，我们研究了对蔡鸿宾的斗争。在开展这次斗争之前，我跟赵纪彬、李大山、喻屏一起商量过，要利用濮阳国民党县党部一下。因为这是跟带枪杆的人作斗争，万一发生问题，让他们打个掩护。我到了县党部（李素若、平杰三在县党部工作，章质平也在，他是代表省党部来指导濮阳县党部工作，在农讲所时有来往）讲："我们斗争蔡鸿宾，如果出了事，就说是你们的农协会在开会哩！"他们答应了。这时学校放寒假，我回家过春节。正月初八、九，喻屏到我家告诉我说："初六在温邢固开大会斗争蔡鸿宾时，民团开枪镇压农民集会，逮捕了赵纪彬、李大山、王卓如、刘汉生同志。这时国民党濮阳县党部出来讲话，说是他们的农民协会在那里开会，土豪劣绅破坏农民协会等。于是，就把大地主温振纲、民团团长杜金声、蔡兆麟之父蔡鸿宾及蔡兆麟四人也同时抓了起来。”到4月下旬，赵纪彬、李大山、刘汉生、王卓如从濮阳被押到大名，由河北省高等法院大名分院审理此案。据赵纪彬讲，他们到大名后，谢台臣、晁哲甫拿出600块现洋，让晁哲甫去北京、大名等地活动，其目的是让把案子判得轻些。当时判罪的主要证据是《白杨书札》(是蔡兆麟叛变后供出来的)，上边的字又是李大山写的。李大山为了避免对笔体，他又改写别的字体了。法院审判时，我们请的律师是我和赵纪彬同学的父亲。他就辩护说，中国字不好讲，说它像某个人写的，它就像；说它不像某个人写的，它就不像。因为写某一种字体的人很多，不好辨认。结果以“宣传与三民主义不相容之主义”为由，赵纪彬、李大山判刑两年半。刘汉生和王卓如说是看热闹的，取保外押，随传随到。

七师开学了，谢、晁、王等均回七师，并请来了一些革命的教员，有原政庭、李梦龄（1959年任吉林省委书记）、王从吾、王眉征等。上课讲马列主义，下了课就进行革命活动，党组织有了很大发展，工友成国文、张银祥分别参加了党团。于1929年3月在七师建立了大名县委，解蕴山任书记、裴志耕任组织委员，成润是委员兼团书记。4月间，陈潭秋同志来直南检查工作，在邢台城西南郭小庄张信卿家召开了一次会议，成润参加了。在会上确定成立邢台中心县委，书记是冯和斋（又名冯温，邢台四师毕业，参加过南昌起义，失败后经香港、上海，回到肥乡老家接上组织关系，参加了邢台会议，以后被捕叛变），我是组织部长。这个中心县委实际是直南特委的前身，领导直南十几个县的党组织，有南宫、隆平、邢台、任县、肥乡、巨鹿、南和、邯郸、磁县、大名、濮阳、清丰、南乐等县。5月我到邢台中心县委任职，这时的工作是贯彻六大精神，组织群众，积蓄革命力量，进行日常的、适时的、经济的、政治的斗争。

执行“立三路线”及以后的革命活动

1930 年春，大名县委在七师附近的油粉疃等村成立了农民夜校，成为进行革命活动的场所；组织和领导了反对华洋义赈会修大名到馆陶公路的斗争；发动和领导了五女师反对落后校长成仰渊的斗争；在十一中建立了党的组织。这是贯彻六大精神，组织发动群众在大名革命工作中的具体表现。这时七师仍是我党在大名活动的中心，培养大批的革命干部和知识分子，在那时可以说起了党校的作用。

同时，为纪念温邢固事件一周年，我们在井店组织了一次 1000 多人的武装游行示威。其组织者和领导者是张含辉（张原在陕西省委工作，这时从河北省委来直南帮助工作），王从吾和刘玉峰都参加了，这次斗争取得了胜利，大长了革命群众的威风。

4 月，邢台中心县委遭到破坏，随后河北省委派冯温等到直南筹建直南特委。不久，特委成立后，书记是冯和斋，我是组织部长，王子青是宣传部长，喻屏是秘书长，其领导范围仍然是邢台中心县委时的范围。此间，省委先后派代表冯和斋、郝青玉亲自到大名，为在大名举行武装暴动，到七师后就叫谢台臣、晁哲甫、王振华各拿出 600 块现洋给学校购买枪支，准备暴动。谢台臣等表示出钱问题不大，但买枪放在学校，万一学生出了危险不好交代，因而拒绝拿钱。同时，他们认为客观形势虽好，但我们革命的力量薄弱，要在直南组织总暴动是不行的，没有基础，革命力量徒受损失，在群众中影响也不好。冯和斋、郝青玉就说谢、晁、王三人搞右倾机会主义，反对党的路线，反对总暴动。不经特委研究就把谢台臣、晁哲甫、王振华开除出党。谢、晁、王在七师无法开展工作，最后在“左”的路线下被迫辞职。

暑假开学后，省里派张达夫到七师接任校长，带来了一班顽固守旧的教职员，废除了原来的教学内容，制定了严格约束学生的规章制度，限制了学生的一切自由，而革命的七师当然不能不起来反抗。在驱逐张达夫的学潮爆发后，张达夫勾结军警派军队包围了学校，在校门口架起机关枪以此示威，并开除大批学生。但学生的斗争仍在继续进行，终于迫使省教育厅撤换了张达夫这个反动校长。

1931 年元月，反对“立三路线”的指示精神传达到大名，虽然有同志提出对谢、晁、王被开除党籍问题要重新考虑，但还未来得及解决，新的“左”倾路线又到了大名，较前次的更甚，使农村工作没法很好开展，部分同志情绪消沉。但七师党和团的组织一直存在，县委负责人在 1931 年初是李敏生，以后是谁我记不清了。

这年 1 月，阮啸仙同志在磁县召开批判“立三路线”会议，王从吾和特委的同志都参加了这个会，在会上我又提出，开除谢台臣、晁哲甫、王振华的党籍问题值得重新考虑。当时特委书记冯和斋就批起我来，说我是“以右倾机会主义来反对‘立三路线’，已经陷入了谢台臣、晁哲甫、王振华的右倾机会主义的泥坑”。结果，我在党内受了“严重警告”处分，并让我写了检讨。

1932 年省教育厅派反动分子郭鸣鹤等人到七师，这批人学术很差，但有些坏手腕，并大批开除进步学生，斗争很激烈，直到 1936 年才换了王振华同志到七师任校长。

文 / 安　明

我在邢台一段的革命活动

我是1929年4月到邢台做地下工作的。到第二年春，我就离开了邢台，在邢台仅待了一年。现在我把邢台党在这一年中的组织情况、活动情况和我党地下组织遭受破坏的情况分述如下：

党的组织情况

1929年4月，中央派陈潭秋同志代表中共中央到邢台城西5里的西郭庄村张信卿家，传达了党的第六次代表大会精神。这次会议我因其他原因没有出席。参加这次会议的人员有：成润（大名代表）、冯温（冯和斋）、王子青、张信卿等。这次会议叫“直南党的活动分子”会议，主要是传达党六次代表大会精神，为了统一对直南各县党的领导，决定成立邢台中心县委。会后，邢台中心县委就成立了。成员是：中心县委书记冯温，我是组织部长，宣传部长是郝耀星（邢台第三高小教员），机关设在南门内西顺城街路北一家木匠铺内，5月移到南关西大街路南一间民房内。通讯地址是教会的眼科斜对过的一家木匠铺。8、9月间，调来喻屏同志为中心县委秘书长。同时，又调来刘峰（南乐县佛善村人）同志，后又调来一个共青团员叫文田（濮阳井店村人）。秋天我们在南瓦窑开了一个面房。1930年春，我奉命调任河北省委巡视员，我走后王近瑞为邢台中心县委军委书记，刘峰为邢台中心县委书记，喻屏为组织部长，郝耀星为宣传部长。邢台中心县委所领导的县有：清丰、南乐、濮阳、任县、隆平、尧山、巨鹿、南和、南宫、高邑、大名、磁县、永年、肥乡等。当时，另有些县没有党的组织或尚未接上组织关系。

1929年4月至1930年春的党组织情况

当时，邢台县的党组织有第四师范支部，支部书记是王邦彦；十二中学支部，党支部书记的名字我不记得了。两个支部的人数都只有几个同志，他们都是在校内活动。张信卿的儿子张啸宇在邢台正西约20里一个山村的（可能是侯兰）小学里教书，他和另两个教员都是党员。在工厂和农村，我们还没有开展党的工作和斗争。

这时的斗争：世界资本主义国家正处于经济恐慌之际；在国内正处于国民党军阀混战时期，苛捐杂税压得民不聊生，受世界经济危机的波及，城市皮毛商业倒闭许多户。1929年和1930年，邢台城的驻军是晋军，师长是孙楚，这支军队很坏。当时，我党是处于大革命失败后，党的方针政策主要是搞地下活动，组织群众开展斗争。我们在各个阶层的活动方法内容是：在知识分子（学校）中，主要是宣传第二次国内革命战争的胜利形势；在农村宣传反对封建压迫，反对苛捐杂税；在反动军队中，我们为了瓦解涣散士兵，还派了王卓如、赵子云两个党员打入邢台驻军内部进行活动，并印发了不少宣传品，到处张贴和传递。

我们因在邢台没有户口，邢台中心县委为了掩盖组织活动，我和王近瑞、刘峰、文田等同志都化装为卖面做生意的商人和报社记者。文田化为磨面的工人，刘峰同志还不断推着白面到大街上去卖。我和刘峰、文田等同志租赁了邢台西南的南瓦窑村×××（母女和她一个女婿，共三人）的房子开面坊，还在羊市街设立了一个卖面门市部。我们常在僻静的达活泉（王怀庆花园）、予让桥苇坑等地开展活动（如开会等）。

1930年4月，邢台中心县委遭受晋军孙楚的严重破坏。情况是这样的：在1930年4月间一天的夜里，邢台军警机关检查户口。查到王近瑞卖面的门市部（羊市街）时，见我们的门市上面很少，并看到桌上只放着一些报纸和一只钟表，王近瑞身体粗壮、浓眉大眼的，便怀疑王不是卖面做生意的，就进行详细检查。结果查出了文件，就将王近瑞逮捕。王被捕后，经不起严刑拷打，将我邢台中心县委党的组织全部暴露于敌人，致使我地下工作人员郝耀星、张信卿、张绍先（信卿弟弟）、王卓如、赵子云（王、赵是从敌人新兵中被认出来的）、刘万善、王文田等十几个人都被逮捕。喻屏、刘汉生同志看到军警包围南瓦窑村，机警地避开，免遭逮捕，跑到磁县。刘峰被南瓦窑村长送到敌司令部，正遇敌人法官审讯被捕人员，法官误认为刘峰是来保人的，将刘峰骂了一顿赶了出来。刘峰趁此机会跑到沙河，后跑到南乐县。在敌法官审讯中，曾涌现不少英勇不屈的事迹，如郝耀星同志表现很坚决，审讯时不断大骂法官野蛮无理。

其他几点

直南特委在1930年4月成立，地点在河北省的磁县，特委书记是冯温，军委书记是张兆丰，我任组织部长。1932年，我到邢台四师等学校与党的支部负责人张玺（原名王常珍）接过头。当时学生中还有哪些同志，晁哲甫同志可能了解。

另有城内北后街在法院做小职员的一个同志，名字我记不清了，我在他家住过。

文 / 安　明

直南五县党组织的建立与发展

直南五县（现在叫豫北）党组织的建立与大名七师是分不开的。大名七师建于 1923 年秋，第一任校长是谢台臣。他是省议会的议员，在议会上一直争取要在大名成立个师范学校。后来省议会通过，北洋政府批准，成立了直隶省立第七师范学校。校址设在大名，故简称大名七师。七师一成立，清丰县的晁哲甫、南乐的王振华就在那里当教员。1926 年晁哲甫当教务主任，王振华任训育主任。当时谢台臣、晁哲甫、王振华的思想倾向民主，他们对当时的政治局势、军阀混战是不满意的。1924 年直奉二次战争，冯玉祥倒了吴佩孚的戈，建立了国民革命军。这在七师学生中曾引起一场争论，有的人说，冯玉祥很坏，有的认为则不然。吵来吵去，谢台臣就知道了。谢是讲历史课的，有一次他在课堂上讲："袁世凯倒了满清的戈，段祺瑞倒了袁世凯的戈，吴佩孚倒了段祺瑞的戈，现在冯玉祥倒吴佩孚的戈，有什么稀罕呢！倒戈好，不打仗，少死些人。"他是用历史的观点来看倒戈的。谢台臣对军阀不满，他从爱国的观点出发，主张教育救国，努力把学校办好。在教育思想上，他受杜威的影响，坚持一面实验，一面学习。谢台臣、王振华、晁哲甫受五四运动影响比较大。1925 年五卅运动爆发后，七师学生曾联合大名的十一中、五女师、第一、二高级小学等组织罢课，成立五卅惨案后援会，通电全国，上街游行示威，登台演讲，宣传抗英。学校的这些活动，谢台臣、晁哲甫、王振华都是支持的。

1926年7月,全国总的形势是开始北伐。不久,北伐军打开醴陵、长沙，这时两湖的农民运动就都起来了，援助北伐军，参加北伐。7月份冯品毅曾经到过七师，谢台臣领着他在学校转了转，并给学生介绍说，冯品毅曾经是“五四”时的活跃人物。我们都知道他是共产党员,都很敬仰他。听说暑假后他要来七师当教员,我们都很高兴。9月份开学后，冯品毅果真来了，教我们英语，同时进行党的宣传活动，在全校师生大会上讲大革命发展的形势。这时革命发展更快。在汀泗桥、贺胜桥打了两个胜仗，把吴佩孚的部队击溃了。北伐军9月6日收复汉阳，8日收复汉口。于是北伐军合围武昌，到10月10日，就把武昌收复了。吴佩孚的武力被击溃以后，奉系军阀张作霖的部队沿平汉线南下，来到河南。前线在豫南、豫中，指挥部在郑州一带。

10月份，我们知道冯品毅将要离开七师。一天晚上，我跟赵纪彬讲：“听说冯老师要走了，他走以后，我们再找党的关系就不容易了，临走前让他介绍我们入党吧！”赵纪彬同意了。我们就给冯老师写了封信，大意是：我们想参加革命活动，希望冯老师介绍我们参加党的组织。其中有这样一句话：“生我者父母，成我者师长。”语言是很恳切的。冯品毅看后，把我们两个叫到他的屋里，问我们:“为什么要入党？”我们讲：“因为对军阀不满，对社会不满。要改造它，只有革命，除此没有别的出路。而革命，唯有跟着共产党才有希望。所以我们要求参加党的组织，投身于革命之中。”当晚，冯品毅就同意了我们的入党要求，并把党的组织、党的纪律、党的最终目的、党的名称代号等都给我们讲了。还告诉我们通信秘写的方法和河南省委的通讯处，即开封东大街天主教堂 ×××（名字记不清了）转。回宿舍后，我和赵纪彬就向我们最好的同学李大山讲了这件事，也就是当晚发展了李大山。第二天又发展了成小川（又名成润，现在水利部工作）、吴益普。于是就成立了党支部，支部书记是我。冯品毅走前还给我们订了一份报纸，叫《华北新闻》。他说这是国民党左派的报纸，它的态度很明朗，观点很鲜明。

三天以后，冯品毅走了。我们就给河南省委写信联系，但没收到回音。我们就在七师活动，把有关北伐战争的新闻写在黑板上，进行宣传。

放寒假前（即 1927 年 1 月），我们在七师发展了十几个党员，现在记起来的有：南乐的石仙洲、朱子欣、王师韩；大名的解蕴山、裴志耕（现在空军政治部当顾问）、曾则西（现在内蒙古工作）；长垣县的郭义安；巨鹿县的李亚光；还有吕鸿安；等等。这时党支部书记换成了赵纪彬，我是组织委员，李大山是宣传委员，成小川做团的工作。

放寒假时，我们布置了工作，要求党员假期在农村进行宣传，发展党的组织。我在南乐县发展了刘峰，其他发展的都是谁，我现在记不清楚了。

同年 2 月，七师开学，我们继续在学校活动。

有一天晚上，我跟王振华（训育主任）在一起谈话，告诉他，我们参加了政治活动。王振华知道后，就给谢台臣、晁哲甫讲了。随后谢台臣就对我说，你们是否到武汉去受训？我们感到去受受训好，因为我们入党的几个人，一是马列主义水平低，马列的书就没有怎么看过；二是没有实践经验，不像工人、农民搞过罢工、经济斗争等。我认为，我们参加革命是大革命的浪潮把我们卷进来的。于是我同意到武汉（当时的革命中心）去受训。谢台臣、晁哲甫、王振华各拿出 70 块钢洋[①]交给了我们。我们把工作交给了成小川、吴益普两个人。我和赵纪彬、李大山三人准备去武汉学习。我们首先到北京找到了李素若（此人是赵纪彬的同学，好朋友，已经参加党组织，住在府右街罗圈胡同甲字 14 号），让他为我们去和北方区党委联系。当时北方区党的机关设在苏联大使馆内，李大钊也在这

①钢洋：银圆旧称。

里，进去一次很不容易。我们就把我们的情况和要求写成报告，通过李素若送上。3 月下旬的一天晚上，李素若领我们到政治大学的宿舍里见到了刘伯钊，刘说："组织决定，你们三个人，只准一个去武汉学习，其他两个人回大名坚持工作。"谁去谁回呢？我们三个商量后，决定我去武汉，赵、李回去。我们就给谢台臣、晁哲甫、王振华写信，说明我们求学有困难，想回去。谢等收信后马上给我们发电报："在京求学既有困难，速回。"

4 月初，赵纪彬、李大山返回七师，谢台臣就问赵纪彬："你们参加的到底是什么党？如果是国民党，我看它革命不彻底。"赵纪彬说："我们参加的是共产党。"谢说："你们参加的是共产党，我们也可以考虑参加。"谢、晁、王商量后，同时由赵纪彬介绍入了党。

我从北京出发，经天津，然后乘船赴上海，准备先去找冯品毅。途中遇到杨天然（后知他是北方局的交通），他认识冯品毅，于是同行到上海，住在江南大旅社。第二天到黄浦路 1 号（这是冯品毅在上海的通讯处）找马恕（冯品毅的化名），警察不让进去，我只好走了。当天在报纸上看到，黄浦路 1 号是苏联领事馆，已被包围搜查。两天后，我就登上了去武汉的船只。那天正是"四一二"，蒋介石在上海缴了纠察队的枪，叛变了革命。

到武汉后，我先找到了王虞传（冯品毅走后，他接任我们的英语课，冯在上海的通讯处，就是他告诉我们的），又到顺直省委驻武汉办事处找到李希夷。这时正在开党的五大，北方局的代表证明我是党员，就给我写信，让我去找屈楚豪。屈楚豪介绍我到中央农讲所学习。当时农讲所的负责人是毛泽东、邓演达、陈克文，教育长是周以栗。学员按军事编制，开始学军事多，后来讲课比较多。恽代英、邓演达等人给我们做过报告。毛主席讲的是《湖南农民运动考察报告》。"马日事变"（5 月 21 日）前后，夏斗寅偷袭武昌。这时武昌比较空虚，因为武汉的部队已出师河南。夏斗寅乘虚而入，他的部队一直打到离武汉 40 里处的纸坊附近。武汉为应付紧急情况，组织了中央独立师（由中央军事政治学校的2000多人，中央农讲所的800多人组成），师长叫侯连瀛（河南人），恽代英是党代表。独立师由叶挺率领开到纸坊，打了一仗，把夏斗寅打跑了。这次我们农讲所的学员没有去，只是整装待命。白天，我们上课打靶、搞军事训练，夜里到城墙上担负从农讲所到北门一带的城防。6月下旬，我们毕业。这一期，河北省的学员，只有我和杨恒南。

我在农讲所毕业以后，又按原路返回。先到顺直省委，省委派我以特派员的身份回大名工作。这时大名正在打仗（驻守大名的是直鲁联军孙殿英师，冯玉祥的第二集团军暂编第三军梁寿凯率部前来攻打），我没有直接去大名，便绕道去南乐了。因为北伐军已经到了南乐一带，所以濮阳、清丰、南乐等县的国民党县党部都已经公开了。其实县党部绝大多数都是我们的党员在那里工作，真正的国民党员很少。到南乐后，我驻在县党部。梁寿凯率部很快就退却到了新乡，孙殿英的部队又占了濮阳、南乐一带。这已是8月份了。在此之前，武汉发生了“七一五”反革命叛变。时隔半个月，我党又举行了“八一”南昌起义。当时，我在政治上搞不清楚。因为我从农讲所毕业离开武汉时，武汉政府公开反共及宁汉合流等情况我不知道。究竟怎么搞，我弄不清楚。我就到新乡找到汪静涵，让他给我弄到一套军衣穿上，去临颍张本固（又名张培深，农讲所同学，当时中共党员，我们在一个党小组里生活，毕业时，我让他把我的书带到他家了）家拿我的书。张本固给我讲，“河南书店”是开封党组织的接头处，“张和尚”在那里，并给我讲了那里的代号。我回新乡后就把张本固告诉我的情况又告诉了当时在新乡的谢台臣。谢台臣穿了一身军衣（营级军服，是借的）到开封去找张和尚。张和尚接见了他，并领他见了周以栗。周以栗给谢台臣讲了八七会议精神，大意是：要举行秋收起义，保卫革命胜利果实。只要各地都起来搞暴动，国民党就没有办法成立。八七会议以后各地究竟如何搞，周以栗没有具体讲，也不可能具体讲。

在新乡，我听我的同学王建章（此人与冯品毅很熟，是个团级军官）说，冯品毅病倒在信阳，冯给他的好同学，现任梁寿凯部团长的齐立平写了封信，内容是：历年奔波，给这些浑小子们做了嫁衣裳，我现在病倒在信阳客店里 …… 齐立平接信后，派人带了 200 块钱到信阳把冯品毅送回大名。

从临颍回来后，我和当时也在新乡的赵纪彬、成小川、石仙洲等同志带着从临颍取回的书一同到井店镇。在南门里小学找到喻屏，就在一起商量，今后应该如何工作。结果，让我就共产党和国民党的关系问题，今后活动是否还用国民党的名义等问题去请示顺直省委。我到南乐后，还没有走，就收到顺直省委寄来的一卷报纸。我赶快用药水洗。洗后，一看是八七会议文件，有告全体党员书、关于秋收起义的决定以及共产党员退出国民党的通知等。我就不再去省委了。我带着文件去找赵纪彬，和他研究文件精神，并把王从吾、王卓如、喻屏、刘汉生、蔡兆麟找来，一起商量如何贯彻执行八七会议文件精神。大家认为，我们还没有多大力量，组织暴动恐怕暴动不起来。就决定在这里组织农民夜校，通过夜校对农民进行教育和发动工作。千口、化村、井店都组织了夜校。八七会议的文件就是在这个时候传达到那一带党组织的。时间大概是 9 月下旬。

1927 年 8 月份，大名、濮阳、清丰、南乐这几个县共同成立了领导机关——中共大名地方委员会。我任书记（1928 年后赵纪彬任书记），赵纪彬搞组织，李大山搞宣传，成小川搞团的工作。刘峰也参加了委员会。从此我们不再打国民党的招牌了，就用我们共产党的名义组织农民协会。1927 年 12 月，赵纪彬、李大山都到南乐我家（佛善村）去住，大名的领导机关就算搬到南乐了。这时主要是领导组织一些经济斗争，如年关卖公地、向富户借钱等，并组织人参加红枪会。1928 年初，机关又搬到大名七师。同年 2 月间，我带着报告（关于成立大名县委员会后的领导分工，开展工作的情况等）到顺直省委（在天津）。蔡和森同志和我谈的话，他说："直南的党是有基础的，是几省交界的地方，工作很重要。”回来时，我带了些文件，有蔡和森的《党的机会主义史》等书。回来后，我先到冯品毅家（此时冯在家里住，精神已有些失常，因为他是我的入党介绍人，我很信任他），并把带回来的文件给他看了。

1928 年下半年，顺直省委改为河北省委。9 月间，省委通知我到指定的地点，派人与我谈话。我按通知的要求准时到达。这次跟我谈话的是彭真同志。谈后还让我带回一份六大文件，并让我给磁县党组织带去一份。此后，我们与磁县党也有了联系。回到大名正是中秋季节，第二天我就回家了。在南乐搞秋收斗争基本上没搞成。而井店一带的工作有进展，喻屏、李大山、赵纪彬都在井店镇教书，李世英在那个学校做饭。领导机关又从大名搬到井店，出了个刊物叫《白杨书札》，实际上是党的通讯。“白杨”是濮阳的谐音，当时井店属濮阳管，《白杨书札》就是濮阳书信。

1929 年 1 月，学校放假，我们就领导了对蔡鸿宾的斗争。在开展这次斗争以前，我跟赵纪彬、李大山、喻屏一起商量过，要利用国民党濮阳县党部一下。因为这次是跟带枪杆的人作斗争，万一发生问题，可以让他们打个掩护。我就给国民党县党部（当时李素若、平杰三均在县党部工作，章致平也在。章致平是代表省党部来指导濮阳县党部工作的，他于 1927 年 5 月在湖北省农协干部训练班当学员，我在农讲所时和章有来往）讲：“我们斗争蔡鸿宾，如果出了事，就说是你们的农民协会在开会哩！”他们答应了。我们还讨论，斗争蔡鸿宾时，蔡兆林（蔡鸿宾儿子）在场是否会出问题。有的同志讲，让我把他带到南乐去。有的同志认为，斗蔡鸿宾是一般的清算问题，不致出大事，就没有把他带走。结果蔡兆麟叛变了。

学校放寒假后，我回家过春节，所以温邢固事件发生时，我不在场。

正月初八、九，喻屏到我家去。他告诉我，初六在温邢固开大会斗争蔡鸿宾时，赵纪彬、刘汉生、李大山、王卓如四人被捕了。

这时国民党濮阳县党部出来讲话，说是他们的农民协会在那里开会，土豪劣绅破坏农民协会。于是，就把温振刚（大地主）、杜金声（民团队长）、蔡鸿宾（蔡兆麟之父）、蔡兆麟四人也同时抓了起来。

4 月下旬，赵纪彬、李大山、刘汉生、王卓如（从濮阳）被押到大名，由河北省高等法院大名分院审理此案。据赵纪彬讲，他们到大名后，谢台臣、晁哲甫拿出 600 块现洋，让晁哲甫到北京、大名等地活动，其目的是让把案子判得轻一些。当时判罪的主要证据是《白杨书札》，上边的字又是李大山写的。李大山为了避免对笔体，他又改写别的字体了。法院审判时，我们请的律师是我和赵纪彬的同学的父亲。他辩护说，中国字不好讲，说它像某个人写的，它就像，说它不像某个人写的，它就不像。因为写某一种字体的人很多，不好辨认。结果以“宣传与三民主义不相容之主义”为由，对赵纪彬、李大山判刑两年半。刘汉生和王卓如说是去看热闹的，结果他俩取保外押，随传随到。

1929 年 4 月，陈潭秋同志来直南检查工作，在邢台城西南郭小庄张信卿家里召开了一次会。我没参加（因没来得及通知我），成小川参加了。会上确定成立邢台中心县委，书记冯和斋（冯是保定二师毕业，参加过南昌起义，失败后经香港转至上海，后又回肥乡县老家，接上了组织关系，参加了邢台会议），我是组织部长，郝耀星是宣传部长。这个中心县委实际上是直南特委的前身，领导直南十几个县的党组织，有南宫、隆平、邢台、任县、肥乡、巨鹿、南和、邯郸、磁县、大名、濮阳、清丰、南乐等县。5 月，我到邢台中心县委去了。这时的工作是贯彻六大精神，组织群众，积蓄力量，进行日常合法的、非法的、经济的、政治的斗争。

1930 年春节期间，我们在井店搞了一次 1000 余人的武装游行示威，纪念温邢固事件一周年。组织者和领导者是张含辉（张曾当过陕西省委书记，这时是从河北省委来帮助直南工作的）、王从吾、刘玉峰。这次斗争胜利了，大长了群众的威风。

同年 1 月，王卓如、刘汉生到邢台中心县委去了。这时大名法院又传他俩，赵子云就到邢台来叫。我没有让刘汉生、王卓如到大名去，因为恐怕把他俩再押起来，也没让赵子云回去。

4 月份，邢台中心县委遭到一次大破坏，王近瑞、郝耀星、王卓如、赵子云、张信卿、张绍先（张信卿的弟弟）等十几个人被抓走了，押送到太原监狱去了。

同月，河北省委派郝青玉到直南，成立了直南特委。特委书记是冯和斋，我是组织部长，王子青（六大代表）是宣传部长，喻屏是秘书长。其领导范围仍然是邢台中心县委时的范围。

也是在 4 月份，“立三路线”的精神传达到了直南，我们就开始组织岳城暴动，由王子青直接领导。5 月 1 日，岳城举行暴动，参加者有一二百人，只搞了一天多大家不愿意干，就散了。郝青玉、冯和斋就说王子青要解散红军，是右倾机会主义。结果给了王子青停止党籍 100 天的处分。岳城暴动是“立三路线”在直南执行的开始。

5 月份，冯和斋、郝青玉又到大名去贯彻“立三路线”。到七师后，他叫谢台臣、晁哲甫、王振华各拿出 600 块钱给学校买枪。谢台臣等担心买的枪放在学校，万一学生出了危险，不好交代。同时，他们对“立三路线”也有看法。认为，当时客观形势好，蒋冯阎大战，对革命有利。但革命的主观力量薄弱，要在直南组织总暴动是不行的，没有基础。冯和斋、郝青玉就说谢等三人是老右倾机会主义分子，反对党的正确路线，反对总暴动。不经特委研究，就把谢台臣、晁哲甫、王振华开除出党。当时郝青玉“左”得了不得，直南特委办了个刊物叫《直南红旗》，郝要求凡是在刊物上发表文章都要署其姓名。我不同意，认为那样做完全是自我暴露。因为多数同志都是本地人，一署真名就都知道了。郝青玉还强调，凡是党员都得到街上去撒传单。有一天王从吾去大名十一中撒传单，还没有撒就被抓住了。问他是干什么的，他说是来找人的。这时，正好被王振华碰上。王振华就说王从吾是他的学生，王从吾才被带回了七师。其实王振华也是去十一中撒传单的。

这一时期，直南特委机关主要在磁县和马头镇一带，王维刚同志（后来曾任最高法院副院长）在第三高小当校长，龚受益、董兆林两同志任教员。这个学校便成了我们的主要联络点。

5 月间，我们在南乐准备搞麦收暴动，就是抢地主的麦子。当时我们的力量比较小，只有红缨枪两百多杆，有组织的群众数百人。农民党员也比较幼稚，也不注意保密，没有到麦收的时候就传出要抢地主的麦子啦。地主知道后，就向伪县政府告发。伪县长孙振邦就纠集全县地主武装（民团），把我们村（佛善村）包围了。抓住了村党支部书记吴书升，组织委员潘冰，宣传委员刘介寿。吴书升（也叫二铁头）表现很坚强。他头一天刚结婚就被抓住了。敌人拷问他，他什么也不说。凶残的敌人就对他压杠子，压昏过去，再用冷水把他泼醒，继续问他。他带着对敌人的刻骨仇恨，以非常蔑视的口气说："我什么都知道，就是不说！"并且一直骂那些敌人。最后，万恶的敌人就把吴书升同志残杀在村外的东窑坡上。（注：杀害吴书升同志的是伪县长孙振邦，后调磁县继续残杀我党同志，新中国成立后被我政府处决了。）两个支委被打以后，供出我是他俩的入党介绍人，当时我在濮阳工作，没有抓到我。

7 月份，河北省委派张兆丰同志去磁县彭城搞暴动，没有搞起来。

同月，我和冯和斋、郝青玉到濮阳化村，准备在濮阳搞暴动。从峰峰矿调来一个火车司机叫赵凌云，由他做了些土炸弹，一共有几十个。没枪支，就托熟人借了 1 支驳壳枪，有 6 发子弹，还弄了 1 支八音，有 5 发子弹。这么两支枪和几十个土炸弹，就想拿下村民团。郝青玉说，只要枪一响，成百上千的人就都来了，这话很不切合实际。当时村民团有 30 来支枪，两方相比武装力量悬殊。所以把人集合起来，没敢动就解散了。结果濮阳暴动也没搞成。

1930 年冬，我离开濮阳到磁县兼任县委书记。

1931 年 1 月，阮啸仙同志在磁县召开批判"立三路线"会议，批判其为小资产阶级盲动主义。王从吾和特委的同志都参加了这个会。当时我就讲，开除谢台臣、晁哲甫、王振华的党籍问题值得重新考虑。这样特委书记冯和斋就批起我来，说我“是以右倾机会主义来反对路线，已经陷入了谢台臣、晁哲甫、王振华的右倾机会主义泥坑”。结果,我在党内受了“最后警告”处分。我虽然写了检讨，承认自己是右倾，但思想上是不通的。

总之，直南特委虽然执行了“立三路线”，但由于彭城、濮阳等地的武装暴动都没搞起来，所以“立三路线”在直南也没造成大的损失。

1932 年秋，磁县的小车社暴动也失败了。王维纲、唐老寿父子和马载等十几个同志被捕，送至北京监狱。高克林到滑县、濮阳一带搞盐民斗争去了。

1933 年春,特委在南乐县北五花营刘怀安家开了一次扩大会议。王从吾、王子春都参加了。会议主要是研究盐民斗争情况及今后如何继续工作。

1933 年 4 月，我到六河沟做矿工工作，7 月份在六河沟被捕，因为我身上带了一些写的小标语，署名是中共六河沟矿支部，被搜出来了，以此为据把我抓了起来。审问时，我说我不认字，是得了两元钱替别人散发的，就把我送到安阳看守所。在那里，我始终坚持我不认字，是得了钱替别人散发的原供。快到 1934 年春节了才判决我。法官是柯照常(滑县人),他在判决书上写得比较委婉,结论是:“持有与三民主义不相容之主义之宣传品，犯罪事实未遂不罚。”宣布无罪释放。春节前三天，我才回到了家。回家后，我就让家里人给我造舆论，说我是因吸毒品在外边打官司啦。就这样，我才在家过了个春节。

1934 年阴历二月初二,南乐县委被破坏,县委的王同兴、宋同法、陈仰贤三人被捕。他们三人是受骗出来以后被捕的。敌人派人赶了一辆马车，到南乐县委去叫他们三个人，诡称上级来人了，在大名开会，叫他们三人去参加，三个人就上了马车走了。途中遇到王从吾，三人就给王从吾打招呼，让王从吾也上了车。走到卫河汉河嘴渡口，马车停下来，在一个小茶店里喝水等船。王从吾悄声问他们三人："来接你们开会的人带有信吗？"答："他们没有带信，身上都带有枪。"王从吾感到可疑，就警惕起来了。他趁带枪人不备之机，拔腿就跑。敌人没追上。其他人没跑掉，被送到大名。在此之前，清丰县的王冠儒、大名县委的许彤云都先后被捕了。后来才知道，这是国民党大名县党部的金国栋（金于抗战初期被我们处决了）搞的。

我在南乐待不住，就到淇县住了两个月，住在云梦山上神庙里（相传孙膑庞涓在这里住过）。刘峰在这里住，他在南乐麦收暴动失败后就到这里来了。我和他住在一处，一直住到麦收前。5 月间，直南特委派刘同方（后来牺牲了）去叫我，让我去安阳。我到安阳后，先去图书馆里看报。这时王子青（此时任特委书记）看到我，俺两个到一个小饭铺里接上了头。他给我写了个条子，让我到磁县码头填东南角的一个小村子里，找一位叫王绍棠的小学教员，就住在他的学校里。第二天，我见到了王卓如，他对我说："组织上决定你到濮阳去，王从吾任濮阳中心县委书记，你任组织部长。"我就到了濮阳，在井店、化村一带工作。我在这一带熟人比较多，工作条件比较艰苦。说实在话，这时思想比较消极。不久，又调我去特委，约我在安阳东门外接头，因我妹妹有病，我给她抓药误了接头时间，就脱离了党组织。

同年 9 月份，我到新乡找到同学郭义安，他介绍我到新乡第二小学教书。通过郭义安，我又认识了新乡专员公署的李范之（与郭是同乡，原是四师学生），便互有来往。这年冬天或 1935 年初，李范之和校长熊济亚都参加了国民党驻豫北的黄埔通讯处，实际上是特务组织。

1936 年春，我不在新乡第二小学了，又到乡下天宁寺小学教书、当校长。这时王维纲从北京越狱回到磁县，他打听到我在天宁寺小学，就到我那里去住（到 10 月里，我介绍他到小冀张铭西家住，1937 年春，他到江南铁路上去了，6 月又回天宁寺）。组织上派王子青到天宁寺找到我和王维纲。王子青让我在天宁寺继续教书，他说："有个公开的职业，对掩护工作有利。"

我再补充一点王子青的情况。他是 1934 年或 1935 年被捕，押到南京，在南京受敌人法庭的审问，他认为自己刚到上海就被捕，一定是内部有问题。他就自首了。敌人就交给他任务，让他抓人。他没有抓，就瞅机会跑了。他到天宁寺见到我和王维纲后，就把他在南京被捕自首的事都讲了。1937 年冬，直南特委的张玺同志送王子青去延安党校学习。据别人讲，他到党校后把在南京的情况都向组织交代了。1938 年初，他在党校被捕了，说他是叛徒，通过康生把他处决了。王子青被处决后，凡是了解他的人都有意见。因为王子青任过直南特委书记，他认识很多同志，知道很多同志的家和党组织机关所在地，却一个同志也没出卖，一个组织也没被破坏，怎么能说他是叛徒！王子青在当地很有影响，新中国成立后，他家乡的党支部就他的问题写信问周总理。周总理指示，人已不在，按烈士待遇。所以，他家属一直享受烈士待遇。

1937 年抗日战争爆发以后，我不教小学了。10 月份，我经吕鸿安找到张玺，把我的组织关系恢复了。张玺派我到大名去，因王从吾被捕了，那里的组织关系还没接上。要我到大名一带恢复组织关系以后，集中力量建立武装。张玺还给我讲，到大名后，去找申伯纯（鹿钟麟的机要秘书，共产党员，新中国成立后曾任全国政协的副秘书长），通过他把王从吾从监狱中要出来。我找到申伯纯，他满口答应给办。第二天，申伯纯给我讲，王从吾已经在"犯人"挖工事时跑了。

我就去找唐哲民（高树勋部下的工程副参谋长），联系搞武装的事。我在清丰、南乐一带利用一切旧关系（如平杰三在那里组织的抗日救国十人团，还有一些参加过党的活动的同志），组织了一个游击队。游击队用什么名义呢？我就去找朱瑞（是八路军驻第一战区的代表，实际上负责我们那一带党的工作）。朱瑞派朱则民去二十九军联系。朱则民通过张克威（石友三部的学兵队队长，后来是八路军一二九师政治部的生产部长，新中国成立后任东北农学院院长）和袁也烈（学兵队副队长，解放战争时期是渤海军区司令员，后来是海军部的参谋长）找到石友三（一八一师师长）。他给了我们一个"一八一师抗日游击队"的番号，并派张克威任队长，我任副队长，袁也烈任参谋长，还派了几个干部（都是党员，记得有季铁中，现任石油部副部长，刘静宇等）。我们就在南乐的留固店集人集枪，干了起来。

一个多星期以后，一八一师就走了，高树勋部驻到了清丰。我们又通过唐哲民跟高联系，高树勋（河北省保安司令）就给了我们一个番号，叫"河北民军第四支队"。派唐哲民任队长，我任副队长，朱瑞还给我们派了三个老红军干部（即肖汉卿、陈耀元、漆汉臣）。他们三个一来，就把红军的光荣传统"三大纪律、八项注意"带给了部队。我们到地方上吃粮、吃菜、烧柴都出钱，公买公卖，不侵扰百姓，纪律严明，在群众中影响很好，都称我们四支队是"土八路"。在群众的拥护和支持下，四支队也逐渐由小变大。这时高树勋又给了我们 30 支枪，3000 发子弹，10000 块钱的军费，加上我们原有的 70 多支枪，共有 100 多支枪。

由于平型关一仗，大大鼓舞了全国人民的抗日热情，提高了共产党、八路军在抗战中的威望。四支队的发展壮大，使清丰、南乐一带有名的民团团长主动和我们搞统战，共同打日本人。

这时，清丰与南乐西部一带很乱，有国民党的别动队，有河北民军第一军，有土匪武装，都在那里活动。当地群众说，"司令多如牛毛"。我们四支队就在清丰、南乐以西沙区活动。后来高树勋撤走，唐哲民也跟着走了，就由肖汉卿任支队长，我仍任副队长。四支队在斗争中进一步发展壮大，这时已有 200 多人，130 多支枪。我们这支队伍是土生土长，和当地群众有血肉联系，群众非常关心、爱护它。有的群众发现敌情及时向我们报告，有的主动地为我们侦察、送信，并帮助我们抓俘虏。记得1938年正月，我们的侦察员打扮成走亲戚的样子，挽着篮子去察看敌人的过路情况，在清丰县发现一个掉队的日本兵，侦察员就喊："快来抓日本兵！"老百姓都跑来，很快就把日本兵抓住了。

同时，平杰三、张增敬、刘汉生也在井店一带搞抗日武装。他们通过丁树本搞了一个"冀鲁豫边区八县保安司令部第八大队"的番号，就在那一带活动。

1937年12月（或1938年元月），朱瑞派朱则民来南乐、清丰成立特委，朱则民任特委书记，我任副书记（仍做四支队的工作），王从吾任组织部长。肖汉卿、刘汉生、张增敬都参加了特委。

1938年正月十五日，我们四支队由南乐来到井店一带，与八大队会合了。这时特委在这里开了一次会，决定八大队和四支队合并，其目的有二：一是合并后力量大，以便更好地对付敌人；二是八大队成立以后，一直在井店镇活动，范围太小，合并后由四支队带领八大队在大的活动范围锻炼锻炼。四支队与八大队合并后分四个中队（中队长分别由陈耀元、漆汉臣、刘玉峰、××× 担任），还有一个通讯排，并成立了政治部，由刘汉生、张增敬担任正、副主任。特委也随四支队行动。全部人员共有近400名（其中有7个女同志），有260余支枪，有一挺轻机枪，还有十几匹马。在井店合并以后，我们就把队伍拉到清丰西南的西王寺村。这时，朱则民同志去丁树本那里，做丁的统战工作。我们又移至清丰西北的杨邵集一带，同一股土匪打了一仗。由南乐、清丰间到了六塔镇，又打了一次土匪。

3月8日，我们开到濮阳县的小濮州。这时丁树本就住在小濮州东南。3月9日早晨，我和肖汉卿骑马去找丁树本。见面后，丁树本说："我到你们那里去看一看。"丁树本到小濮州以后，我们把全部队伍集合在小濮洲村西，让丁给大家讲话。刚开始讲，有20多个日本骑兵来到了我们的西南方。我们马上让队伍散开，与敌人打了起来，很快就把他们打散了。我们打死敌骑兵 4 人，缴枪 4 支及一部分军用品。在这次与日本骑兵的交战中，还产生了一个误会，即日本骑兵一来，丁树本认为是我们搞他的鬼。战斗一开始，我们赶紧让丁树本暂时躲在庙里，等把日本骑兵打跑以后，我们才让他安全地走了。后来他才明白，并不是我们搞他的鬼。

我们怕日本的大部队再来进攻，就赶快把部队撤走了。3 月 11 日，我们到了丁树本司令部所在地的小常庄。这时日军攻打丁树本，我们就拿出三个中队与丁树本的部队配合起来与敌人作战。鬼子腹背受击，打了一天就撤走了。这次战斗叫小常庄保卫战，是一次很小的阵地战。但是，这一仗对丁树本影响很大，他很佩服我们的战斗力。每当他的部队顶不住敌人时，他就以我们为榜样，命令他们坚决顶住，谁退就枪毙谁。13 日夜行军时，我们的队伍，秩序井然，士气旺盛；丁的部队东倒西歪，疲惫不堪，形成了鲜明的对照。当丁树本知道肖汉卿在红军里当过师长，漆汉臣和陈耀元当过团长时，就更加佩服我们。

到了 3 月下旬，我们的部队（四支队）里发生了问题，是由处理李素若、王冠儒引起的。事情的经过是：有一天晚上，朱则民拿了一封从西安发来的信，信的大体内容是：听说你们的工作搞得不错，希望你们继续努力，争取做出更大的成绩。总之，是些问候和鼓励的话。信是写给李素若、王冠儒、李茂林的，署名是汪静涵。朱则民就根据这封信，一口咬定汪静涵就是张慕陶的化名。因为张慕陶是托派，张慕陶给李、王、李写信，他三人也就是托派。是托派就要被处决，即不经逮捕，秘密被处死。我不同意这样处理。我认为汪静涵不是张慕陶的化名，因为我认识汪静涵（此人 1927 年任国民党暂编第三军的政治部主任，新中国成立后在察哈尔当过厅长，是河北南宫人），我也知道汪静涵认识李素若、王冠儒、李茂林。如果不相信，可以先把他们逮捕起来，进行审讯，弄清楚了再作处理，这样比较稳妥。再者，我们队伍里有不少人是王冠儒的学生，有的还担任了班、排长，如果不弄清楚，就把王冠儒处决了，会使军心不稳，影响太大。所以我不同意处决。

下面我简单介绍一下王冠儒和李素若的情况。王冠儒是1927年的党员。他从事教育工作多年，教了很多的学生，在清丰县很有声望。1934年被捕，送进南京监狱，1936年出狱。他在南京表现如何，我不清楚。他从南京回来以后，继续在清丰教书。我们组织游击队时，他很支持，积极动员群众参加。游击队的7个女兵，也是王冠儒的学生。他还积极为游击队筹备粮款等，表现是进步的。李素若是濮阳人，他与张慕陶认识，有没有组织上的联系，我不知道。我觉得他有旧政客作风，爱拉拉扯扯。四支队成立后，他到西安、武汉等地搞些军需品、宣传品，还有收音机等物，多在外地活动。他主张四支队要独立活动，可以与丁树本联系，但不能让他"吃掉"。他的这一主张是正确的。

由于我不同意马上处理他们三人，朱则民就说我包庇托派，而且说我把李素若武装护送走了。因此，朱则民对我就存有戒心，他原来只有一个警卫员，第二天晚上增加到四个。我对他也就警惕起来了。丁树本限制发展四支队，对我们并非真心实意。而朱则民是做丁的统战工作的，就住在丁的司令部里。我怕朱与丁勾结起来，给我安加罪名，秘密把我干掉，我就要求去延安学习，打算到延安向中央反映朱则民等不经过特委会研究，就处理李素若、王冠儒、李茂林的问题。临走前，丁树本请我吃饭，为我饯行。为了途中安全，我曾向丁表明，学习后不再回来，部队就交给丁了。走时，朱则民等将我送至村外，向我宣布，因包庇托派，破坏统战，给予停止党籍三个月的处分。我不同意。

我离部队后，先到西安八路军办事处（简称"八办"），经"八办"介绍，转赴延安。到延安后，住在中组部招待所。我就把自己的出身、参加革命前后的经历、四支队的成立、壮大及关于处理李素若、王冠儒、李茂林的意见分歧等情况写成报告，交给接待我的罗少华同志。有一天，罗少华给我讲："刘少奇同志接见你，我领你去！"到后，刘少奇同志认为他们那种做法是错误的。他现在派个干部，带上他写的信，跟我来的同志（即吴振卿，当时是我的警卫员，现在是鹤壁市的公安局长。在小濮洲与日本人交战中，他很勇敢，打死了两个日本兵，夺了两支枪）一块回去，去纠正他们的做法。至于处分，他还没有接到组织上的报告。根据我的报告，他认为是不恰当的。开会研究问题，不同的意见，可以提出来。我是副书记，特委处分副书记，得经上级同意。我既来了，就去抗大。

我被安排在抗大三大队。到 8、9 月间，我又给组织部写了封信。意思是询问特委对我的处分报告来了没有，如果没来，我也不能过组织生活，将来我这一段怎么说呢？我要求恢复组织关系。我把这封信又交给了罗少华，后经罗少华写信，恢复了我的组织关系。

1938 年 12 月初，我离开延安，与李大章一起去晋东南。

我与李大章一路同行来到太行山，找到了北方局。我被介绍到太行区党校当军事教员去了。我思想上很苦恼，想不通。就是在这个时候，我才改名为安明，意思是安心工作，以后自明。我调到太行区党校当教员期间，组织在生活上还是比较照顾我的，还批准保留我骑的一匹马（陈耀元同志牺牲前送我的）和饲养员的供给。

1941 年 9 月份，我遇见了李大章，他说："你的问题解决了，延安来了电报，赶快到北方局去。"隔了两天，我到了北方局。这时是刘修武任组织部长，干部科是李欣然、刘尚志。在他们那里，我看到了电报。从此，我的组织关系就恢复了。

11 月，我被调到太行五分区工作，任区武委会主任。

四支队虽然出现过问题，但在抗战中仍然在发展、前进。我听说，1938 年春，他们打开了南乐、清丰，杀了一些汉奸，后来又打开了龙王庙，没收了一些汽油，筹款 1 万元，又在井店收编了一个地方武装（即刘相友的队伍，有 300 来支枪）。刘宴春也带了一部分人参加游击队，滑县也有一部分人参加了游击队。这时，我们的队伍共有1000多人，七八百支枪，司令员是唐哲明。丁树本想把我们这支队伍“吃掉”，耍的手腕是：收编一个第三旅，把肖汉卿调出来去任副旅长；把陈耀元调出来去任警卫团的团长。丁原说让肖汉卿任大名县的县长，结果不让肖当，而让他的一个参谋长陈明绍当了。我们看穿了丁的阴谋。此时，我们已与八路军东进纵队（陈再道任司令员，宋任穷任政委）联系上了，就被编进纵队里，番号是东纵七支队，成了正规军。

四支队的发展情况大体如此。1938年4月以后的情况是我后来听说的，不是第一手材料。

文/安　明

冀鲁豫边区第一支抗日武装

抗战前的冀鲁豫边区

南乐、清丰、濮阳、长垣、东明原属河北省，人们习惯称为直南五县。国民党统治时期为濮阳专区，与鲁西、豫北接壤。抗战时期为冀鲁豫边区。黄河故道由这里穿境而过，在这长约 200 里，宽 20 余里的地带，沙丘绵延，枣树成荫，是坚持平原游击战争较好的依托地区。这就是冀鲁豫边区的沙区。

我党在这一地区的地下组织，开始建立于 1927 年大革命时期。第二次国内革命战争时期，我党领导群众先后进行过反土豪劣绅的斗争；组织过农民暴动；领导数万盐民向反动当局作斗争，使广大贫苦群众受到了锻炼。但是，由于我们党内的错误和国民党的背信弃义，党领导的农民暴动都没有成功，党组织受到严重破坏。十几个领导同志被捕坐牢，有的同志壮烈地献出了生命。

当时，绝大多数党的组织和党员同上级党失掉了关系。在白色恐怖下，虽有一些同志仍然坚持工作，但活动更加隐蔽了。在这一段时期内，我党的力量相当薄弱。因此，沙区一直处于伪政权、土匪的蹂躏之下，社会秩序十分混乱。

四支队的诞生

1937年七七事变后，日寇长驱南下，国民党军队仓皇南逃，日寇迅疾侵占了整个华北，中华民族到了危亡关头。不当亡国奴，坚持华北抗战，已成为全国人民的共同呼声。这时，刘少奇同志负责华北党的工作。由于战争局势的需要，负责领导冀南、豫北党的是朱瑞同志（朱是我八路军派驻国民党第一战区的代表）。10月间，朱瑞同志随第一战区司令部退驻邯郸时，指示冀南特委（领导河北省南部近30个县的党组织）负责人张玺同志，要迅速派人恢复与大名以南各县党组织的联系，成立直南特委。并要利用各方面的关系，抓紧时间，集中力量，建立与扩大我党直接领导下的抗日武装，就地坚持抗日游击战争。这一指示，是党的抗日民族统一战线政策的具体体现，是符合当时那里的客观形势要求的。后来实践证明这一指示的正确和及时。我在组织关系恢复后，第三次去特委随张玺同志到邯郸时，张玺同志告诉我，朱瑞同志同意我去直南负责进行这一工作。

这时，宋哲元所辖二十九军由平大公路连续南撤，日军尾随继续南犯。这一年，沙区又遭特大水灾，秋作物严重歉收，人民生活极端贫困，谋生无路，借贷无门，人心惶惶。所以，开展工作的主要困难是党内外思想混乱。不少人感到手足无措，有的主张暂时转移，避开敌人的锋芒；有少数知识青年悄悄地筹措路费，准备先逃过黄河；有不少同志则主张发动群众，坚持就地抗战。特别是我八路军在前线打击敌人取得胜利的消息传来以后，人们对国民党军队的抗战失去了信心，转而对我党我军坚持抗战寄予殷切希望。连当地地主阶级的上层人物也表示不再害怕共产党，而怕当亡国奴了。这样一来，我党在这里的抗日民族统一战线的社会基础更加牢固了。

我们当时最中心的工作是建立自己的抗日武装，借以打击敌人，作为开展工作的依托。首先在我工作较有基础的地区，利用各种合法名义，把武装建立起来，当时我们决定：平杰三、刘汉生、王从吾、张增敬等同志在濮阳井店镇一带建立武装。我在南乐、清丰西部，和党的老同志晁哲甫、王振华研究，运用已有的抗日救国十人团（党的外围组织）为基础，联络家乡的进步学生，以农村党组织为核心，建立武装组织。那时根据人民群众的要求，我们提出了“不当亡国奴，武装起来保卫家乡，就地坚持抗日游击战争”的口号，得到广泛地响应和支持。并以“有钱出钱，有枪出枪，有人出人”为号召，动员同情和支持抗战的地主武装参加抗日队伍。很短的时间，党的组织关系迅速得到恢复，建立抗日武装的条件也酝酿成熟。

1937 年 10 月下旬，日军攻陷大名，国民党的大名专员马润昌弃职南逃。国民党一八一师石友三部退驻南乐城西一带。这时我党的组织虽然已经恢复起来，但没有独立的根据地。为了便于建立抗日武装后在国民党统治区进行活动，我们首先同我党在一八一师搞统战工作的党员、学兵队长张克威，教官袁也烈取得联系，想用红军改编成八路军的办法，征得石友三的同意，用一八一师的名义建立一支独立的抗日游击队。那时，石友三正准备南逃，就说：“你用我的名义，我给你钱，给你枪。但是，我的部队到哪里，你得跟到哪里！”

实际上，他是想束缚我们的手脚，完全听他的指挥，这是我们所不能同意的。当时我们据理回答石友三：“坚持华北抗战，是人民的共同呼声，是根据国共两党达成的‘一致抗日’的协议，我们的部队可用一八一师的番号，但应由共产党领导，坚持就地抗战。”石友三不同意这样干，只给了个一八一师游击队的名义，枪支、弹药、给养什么也不给。

研究建立游击队这一决定时，也曾有个别同志认为时机尚不成熟，怕有损于国共两党的关系，怕集中不起来。实际上，在沙区我们已经有了很好的工作基础。人民群众的抗日呼声，客观形势的迫切要求，又有学兵队党员同志的支持，这些都是我们的有利条件。所以，多数同志认为：抗日救亡是当务之急，人心所向，机不可失。

我们既然有了名义，把武装搞起来，就诸事好办了。就在同年的 10 月底，我们研究决定：在南乐县留固店集合，成立抗日游击队。仅几天的时间，就发展了五六十人，五十来条枪。一八一师学兵队基本上是属于我党领导的，从学兵队又抽出有一定军事素养的季铁中、张进臣、李为等，还有一名女同志共 5 名干部，作为游击队的骨干，正式建立了我们自己的武装——一八一师游击队。张克威兼任队长，我任副队长，袁也烈任参谋长。

俗话说：兵马未动，粮草先行。游击队成立后，一个首要问题是吃饭、穿衣。我们一没有军饷，二不能向群众摊派，怎么办呢？游击队的干部、战士都是出于拯救民族，救国救民参加的，人民正处在水深火热之中，宁愿自己想办法克服困难，也不愿给人民群众增加负担。开始靠个人带吃的，带穿的，有条件的多带一些，帮助其他战士。后来，又动员一些同情和支持抗日的地主自愿募捐，支援游击队。那时，我们不分上下，不分干部和战士，吃的都是高粱、玉米。夜晚，干部、战士同睡在一个草铺上。每到一处吃饭，用柴都要照价付钱。人民群众亲眼看到我们纪律严明，深受感动。有的干部家庭主动送些东西给游击队；有的家属为了家乡和子弟的安全，也给我们送些准确的情报，游击队和群众建立了亲密的关系。

十几天后，部队拉到清丰西北沙区附近的古城。一八一师这时已经向南撤退，张克威、袁也烈同志为了继续做好一八一师的统战工作，也随同南下了。河北民军在我党坚持抗日、不当亡国奴的感召下，民军司令高树勋率部进驻清丰。我们同高的参谋长、地下党员唐哲民同志取得联系，游击队改番号为河北民军第四支队，唐哲民兼任支队长，我任副支队长（实际是做政治委员工作），张西三同志任参谋长。民军司令高树勋还亲自到古城召开了会议，发给我们 30 条枪，3000 发子弹，河北省币 10000 元。四支队这时发展到近 200 人，100 多条枪，建制三个中队，一个通信排。不久，日军又攻陷南乐，炮击清丰，高树勋率部南退，唐哲民也随同南下了。

第一中队原无业农民较多，组织纪律性较差，这时他们带了30多人，30来条枪脱离了四支队。这是四支队建立后初次遇到的困难。恰在这时，朱瑞同志派肖汉卿、陈耀元、漆汉臣三位红军干部来到四支队。肖汉卿继任支队长，陈、戚分别任二、三中队长，加强了对四支队的领导。从此，四支队一方面加强军事训练，另一方面还不断向战士进行红军传统和作风的教育，军事素质提高很快，组织纪律性不断加强，使这支初步建立起来的抗日武装成了冀鲁豫边区抗日活动的依靠，在群众中有着相当高的威信。

第一次尝试

1938年初，直南特委正式成立了。为了做好对国民党专员丁树本的统战工作，朱瑞同志派朱则民同志到直南任特委书记，我任副书记，参加特委领导工作的还有肖汉卿、王从吾、刘汉生、张增敬等同志。这时，濮阳、内黄的党在农村大力开展抗日救亡的活动中，用丁树本濮阳专区保安司令部的名义，已经建立了自己的武装——第八大队，由平杰三任队长。八大队在井店镇动员有长期革命传统的千口、化村一带村庄的党员和农村青年参加抗日队伍，成为我党直接领导下的又一支抗日武装。

2月中旬，日军二次攻占南乐、清丰，国民党的县长已闻风先逃，汉奸组织——维持会相继建立。南乐维持会长是大地主何举之，自称县长。清丰维持会长是青帮头子刘建义。这些汉奸组织成立后，专为日寇效力，引起了抗日军民的公愤。

我们当时活动于群众基础较好的南乐、清丰西部沙区梁村、青石碴一带，工作开展得很顺利。汉奸组织不得人心，又是刚刚建立，打击他们一下，有利于防止一些地方武装汉奸化。

一天夜里，肖汉卿同志率队潜入清丰县城，以突然袭击的方式，逮捕了两名维持会员。在此期间，我们的侦察员在行军中发现一名日寇侦探鬼头鬼脑到处乱窜，当即抓获了这个日寇。这两次行动对敌人是很大打击，影响也很大，汉奸再不敢公开出头露面了。

直南特委是随四支队活动的。打击汉奸组织以后，特委给各县党组织三项工作任务：1. 发展党员，宣传抗日的有利条件和前途，提高群众的抗日信心。2. 动员坚定的农民、学生和抗日十人团中的骨干，携枪支继续参加和支援四支队，扩大抗日队伍。3. 争取士绅、民团参加抗日，贯彻党的统战政策，防止地主武装汉奸化。四支队按这三条指示行动，受到人民群众和各阶层的广泛同情和支持。有的青年自愿报名参军，有的开明士绅、地主将自己的马和枪支也支援了四支队。

四支队的战士大都是离家不久的农村青年和学生，和当地人民有着血肉关系，抗日热情高，能吃苦。但是缺乏战斗经验，家庭和乡土观念比较重。为了便于更广泛地接触群众，扩大影响，逐渐克服抗日不离家的思想，部队经常游动着，没有固定的地点。在行动中抓住具体的事例，对战士及时进行教育。这样既有利于保存力量，又能唤起民众，并逐步开阔部队的眼界。

2 月下旬，四支队行军到八大队的驻地井店镇。为了便于指挥，特委决定：将八大队的主力拉出来，同四支队合并。在四支队建立政治部，和统战对象丁树本联系。八大队留下 25 人，25 条枪，仍由平杰三带领，应付丁树本。决定后，支队又行军到王什村。随后，刘汉生、张增敬拉出八大队的主力，路过千口，到达王什村，同四支队会合，取消了八大队的番号，合并到四支队。两支部队合编后，共有 400 多人，270 多条枪，建制四个中队，一个通信排，成为冀鲁豫边区的主要抗日武装力量。

两战告捷

国民党濮阳专员丁树本，原籍安徽人，是老西北军的军官，当时称为冀鲁豫边区八县行政督察专员兼保安司令。丁的部队是由濮阳的民团改编而成，号称一个旅，战斗力很差。由于日军两次入侵，丁树本已成惊弓之鸟。丁的一部已南渡黄河，丁又将司令部设在黄河岸边的常庄，也是为自己南逃做好了准备。

当时因日军兵力不足，在冀鲁豫沙区并没有多少部队，只在濮阳驻有一个步兵中队和骑兵小队，伪军很少，只有一些地主武装和土匪武装，敌后很空虚。

我们方面，自八大队的主力合并到四支队以后，成为冀鲁豫边区的一支生力军。再加上多年的工作基础，以及同群众鱼水相依的密切关系，在沙区独立自主地发动群众，进行抗日游击战争，逐步建立抗日政权是完全有条件的。丁树本也意识到了这一点。因此，他也想借抗日以扩大自己的实力，表示要守土抗战。但是，改编的民团经不起敌人的进攻，丁又想对四支队加以利用。这就给我们造成了一个同丁树本进行统战的基础。

为了争取丁树本一致抗日，并保证四支队有广阔的活动范围，特委书记朱则民就到丁的司令部所在地——常庄，同丁进行谈判。在谈判中我们提出三项条件:（1）四支队受共产党的领导，单独打游击。（2）丁不向四支队派干部。（3）四支队可改用丁部的番号——冀鲁豫边区八县保安司令部第四支队。丁树本慑于日军的嚣张气焰，又苦于其部队没有战斗力，对我方提出的谈判条件都同意了。

3 月 8 日，四支队到濮县西南的小濮州。第二天早晨，我和肖汉卿去常庄见丁树本。丁要和四支队的全体指战员见见面。

早饭后，丁带了四五个人骑着马同我们一起去小濮州。这一天，小濮州是骡马大会，路上、村子里人来人往，熙熙攘攘，赶会的特别多。我们把部队集合起来，拉到村西头大庙前的一个场子上开会。围观的群众里三层，外三层，把部队围了个水泄不通。

丁树本刚开始讲话，忽然哨兵匆匆跑来："报告！发现西边有骑兵！"

丁树本听了一怔，定定神又装作满不在乎地说："不要怕！那是我们的骑兵。"那姿态分明是显示自己沉着、冷静。可是，时隔不久，哨兵又匆忙跑来，气喘吁吁地说："报告！不好了，穿的是黄呢子军衣，是日本骑兵来了！"这一下丁树本真的慌了手脚。

肖汉卿红军出身，经验丰富，听了报告后，随即下了一道命令："准备战斗！"我们的部队迅速占领阵地。因为赶会的围观的人很多，把部队围得很紧，敌人虽然离我们很近了，也没有发现我们。

日本骑兵有 30 多人，松辔缓行，他们横行惯了，行动毫无戒备。加上这次行动目标不是小濮州，只是路过，所以没有充分地准备。当敌人的骑兵进入包围圈时，一声令下，我们把敌人打了个措手不及。敌人东逃西窜摸不着头脑。

战斗刚打响时，丁树本惊慌失措，连声问我："这是怎么回事？"

当我告诉他的确是日军来了时，他匆匆拉了一匹马，就慌忙逃走了。

战斗正打得激烈时，有四五个日本兵落马，但他们还在继续抵抗。战士武振卿冲上去，一刺刀刺死一个日本兵。这时另一个受伤的日本兵又向武振卿瞄准。武振卿学过武术，一个箭步上去，用枪托把日本兵的脑袋砸得粉碎。战斗很快就结束了。

这次战斗四个日本兵被击毙，缴获四支日本马盖枪，还有弹药及一部分军用品。我们知道敌人有后继部队，所以战斗结束后，就立即撤出阵地，向东北方向退去。当敌人后继部队追来时，我们已经安全迂回到常庄，避开了敌人的主力。

敌人在大名以南，没有碰到过这么大的钉子。这次吃了这么大的苦头是不甘心的，千方百计寻找四支队的下落。敌人追了一天一夜，3 月 11 日拂晓，追到常庄附近。我们的四个中队，丁树本的几个连和保安团都作好了战斗准备。常庄是丁树本的司令部所在地，可是丁却要我们打正面，他们的部队都放到两侧，这是丁树本假抗日的一次暴露。为了团结抗战，拂晓前我们的部队就进入了常庄外围的正面前沿阵地。

战斗当天就打响了。战士们打得很顽强，很沉着，敌人一直没有突破我们的阵地。三中队副队长刘子良，用一个小坟头作掩体，敌人从东边打，刘就躲在西边，敌人从西边打，他就躲在东边，一直坚持到最后。由于大家团结战斗，终于把敌人打退了。

群众看到战士们作战的英勇行为，感动得拿出大枣、花生等，送到火线上慰劳战士。战士们边吃边打，战斗情绪很高。群众有时还告诉我们，哪里的敌人活动了，要我们快打。群众保卫家乡的热情和对我们的殷切希望，更加鼓舞了我们的战斗意志。

丁树本的部队在战斗中顶不住敌人的火力，不断向其参谋长陈明绍告急："报告！部队顶不住！"

"混蛋！四支队能顶得住，你们为什么顶不住？顶不住也得顶！"陈明绍急得大骂。

战斗持续了一天一夜。敌人是孤军深入，又不很了解我们的底细，怕拖下去吃大亏，3月12日拂晓就撤退了。

这一仗虽然没有消灭更多的敌人，但初次对日军正式作战，就能打退敌人的进攻，保住常庄，大长了部队的士气，鼓舞了群众，也稳住了丁树本。不然他就要南渡黄河逃跑。他虽看到四支队能打，战斗结束后，却只补充给我们500发不合口径的马力匣子弹，并要同我们一起行军。

行军到小濮州，我们的战士是一路行军，一路歌。丁的部队却是灰溜溜的，倒背着枪，耷拉着脑袋，哪像个打仗的样子！

在小濮州召开庆祝大会时，丁树本进一步暴露。他盗取名誉，窃夺胜利果实，把我们缴获的战利品（大盖枪，军衣、皮靴等）借走后拍了照，派人到武汉向蒋介石报功请赏。向四支队全体指战员讲话时还强调说："以后你们不要叫四支队了，只说是丁司令的队伍就行了！"企图把我们四支队吃掉。我们则保持警惕，仍然坚持在共同抗日的前提下，独立行动。

在此时期，刘晏春在小濮州一带领导的游击队也合并到四支队。这时，四支队已经发展到六七百人。

经过几次战斗，在对丁树本的看法上出现了两种意见：一种认为，丁没有联合抗战的诚意，只是想借助我们的力量，在蒋介石那里捞取政治资本，进而“吃掉”我们。四支队不能替丁树本打阵地战，要到后方去，开辟根据地，单独作战。

另一种意见则认为，这是离间四支队同丁树本的关系，破坏抗日统一战线。

经特委决定，3 月下旬我离开濮县，经开封、西安去延安，向北方局作了详细汇报。刘少奇同志接见了我，并很快给了四支队的工作以正确有力的指示，使四支队得以继续顺利发展。

4 月上旬，四支队又收复清丰县城，逮捕了 24 名汉奸，处决了 8 名。同时，由张西三、李渭川同志带领一个中队，悄悄摸进南乐县城，打散了维持会（伪县长何举之落荒而逃），处决了两名抓获的汉奸。四支队乘胜前进，又收复离大名十公里的交通要镇——龙王庙，筹措了很大一部分军饷。5 月间，井店镇附近的地方武装领导人刘相友，在我抗日救国政策的感召下，毅然率领数百人和数百支枪加入四支队。

四支队在抗日救国的战斗中，在党的领导和人民群众的积极支持帮助下，顺利发展到近 1000 人、700 多条枪。

1938 年夏天，丁树本背信弃义，把原商定的大名县长改派为陈明绍，并积极策划改编四支队，四支队才按照上级指示，到河北肥乡县同八路军七七一团会合。随后改编为东进纵队第七支队，编入正规军。在抗日的战场上及以后的解放战争中，发挥了应有的作用。有不少同志为抗日救国流尽了最后一滴血。经过战斗的锻炼，也培养了更多的干部。直到现在，仍有不少同志在不同的岗位上担负着党的较重要的工作。

文 / 安　明

我从安阳监狱出来后有关情况的回忆

1934年春节前三天，我由安阳监狱出来回到南乐我的老家。

同年农历二月二日，中共南乐县委遭到国民党特务分子的破坏。县委负责人王同兴（已故）、宋同法、陈仰贤三同志被捕，刘同方（抗战前期牺牲）同志越墙逃跑，王从吾同志被敌人带到岔河咀，在等候乘船时，借机逃脱。这是事件发生后的第二天，刘淮安同志告诉我的。

后来又知道，在上述事件前后，清丰、濮阳的党组织也遭到破坏，部分同志被捕。这时袁声同志在大名工作，大名的党组织也遭破坏，县委书记许彤云同志（抗战初期牺牲）被捕后，袁声同志与党失去了联系。因在他的家乡（南乐北）很容易暴露，袁声只好外出到宋哲元的二十九军里当了医务人员。

1937年秋，我到大名、南乐、清丰、濮阳等县恢复党组织并集中力量组建我党直接领导的抗日武装，以坚持敌后抗日游击战争。同年10月在南乐留固店成立了第四支队，我任支队长，实际做政委工作。当时国民党二十九军在大名失守后，经南乐、清丰、内黄等县逐步南撤，广大人民群众抗日情绪日益高涨。

我早就听刘淮安同志（已去世）说过，袁声同志在二十九军搞医务工作。四支队成立后，我就叫刘淮安同志和袁声同志联系，并设法通知他回来参加四支队。当袁声知道我们成立了四支队，又知道我们这一班子老战友都在四支队工作时，当然是很高兴回来了，时间大概是 1937 年底或 1938 年初。

袁声同志到四支队后不久，敌人便由大名进犯南乐、清丰、濮阳等县，四支队处于敌后，又是刚成立的队伍，整天忙于训练、转移、筹措枪弹及粮食等工作，未来得及整顿党的组织，对袁声同志没有明确他的组织关系是否恢复，我们是把他作为老同志来过组织生活的。我们相信他，因为他参加的是二十九军，又和他家乡的几个党员同志有一定的个人联系。1936 年王从吾同志被捕后，那一带的党组织与上级也断了联系。

我是 1938 年 3 月下旬离开四支队的，以后的情况我就不清楚了。

1941 年底，我到太行五分区任武委会副主任后，常到磁县检查民兵工作，认识了磁县武委会干部阎绪清，阎是彭城西 5 里炉上村人。当时炉上村有日寇碉堡，阎有 3 个弟弟，常掩护我工作人员出入敌占区。

我于 1945 年 5 月在太行党校整风后，仍回五分区任武委会主任。同年冬平汉战役后，由磁县武委会安排，我的老伴吴俊住到阎绪清家。这时分区武委会机关驻彭城。

1946 年春节后，中共五地委、专署、分区移驻林县城附近，我和分区武委会也随去移驻那里。

同年 4 月下旬，我去邯郸时经过炉上村，住了两天。6 月蒋介石挑起的内战全面爆发。此后，我即跟随军分区在安阳以南各县沿线从事战时活动，吴俊也因备战关系从炉上村移居到陶泉后沟，翌年春才又回炉上村。

文 / 安　明

怀念吴书升同志

吴书升同志从容就义，到现在已整整 50 年了。在这天翻地覆的半个世纪里，我经常地怀念他。书升同志没有死，他将永远活在人们的心里。

我和书升同志早先同住在一个有上千户人家的村子里，他比我年长 10 多岁。我同他并不很熟悉，只知道他早年失去了父母和哥哥。他乳名叫铁头，大家都叫他二铁头。他还有个弟弟，长大后靠夜晚在农村街头说故事维持生活。他这家庭的贫穷，使得他年近 40 岁尚没有婚娶。他挑了一个货郎担子，在附近的村子里走街串巷，卖些针线零货来度日。他对人说话和气，人们也喜欢买他的东西。多少年风里来，雨里去，起五更打黄昏，无论多晚回家后，依然是屋里一盏孤灯，自己做饭自己吃。

1927 年村子里才开始有了共产党的组织。党组织曾取得了对部分红枪会的领导，并组织成立了近百人的“穷人会”，进行过借卖庙会地分钱的斗争。党的影响不断扩大，加入“穷人会”的农民也越来越多。在附近的村庄里，也开始有了“穷人会”组织。

吴书升同志在什么时候入党，我不大清楚。我知道他在入党后表现特别积极，他经常利用卖针线杂货的有利条件在本村和附近的村子里宣传共产主义，散发宣传品。在 1930 年的 4 月间，他已是佛善村的党支部书记。我那时在直南特委工作。我到南乐后，曾在书升同志家里开过支部会。此后不久，“立三路线”的精神就已传达到冀南，认为已经具备了在全国发动武装起义的条件，要求冀南豫北也要组织农村暴动。于是，我们首先在磁县岳城镇组织了“五一暴动”。结果，第二天就失败了。但因损失不大，没有接受教训。当时是蒋、冯、阎中原混战，国民党在河南各地的驻军很少，从这方面看，敌人的统治力量薄弱确系事实。但另一方面，地主阶级的武装力量到处存在，我们的武装工作，还几乎没有开展。敌人依靠这些地主武装，依然能维持其统治。在当时这种敌我力量对比悬殊的情况下，组织本地的农村暴动，胜利的可能性确实是很小的。但在“立三路线”的支配下，我们仍然在南乐组织了无胜利把握的暴动。

正当我们组织准备暴动的时候，佛善村地主阶级的代表人物收买了党内出卖灵魂的一个叛徒，他探听到党支部要发动全村群众举行暴动的消息后，就报告给敌人了。就在准备举行暴动的前一天，也就是1930年5月下旬的一个夜晚，国民党南乐县长孙振邦便纠集了全县12个民团共约2000人，包围了我们佛善村。这天也正是书升同志结婚的日子，他们便从洞房里把书升同志拉出来，严刑逼供，要书升同志说出全村党员的人员名单。书升同志的乳名叫铁头，他的筋骨铁一般坚硬，刚强不屈。敌人用压杠子的酷刑来对付书升同志，8个彪形大汉踩到压在书升同志双腿上的杠子上。书升同志被折磨得多次昏过去。但每次醒来后，书升对着敌人仍是破口大骂，并斩钉截铁地说：“我什么都知道，就是不说！看你们能把我怎么样！”最后，书升同志筋断骨折，始终没有说出一点儿敌人想要的东西。刽子手们更加疯狂了，他们当场就把吴书升同志枪杀了。书升同志壮烈地倒在村东窖场的血泊里。书升同志无愧于铁头的名字！无愧于一个光荣的中国共产党员的称号！

文/安　明

缅怀革命教育家谢台臣同志

河北省立第七师范学校（简称七师），多年来被誉为直南革命策源地。它是在 1923 年建校，1926 年建立我党组织，为我党培养了大批革命干部。这些干部，积极地参加了第一、第二次国内革命战争；在抗日战争中对冀南、冀鲁豫边区革命根据地的建立作出了贡献；新中国成立后，在全国各条战线上努力工作，为社会主义革命和建设发挥了应有的作用。七师学校的这些成绩，是和谢台臣同志的功绩分不开的。谢台臣同志是原河北省（现为河南省）濮阳县鹿斗村人，1884 年出生于一个农民家庭，为清末秀才。1905 年入直隶省保定高师学习，毕业后在保定、大名、天津等地中学任教，1923 年创办七师学校，并担任校长。他学识渊博，性格坚强，精明强干，办事有毅力，事业心强，生活俭朴。受五四运动影响，入党前是一位革命民主战士。他 1927 年春入党，前后担任七师校长 8 年，1936 年逝世。在他担任校长期间，曾致力于教育改革，聘请大批进步教员，积极传播马列主义，配合、掩护、支持党组织活动，把国民党统治下的一个教育机构，变成了我地下党领导的一所学校，教育培养了大批革命干部，为党的革命事业作出了贡献。1947 年第二野战军南下大别山时，邓小平、刘伯承、薄一波、宋任穷等领导同志路过大名县，看到了谢台臣同志的纪念碑碑文，称赞他是一位革命教育家，并嘱咐当地政府对纪念碑要妥为保存。就是这样一个优秀的共产党员，我党的革命教育家，过去却遭受“左”倾路线的打击，长期被埋没赋闲。50 多年前，我们都是七师的学生，现在欣逢母校举行建校 60 周年纪念活动，缅怀我们尊敬的师长谢台臣同志一生的战斗业绩和他的优良革命品质，深感他的这种革命精神在当前我国社会主义建设事业中，尤应发扬光大。

创办七师，实行教育改革

20 世纪初期，谢台臣同志深感冀南一带文化落后，在他的倡议下，1923 年于大名县创办了直隶省立第七师范学校（以下简称“七师”），他被委任为校长。七师的领导骨干是教务主任晁哲甫，训育主任王振华。他们对谢都很尊重，是他办学的得力助手。

1924 年谢校长即开始致力于教育改革，提出并实行“以作为学”和“师生打成一片”的教育主张。“以作为学”是谢台臣同志受五四运动科学与民主进步思潮的影响，参考国内外某些教育论著，结合自己亲身体验而提出来的一种对读死书的旧的教育制度的改革。他批判旧的教育制度说：“以往司教者往往不了然作与学的科学关系，误以读书为教育的全部。以致学工业的不会制造，学农业的不会种田，理论与事业分家，教育与事业隔离，所谓理论家与学者，都成了无用废人的别名。”他又说：“士大夫是贱视劳动，不会劳动，只会消耗，爱说空话，不做实事。我们要尊重劳动，会生产，说真话，做实事。”他要求学生放假回家时，把袜子一脱，拿起粪叉去拾粪，拿起锄头去锄地。根据这种精神，1924 年他拟定了教学大纲，明确提出对学生训练的标准为：“科学的头脑，劳动的身手，艺术的情趣，改造的魄力。”他的这一主张，随着时代的前进，在 1927 年以后又有了很大的发展和变化。

建校之初，“以作为学”的教育主张，首先是明确地表现在教育和生产劳动的结合上。为了配合“以作为学”，学校开辟了校园，并办了一些小工厂。在校园中，除种植农作物、蔬菜、花草外，还有动物饲养，组织学生养兔、养蜂、养蚕、养鸡、养猪，使学生学会各种技术，开设了制胰、制革、印刷、草帽、做鞋、木工等多种小工厂，通过实践，学习理论知识与技能。

在实现“以作为学”的过程中，谢校长总是以身作则，带头劳动。他热爱学校的一草一木，也很重视校容的美观整洁。学校刚迁到新校址，他就带领学生开辟校园，栽种树木、花草。他挖的树坑最深最大，经常挑水累得满头大汗，他劳动的时候，从不让人接替。在他的亲自影响与教育下，师生干劲十足。经过两三年的努力，学校树木成荫，蔚然可观。

“师生打成一片”，实行教学民主。他要求师生“无感情上的隔阂，使师生关系变得像家人父子一样的亲切”。在生活上，他与几位校领导和学生一起劳动，一起参加体育活动，学生打篮球，有时他来当裁判。在教学上，他要求教师“以教为学”起主导作用，还要“一面教人一面跟人学习”，学生“有疑便问”“有得便教”，“教师要不耻为学生，学生要不怕为教师”，师生互教互学，教学相长，对学术理论问题，提倡自由讨论。他本人和学校其他领导人，就和学生进行过多次辩论，最后总是服从正确的意见。除此之外，他还号召学生给学校提意见。所以在七师充满了民主空气，师生关系很融洽。这些事情现在看来似乎是平常的，可是在当时的教育界，则是难能可贵的。

建校之初的文科教学，主要还是向学生灌输五四运动提出的科学与民主的新思潮，跟着《新青年》的步子走。师生很多人都有《独秀文存》和《胡适文存》。晁哲甫老师的国文课，选有李大钊、鲁迅、郭沫若的文章来讲解。学生思想解放，从文学革命开始到反对旧礼教，什么问题都讨论，思想水平有很大提高。

1925 年五卅运动掀起了大革命的浪潮，谢校长和全校师生从校内的教学改革，开始走向社会政治运动。五卅惨案发生后，全校师生积极响应党的号召，联合大名各中小学召开市民大会，游行示威，到处讲演、撒传单，向群众揭露控诉英、日帝国主义的血腥罪行和对中国的侵略，并为受害的工人家属捐款 200 多元。同时还发起抵制日货的运动，经常到城内各商号检查日货，使日货在大名市场上几乎绝迹。谢台臣同志亲自领导了这一运动。1926 年又经过北京的“三一八”惨案，全校师生的思想进一步提高。师生通过这些爱国运动，也进一步认识了帝国主义及其走狗北洋军阀的真实面目。

传播马列主义，为革命培养干部

谢台臣同志的“以作为学”的教育主张，如果说过去是实现了教育和生产劳动相结合的话，那么自从他 1927 年入党后，由于接受了共产党的领导和自己对马克思主义的勤奋学习，进一步解决了教育要为无产阶级政治服务的立场问题，世界观有了重大变化，进一步发展成为党的理论联系实际的教育方针，认识到“教育要为革命培养人才”这一根本目的。这时，在校外，他以校长的身份和社会地位，采取合法斗争的形式，注重统战工作，利用敌人的内部矛盾等作掩护；在校内则由于在党的领导下，有一个团结战斗的领导班子，并深得学生的信任和拥护，所以能够把敌人统治下的一个文化教育机构，变成了我党领导下的一个革命的阵地，变成了为革命培养干部的党的学校。为此，他采取了一些重大措施：首先是逐步废除了国民党政府教育部审定的教科书（文科），聘请进步共产党员教员讲授马列主义课程，以提高学生的革命觉悟。

从 1926 年秋开始到 1932 年秋，先后聘请的教员有冯品毅、王虞传、王从吾、李梦岭、王冶秋、千家驹、王真、原政亭、张衡宇、张苏、王颂咸、袁效之、刘龙文、王显周等同志。

谢台臣同志认为，国文课是以进步思想武装学生最有力的一门课。他首先从这里开始由教员编选教材，代替官方的课本，尤其多选用李大钊、鲁迅、郭沫若等人的文章，也选苏联作家高尔基等人的革命文学作品。谢台臣自己担任历史课，他以历史唯物主义观点编写的《中国历史讲义》，很受学生欢迎。地理课则选用《中国经济地理》为课本；伦理学（即形式逻辑），则讲唯物辩证法。各班次的课程虽然先后有些不同，但是辩证唯物主义、政治经济学和社会发展史，要求都是要学习的。此外，教师在讲课时结合课程内容，不断揭发北洋军阀和国民党的反动统治，宣传共产党的政策主张以及报告国内外形势。如英语教员冯品毅同志，在课堂上讲北伐战争期间汀泗桥、贺胜桥等战斗胜利的事迹以及群众对战斗的支援，帝国主义、封建军阀对民众的残酷压榨等；张苏同志 1930 年到 1932 年在国民党统治下，讲课时则不断宣传红军反围剿的胜利等。这些，都大大有助于学生革命觉悟的提高，使他们对中国共产党和中国革命有了比较正确的认识。

其次，为了灌输革命思想，谢台臣同志让学校图书馆订购大量进步书刊，提倡学生阅读课外读物。当时已翻译过来的马列主义经典著作，如《共产党宣言》《反杜林论》《政治经济学批判》《家庭私有财产及国家之起源》《国家与革命》等书，图书馆里都有。此外，还有翻译的苏联、日本及我国出版的大量的哲学、社会科学著作及革命文艺作品。刊物则订有《新青年》《拓荒者》等很多种。当时参加“社联”“左联”的同学，通过关系，可以很快买到上海、北平出版的进步书刊。国民党的“禁书”如《共产党宣言》，同学们买到后，则是辗转传阅。谢台臣同志也很关心同学们阅读课外书籍的，他曾在四年制一班向同学们介绍如何阅读经典著作。一次他发现一位十六七岁的小同学读郭沫若的《中国古代社会研究》，就告诉他说，此书不好懂，学习应循序渐进，才能够更好地受益。

其三，在学习上，除了教员的讲课和指导外，在同学中间有“读书会”及“社联”“左联”等学术及文艺团体，经常组织对各种问题的学习和讨论。如 30 年代关于中国社会性质的论战，在我校就曾展开过热烈的讨论，绝大多数人赞成中国当时是半封建、半殖民地社会，批判托派严灵峰等人认为中国已是资本主义社会的荒谬论点。

通过政治理论学习，学生们的政治思想都有很大提高。如一个同学在写的回忆录中说：“我是在考入七师之前加入共产党的，但是我真正受到马列主义教育还是到七师之后。那时七师学习马列主义的空气很浓，一些进步书籍都可以自由阅读和讨论。”另一个同学在回忆他当时入团的动机时说：“我的家庭很贫困，自己读书困难，家里受富人的欺负，被人看不起，我为此很苦恼。在七师学习后，才了解了为什么社会上有穷人和富人？是由于私有制产生了剥削、被剥削，产生了阶级和阶级斗争。再者就是学习了社会发展史，才知道共产主义社会必然要实现，这是社会发展铁的法则，由此坚定了我共产主义的信念。”还有一个同学，一次他本家一个当商人的哥哥问他：“人这一辈子在世界上活着是为了什么？”他毫不犹豫地回答说：“为劳苦大众谋利益。”那个当商人的哥哥无论如何也无法理解他这种不是“为个人”而是“为群众”的革命人生观。当时七师的学生，以思想进步为光荣，认为革命是豪迈的事业，这便是当时形成的一种风气。马列主义的传播，为党团员的发展打下了思想基础。

有力地配合党的工作开展，支持群众的革命斗争

谢台臣同志在担任校长期间，从各方面有力地配合党的工作的开展，掩护党组织的活动，积极地参加和支持群众的革命斗争。

七师的党组织是 1926 年 10 月建立的。那是在大革命末期国共尚在合作、北伐战争正在进行的时期，大名当时还在北洋军阀的统治下。谢台臣同志过去的学生冯品毅是共产党员，当时任中共河南省委农民部长和共青团省委书记，因白色恐怖严重，活动困难。谢台臣同志听说后，便聘请他来七师任教。谢对冯很器重，曾向学生推荐说，冯先生是五四运动的先进人物，虽说年轻，可是思想上是

很成熟的，大家应当很好地向冯先生学习。

冯品毅同志不仅在课堂上向学生讲授马列主义，宣传国共合作和北伐战争，还组织读书会，指导学生读书，找进步的学生个别谈话。在校三个月，就发展了刘大风（安明）、赵济焱（赵纪彬）、李世伟（李大山）三个最早的党员。不久，又发展成滋（成润）、吴益普两人入党，于1926年10月建立了党、团两个特别支部，这是直南较早的党组织。接着又连续发展解蕴山、裴梦协（裴志耕）、李同朝（李亚光）等入党，至1927年春已有党团员30余人，党团特支改为大名党团县委。

谢台臣、晁哲甫、王振华等同志1927年春入党后，使七师学校的领导权始终掌握在我党手里。这对七师成为直南革命的策源地，起到了重要的作用。

谢台臣同志入党后不久，在党的领导下就和七师的广大师生投入到响应北伐的活动。这时直南贫苦农民因不堪军阀的苛捐杂税残酷的压榨与剥削，相继爆发了大名、广平、成安、肥乡、永年、南乐等几个县的红枪会农民大暴动，一度攻占了大名县城。学校被迫放假，学生党员便与红枪会联系，参加反军阀的斗争，赵济焱同志还当了红枪会的参谋长。后来因为红枪会的首领被军阀孙殿英收买，农民运动失败了。谢台臣同志与晁哲甫、王振华同志这时也一面和北伐军联系，一面在农村发动群众支援北伐军。大革命失败后，在濮阳、内黄沙区温邢固一带发动农民进行反土豪劣绅斗争的赵济焱、李大山、王卓如、刘汉生等同志被捕入狱。谢台臣同志很关心他们，多方设法营救，并亲自到狱中探望，并嘱咐说："在狱中要站稳立场。"还拿出400元钢洋供他们打官司用。党组织活动经费困难，他予以大力支持。谢台臣和晁哲甫、王振华同志，每月主动拿出二三十元交纳党费。特殊需要，随要随拿，在当时条件下，对党组织确是个很大的支持。

学校因军阀混战放假一年半（1927年下半年至1928年底），在此期间很多学生和党团员一起深入群众，积极投入斗争，发展了党团组织。有很多同学经过实际斗争锻炼被吸收为党团员，但也有极少数思想反动的学生则投靠了国民党。

1929年春，七师开学了，学生皆以欣喜的心情返校。这时谢台臣同志聘请了大批政治上先进、学术上造诣较深的教员来学校任课，这大大地鼓励了学生学习马列的兴趣，促进了他们的思想革命化。

由于谢台臣同志及学校领导的主动配合和支持，党组织得以通过学生自治会和社会科学研究会等有力地开展工作。在校内同学中间大力组织社会科学的学习，进行政治宣传，为发展党团员和外围组织读书会、反帝大同盟等创造了极为有利的条件。为了向校内工友和附近农民进行文化、政治教育，学生自治会举办了平民夜校，分配党员讲课，联系工农群众进行政治教育，启发阶级觉悟，借以发展党员，同时也使同学们锻炼了做社会工作的能力。有的党团员因工作需要，有时白天不在学校，有时夜间返校较晚，学校领导即予以特殊照顾。由于学校领导和党组织的有力配合，1929年和1930年上半年，党团员得以迅速发展，在全校300多人中，党团员约有100多人，连同读书会和反帝大同盟等外围组织，占全校教职工和学生总人数的三分之二以上。而国民党员则只有极少数人。这在国民党统治区不能不说是一个奇迹！

在艰苦的斗争中办学

在散发传单与武装暴动问题上持有两种不同意见及七师革命力量第一次受到摧残。1929年下半年根据上级党组织巡视员的指示，大名县委决定在双十节晚上大规模地公开散发传单。传单的内容主要是以中国共产党的名义，提出打倒国民党，组织工农红军，建立苏维埃政权等。巡视员说："一张传单，就等于一颗重磅炸弹。"谢台臣同志对此提出了自己的意见，认为散发传单扩大党的政治影响、宣传党的主张，当然是对的，但当时在大名公开散发传单，效果并不好。因为当时大名一带的国民党和军警当局还不很具体了解这里是否已经有了共产党的组织，更不清楚我党的组织在干些什么，如不公开散发传单，还可以麻痹敌人，有利于我们工作的开展。一旦把这些公开宣布，就会暴露自己，引起敌人注意，工作就会增加困难。但他的这些意见未被采纳。既然党组织已经决定，他也就服从了。于是，在双十节晚上，县委动员党团员全部参加，并将传单撒遍了大名城内主要街道。

这次散发传单，对敌人的确是一次很大的震动，但同时也把隐蔽的党组织暴露了，使敌人认识到大名县不仅有共产党的组织，而且是力量很大、组织得很好。从此，七师党组织便引起了敌人的高度注意。

1930 年 4 月，直南特委书记到大名提出组织大名暴动的计划。指定七师学校是暴动的中心，以七师的学生、工友和学校周围组织起来的农民（实际有的是刚成立起来的夜校学员）为主力，并调动农村党组织可能调动起来的力量联合行动，准备攻打大名城，把苏维埃的旗帜插在七师学校的大门口。这时谢台臣等同志向县委明确表示，党的武装暴动政策，他们是拥护的，但是必须看条件如何。他们认为当时大名群众的觉悟还不高，尚未组织起来；敌人的力量过于强大，暴动的条件还不成熟，因此不同意当时举行暴动，以避免招致不应有的损失。他们坚持认为，党组织应当掌握好七师学校这个公开合法的阵地，为党培养更多的干部向农村输送，深入发动和组织群众，壮大自己，积蓄力量，待条件成熟再举行暴动。这些本来正确的意见，“左”倾领导人却根本听不进去。

5、6 月间，上级领导人又来到大名具体帮助实施暴动计划，在一次召开的党团员、暴动骨干分子参加的会议上鼓动说，党的决定就是命令，党员必须无条件服从。随后大肆批判所谓右倾机会主义，指出谢台臣、晁哲甫、王振华三人已成为暴动的主要障碍，宣布立即开除他们的党籍。据参加会议的同志回忆说：当时到会的党员普遍受到了很大压力，对开除三人的党籍虽都不同意，但谁也不敢说话；对马上组织暴动也都认为不可能，但也不敢反对。结果，不少人思想消沉，抱着静观的态度。学校周围刚刚组织起来的农民也都被吓跑了，不敢再露面。这样喧嚷一时的“大名暴动”，至此以流产而告终。

“驱张挽谢”斗争。大名暴动虽然未成功，但由于它的影响使七师声名在外。大名反动当局认为“七师是共产党的巢穴”，河北教育厅也怀疑大名共产党与七师领导有关。直接承受这种压力的，当然是谢台臣同志。谢台臣同志等虽然被开除党籍，但思想感情上仍未离开党，然而由于感到失掉党的领导与支持，工作无法开展，加之又迫于形势，所以不得不提出辞职。省教育厅很快就批准了。

张达夫本来是省教育厅的督学，很反动，早在 1930 年 2 月，他就被派来七师视察，妄想乘机接管学校。但由于学生的坚决反对，他只好灰溜溜地返回。同年 7 月教育厅正式委任张达夫为七师校长后，他就大施淫威。他带来的一班人马包括其本人在内多是些不学无术之人，训育主任李耀麟更是一个反动政客。他们到学校后，立即全部辞退进步的教职工，禁止学生阅读进步书刊，并在各方面限制学生的活动，对广大师生十分敌视，对工友极端苛刻，动不动就训斥、扣发工资等。广大师生员工对此极为不满。

七师党组织在上级领导下，决定开展反对张达夫挽留谢台臣的斗争。学校党组织决定首先以学生自治会的名义宣布罢课，提出张达夫不离校决不复课。国民党政府出动军警包围学校，学生自治会组织学生与军警展开了英勇的搏斗。最终有 32 名学生被捕入狱，一大批学生被张达夫开除学籍。这是七师学校第二次遭受的摧残。

随后，大名县委及学校党组织负责人吸取了上次斗争失败的教训，采取合法与非法相结合的斗争方式，一方面号召学生进行“离校斗争”，一方面通电教育厅并散发传单，揭露张达夫不学无术及其镇压学生的反动罪行，呼吁社会各界给予支持。由于学生坚持不返校的斗争和社会舆论的压力，教育厅不得不撤换张达夫，重新委任谢台臣为校长，“驱张挽谢”斗争取得最后胜利。

1931春谢台臣同志第二次任校长，使失去了的革命阵地又重新夺了回来。此时，他虽然失去了党的关系，却仍然坚持以往的教育方针，恢复了学校过去的革命传统，七师又出现了蓬勃发展的革命新气象。同时他又将离开的原校领导成员晁哲甫、王振华同志及其他进步教师重新返聘回校，被开除的几十名同学也恢复了学籍。文科教学仍然是停止使用国民党审定的课本，讲授马列主义，以提高学生的革命觉悟;党团组织得到恢复，学生自治会重新建立，“社联”、“左联”、读书会等也开始活动，革命力量又重新壮大起来。

可是这时贯彻王明“左”倾路线的党的负责人，却看不到这些成绩，他们硬说谢台臣等同志是坚持右倾机会主义路线，“不敢干”，对学校领导不是合作和支持，而是横加指责。正在北平住院治病的谢台臣同志内心感到十分痛苦，他对人表示说：“我不能和党闹对立。”因此1932年夏季，毅然决定呈请辞职。随后，省教育厅委任国民党蓝衣社分子郭鸣鹤为校长。

谢台臣同志辞去校长职务后，回到濮阳家乡鹿斗村养病。社会上的压力，党内的责难，使他在精神上备受痛苦的煎熬。由于他患有严重的神经衰弱症，积劳成疾，于1936年初饮恨与世长辞。

“左”倾路线招致革命阵地的丧失。郭鸣鹤来校后，组成了包括大名县国民党县党部的党棍金国栋、国民党分子姚丽卿、军统特务高廉九等人在内的领导班子，实行法西斯专政，反对共产党，巩固国民党的反动统治，使七师这个革命策源地遭到了极大的摧残。

他们在校内奉行蒋介石的“新生活运动”，推行军训和童子军训练;积极贯彻“会考制度”，强迫学生读死书，禁止阅读进步书刊，取缔一切抗日活动和革命活动，并从各方面限制和剥夺学生的言论、集会和结社的自由。在校门口，设立校警，对学生出入进行检查等。学生没有任何自由，身心受到极大摧残。

这种残酷统治遭到了学生们的强烈反对。同学们积极发动罢课斗争，并派代表分赴各县进行宣传。但由于郭鸣鹤施展各种卑鄙阴谋手段并进行破坏镇压，学潮最终还是失败了。郭鸣鹤先后开除共产党员、共青团员和进步学生共 170 多人。谢台臣同志缔造的直南革命策源地被彻底地破坏了。这固然是由于反革命的摧残，但也主要是“左”倾路线的干扰而丧失了这个革命阵地。这是历史的教训！

1936 年郭鸣鹤下台之后，谢台臣同志的战友和学生王振华同志，利用敌人的内部矛盾又担任了七师校长职务，并请回晁哲甫同志任教务主任。他们在校内建立了“谢台臣先生纪念碑”，并逐渐恢复了学校过去的革命传统。

谢台臣同志逝世 47 周年了。回顾历史走过的道路虽然漫长而曲折，但光明最终取代了黑暗，真理最终战胜了谬误。1949 年我们党赢得了全国解放，开辟了中国历史发展的新纪元，尤其党的十一届三中全会以后，平反了大量的冤假错案。1979 年 3 月 15 日中央组织部为谢台臣同志彻底平反昭雪。现在在党中央的正确领导下，我国的教育事业已大大发展，为四化培养了大批建设人才，祖国欣欣向荣，社会主义建设事业蒸蒸日上。回顾谢台臣同志一生的战斗业绩及他的优良革命品质，使我们想起他入党时所说的一句话：“我的目标是要在中国实现共产主义。”这铿锵有力的语言，仍在激励着我们继续前进！

文 / 安　明　裴志耕　成润等

纪念我们的良师益友晁哲甫同志

河北省第七师范学校是我们的母校，在历史上她曾对直南革命作出了重要的贡献，是她向我们传播了马列主义，引导我们走上革命的道路。在今天纪念建校 60 周年的日子里，使我们不能不怀念学校的主要领导人之一晁哲甫同志。

晁哲甫同志是原河北省清丰县（现为河南省）六塔集人，1894 年 12 月 3 日出生在一个破落地主家庭，早年读书困难，在别人资助下读完中学。1916 年入保定高等师范读书，受五四运动的思想影响，成为一位革命民主主义战士，1927 年春加入中国共产党。他长期做教育工作，协助谢台臣同志创办七师学校，为革命培养了大批干部。1937 年抗战后，他历任清（丰）南（乐）路东县委书记、直南特委统战部长、冀鲁豫边区行署主任、晋冀鲁豫边区政府教育厅长、华北政府教育部长等职。全国解放后，他曾任平原省政府省长、山东省政府副省长兼山东大学校长。1970 年 12 月 13 日在济南逝世，终年 76 岁。晁哲甫同志是一个优秀的共产党员、革命教育家。他那高尚的革命品质、优良的思想作风一直是我们学习的好榜样。

协助谢台臣同志创建大名七师

1923 年谢台臣同志在大名县创办了直隶省（后改为河北省）立第七师范学校并任校长，聘请了晁哲甫同志来任教务主任，王振华同志为训育主任，组成了学校的领导核心。

大名七师的党组织是 1926 年 10 月建立的，谢、晁、王三同志于 1927 年春同时入党。从此，大名七师就成为我党直接领导下的一个教育阵地，变成了为我地下党领导的一个学校了。他们积极主动地配合党的工作开展，聘请共产党员和进步教员讲授马列主义，掩护党组织的活动，参加和支持群众的革命斗争。在七师这个学校里，为党培养了大批革命干部。

作为教务主任的晁哲甫同志，课程安排、图书购置等都是由他具体负责的。此外，他协助谢台臣同志先后聘请李梦龄、千家驹、王冶秋、王真、原政亭、张衡宇、张苏、刘龙文等共产党员或政治上进步的教师来校任课，不用国民党审定的教科书（文科），自行选编教材，讲授马列主义。他安排了唯物辩证法、历史唯物论、政治经济学、社会发展史等课程。学校提倡学生阅读课外书籍，图书馆则购置了大量进步书刊，当时已出版的马列经典著作和中外的社会科学名著、中外革命文艺作品，图书馆里基本上都有。另外，还订阅了《新青年》《语丝》《创造月刊》《拓荒者》等进步刊物供学生阅读。

哲甫同志自己担任的国文课，则选用李大钊、鲁迅、郭沫若等人的文章做教材。他本人尤其热爱阅读和研究鲁迅先生的作品，并向学生介绍推荐。这对提高学生的政治思想觉悟都有很大帮助。

1929 年至 1930 年上半年，学校工作比较顺利，党团员发展到 100 多人，占全校师生员工总人数的三分之一，加上外围革命组织反帝大同盟和读书会，革命力量占三分之二以上，国民党员只有极少数人，其中的反动分子，在学生中则是极端孤立的。这一伟大成绩的获得，哲甫同志是花费了心血的。

哲甫同志不仅在教学工作上，在组织工作方面也是谢台臣校长一位得力助手，特别是在 1929 年以后，当七师受到“左”倾路线的严重干扰的时候，哲甫同志与党组织密切配合，采取有力措施胜利地粉碎了敌人企图一网打尽七师共产党的罪恶阴谋。

1930年春，直南特委在大名提出武装暴动的计划。这时谢台臣、晁哲甫、王振华三同志明确表示，敌我力量悬殊，条件极不成熟，不同意举行暴动。他们坚持认为，党应当掌握好七师学校这个革命阵地，为党培养干部不断向农村输送，深入发动群众，积蓄壮大革命力量，等到条件成熟时再举行暴动。这些意见，虽经哲甫同志赴天津向省委申述，可不久，在一次大名党的活动分子会议上，上级领导人却宣布，他们三人是“右倾机会主义”阻碍暴动，被开除了党籍。而暴动计划，也因力量不够，归于流产。

哲甫同志被开除党籍后，虽然在一个相当长的时期里，从组织上离开了党，但是他在思想感情上始终是和党在一起，坚决跟着党走，对阶级敌人进行了坚决的斗争。1930年暑假，他和谢台臣、王振华同志迫于形势，辞去七师学校的领导职务。秋季校长易人，一个不学无术的国民党分子张达夫任七师校长，他压迫学生和工友，不久就爆发了声势浩大的“驱张挽谢”学潮。大批军警出动进行镇压，广大师生与他们进行了英勇的斗争，32人被捕入狱，学生会的领导人被关押三个月之久，随后又开除了大批学生。这是七师受到的第二次大摧残。由于学生们一直坚持斗争，学潮最终取得胜利，张达夫被撤换了，晁哲甫同志和校长谢台臣又重新掌握了七师的领导权。他们一如既往地恢复了原来的教学方针、教师队伍，学校又出现了蓬勃发展的革命新气象。党团组织恢复后又大大发展了。可虽然如此，他们仍不能得到坚持“左”倾路线领导人的谅解，反而说他们“坚持右倾机会主义路线”“不敢干”加以批判。晁哲甫同志和谢台臣同志一样，绝“不和党对立”，于1932年夏季被迫辞职。国民党蓝衣社分子郭鸣鹤来任校长，七师又遭受了第三次更大的摧残。

哲甫同志对党对同志和对敌人爱憎分明。1932年至1933年他在邢台四师教书，在直南特委工作的原七师学生党员经常到他那里去，生活有困难，哲甫同志就予以帮助。李尊荣同志因无钱买票，扒火车被轧死。哲甫同志听说后很悲痛，当即寄了安葬费用，心情长期不安，这是多么纯朴的阶级情感啊！1934年，哲甫同志在北平时，国民党河北省党部通过原七师反动学生王汝章邀请过去在七师教过书的旧同事，借“宴会”之名实际是要追查七师的历史问题。晁哲甫同志义正词严地向他们说：七师领导人都比较倾向五四精神，学生参加北伐，我们同情支持他们，这是对的。一席话，说得国民党省党部的人哑口无言，虽然有些不满，却也无可奈何。1935年北平爆发“一二·九”学生爱国运动，国民党反动当局一方面用武力加以镇压，另一方面又提倡“尊孔读经”，妄图以此麻痹青年人的思想。并要求清丰县乡师一律开设经学课，国民党县长李某亲自主持祭孔大典，并讲了第一堂经课。这时哲甫同志在清丰县简师担任国文教员，县里请他讲第二堂经文课。哲甫同志一上台就大批孔孟之道，指出提倡“尊孔读经”是开倒车，企图不要人民起来抗日救国。从此，经课因再也无人讲而告吹。

1936年春，王振华同志接任七师校长后，邀请哲甫同志重任教务主任，使这个革命阵地又重新从反动分子手里夺了回来。哲甫同志以他多年的政治经验和革命警惕性，发现了学校教员中有托派分子活动。双十二事变以后，由于托派分子的破坏，全国抗日团结的现象进一步暴露。哲甫同志就与王振华共同商议，对他们的反动论点加以批判，并设法将他们予以辞退。这是多么鲜明的阶级立场啊！

创建冀鲁豫边区抗日根据地

1937年七七事变以后，晁哲甫同志与党取得了联系并恢复了党籍。这时，在党的领导下，他以极大的热情投入抗日战争。平津失守，保定、石家庄相继沦陷，国民党军队节节败退，政府机关纷纷南窜，人心惶惶不安，不少有钱人家和文化教育界上层人士也相继南逃。直南人民怎么办？这时，晁哲甫同志回到清丰家乡，与人发起组织了“抗日救国十人团”和救国会，在清（丰）南（乐）大（名）一带举起抗日救亡的旗帜。同时指出，逃亡不是办法，当顺民是可耻的，出路只有一条，就是就地抗战；并大力宣传敌人兵力不足，只能是占领城市和交通线，广大农村仍是我们抗日活动的好场所。这在当时稳定人心，团结文化界、教育界及青年知识分子走上抗战道路，起到了重要作用。

1937 年冬季，受上级指示，他赴山西晋城举办“华北抗日军政干部训练班”，得到朱瑞同志不少的启发与帮助。1938 年 2 月，晁哲甫同志仍回清丰县工作，担任清（丰）南（乐）边东县委书记。同年春，根据上级指示和形势需要培养了大批干部，并在六塔集举办抗日军政干部训练班，参加者大都是思想进步、有民族气节的知识分子。前后共办了 5 期，课程是中国革命问题、抗日民族统一战线、游击战和群众工作等。这时，因训练班经费困难，晁哲甫同志变卖家产充作经费。通过培训，培养了大批干部，发展了一批党员，对附近几个县开辟抗日根据地的工作，起了很大的作用。

自日寇进占县城后，土匪蜂起，社会秩序混乱，当地一些绅士要求组织维持会，哲甫同志与这股投降势力作了坚决斗争，挫败了他们的阴谋。同时，又积极争取团结开明绅士，晓之以民族大义，孤立投降派。而后，一些士绅又自发组织民团，哲甫同志又通过工作及斗争，派遣干部建立了一套政治工作制度，使之成为抗日武装。从此，把士绅组织的民团改造成抗日自卫团，最后发展到 12 个中队、1000 余人，成为一支相当可观的抗日武装力量。

在哲甫同志主持下，县委决定大力开展群众工作。经过发动，建立了县、区、村抗日救国会，农会、妇会、青会、儿童团纷纷组织起来，全县出现了抗日热潮。同时，在清丰又成立了半政权性质的“战地动员委员会”，哲甫同志任主任，下设锄奸武装、动员分配等 9 个部，并在全县实行合理负担。从此，清丰县的军、政、民等组织都在我党领导之下了。

1938 年至 1939 年晁哲甫同志在担任直南特委统战部长时，对丁树本部贯彻我党既联合又斗争的统战政策，也取得一定成效。丁树本在七七事变前原是国民党濮阳专区的一个行政督察专员。此人是一个反动的两面派分子，当困难时，他依靠我们帮助以求得自己的发展，表示愿与我党、我军合作抗日。1939 年初，国民党发动第一次反共高潮时，他走上反动道路。在我讨伐叛军石友三的战役中，他顽固不化，也随之逃窜了。

丁树本部队南逃之后，由他任命的各县政府也都溜掉了。各县群众以极高的热情选举出各县的抗日县长，随后选举出各区专员，根据地建设粗具规模，党的各项政策开始得到贯彻。

哲甫同志在这一新形势下，除了开展统战工作之外，又创建了抗日中学并自任校长。

4 月份，冀鲁豫边区党委及军区成立。农历五月五日，日寇集中兵力对这个地区实行了残酷的大扫荡，我八路军主力根据上级指示主动转移，叛军石友三部又乘机反扑，会道门也到处活动，使这个地区的工作陷于极为艰苦的局面。

1941 年初，冀鲁豫行署经过全区代表会议选举晁哲甫为主任。不久，日寇又纠集日伪军数万兵力，对我根据地沙区进行了灭绝人性的“四一二”大“扫荡”，采取“三光”政策，企图一举摧毁我军民的生存条件。在军区司令员杨得志指挥下，党政军民领导机关进行反“扫荡”，冲破敌人层层包围，安全转移到鲁西濮范观地区。为使对敌斗争有较大的回旋余地，经上级批准，冀鲁豫与鲁西合并，地区名称仍为冀鲁豫边区；行署名称为冀鲁豫行署，哲甫同志为主任，段君毅、贾心斋为副主任。

1942 年后，华北日寇企图巩固占领区，极力推行“强化治安”，加紧对我根据地的进攻、分割，反复“扫荡”，而对我边沿地区则进行蚕食政策，使我们根据地日益缩小。再加上几年来战争造成的灾荒，全区旱情严重，饥民遍地，人民处于水深火热之中，使抗战处于最艰苦的时期。根据党中央指示，除在对敌斗争上采取“敌进我进”“打出去，扩大根据地”外，在我根据地中心地区则开展民主民生斗争，深入发动群众，在中心区积极开展抗灾救灾、安置灾民、以工代赈、生产自救等工作。当时政府工作的中心任务，一个是扶植群众运动，一个是生产救灾。哲甫同志分管生产救灾，这是一项面广事繁的工作，当时大家都在节衣缩食，他以身作则，在生活极端艰苦的情况下，仍亲自下去认真做调查研究，以此指导救灾工作。

1943 年底，哲甫同志调离冀鲁豫边区到延安中央党校一部参加整风学习。期满后，留校任五部副主任。1946 年至 1948 年先后任晋冀鲁豫边区政府教育厅长及华北人民政府教育部长。他积极领导和组织制定华北解放区的教育计划方案，贯彻教育与生产劳动相结合以及理论与实践相结合的革命教育方针，在干部教育、学校教育、工农兵教育上，都以服务于战争为目的，为迎接全国解放培养了各种人才。

高尚的品德、优良的思想作风

晁哲甫同志于 1949 年 9 月任平原省省长、党组书记，并兼任省委统战部部长。平原省是由战争时期太行部分地区和冀鲁豫解放区合并而成，干部也是由两地抽调组成。由于哲甫同志是老党员，党性很强，德高望重，民主作风好，博得大家的尊重。哲甫同志一向善于理解别人、尊重别人的意见和职权，特别注意同太行和其他地区调来的同志搞好团结。因此，省政府的干部一直团结得友好，亲如一家，从未发生过什么“山头”“小圈圈”等问题。省委、省军区也都是新组成的班子，哲甫同志在部门和党委的关系上摆的位置很正，执行省委的决议很坚决，凝聚力强。同时，哲甫同志对中央各部委也很尊重，同志们都称赞他给大家带了个好头。在处理与邻省的关系上，特别是在河流的上下游左右岸、涝水排放等问题与邻省发生矛盾时，晢甫同志能顾全大局，基本上都能经过协商合理解决。在个别问题上，只要无碍大局，纵令对本省有些不利，只要中央正式表了态，仍坚决执行。所以平原省没有无尽无休常年不能解决的水利纠纷。

晢甫同志领导有方，会议上从不夸夸其谈，虽发言不多，但在关键问题上，意见很中肯、很明确。讨论问题时，既能发扬民主又善于集中。对会议的准备很充分，会议开得很认真，每次会议都开得很圆满，并形成文件，以使执行抓落实有根有据，责任分工明确。

晢甫同志对统战工作很重视，省内一些有名望的知识分子他都能团结得很好，能充分发挥他们的作用。对党外人士能够合作共事，处理得恰如其分；对知识分子尤其关爱，在安排工作上各尽其能。对此，当时在平原省工作的一位老同志评价他说：“作为一个统战部长，对各方面人物都能团结，这也是很不容易的。”晢甫同志是政府工作的第一把手，负责全面工作，对某些关系大局、关系长远利益的问题，他都是亲自过问并且抓得很紧。

同时，他对教育工作也很重视，在平原省成立很短的时间里，建立了师范学院、农学院、工学院等。

平原省地处黄河下游两岸，受黄河水威胁很大，多年战争给这个地区群众遗留问题很多，尤其防灾救灾是件大事，晢甫同志对此特别关心。尤其在治理黄河、修溢洪堰、修建胜利渠等重点工程，他都是亲自过问、亲自安排。平原省农业生产恢复得快，发展也较快，这是和晢甫同志的亲自抓、亲自安排分不开的。

晢甫同志作风扎实，工作注重实际，不浮夸，始终都能和大家在一起，与同志们和平相处，作风正派，敦厚朴实，无论在工作上，还是生活上都为大家作出了表率。

1952年，因国家区划调整，恢复原省建制，平原省撤销。1953年哲甫同志调山东工作，任山东省人民政府副省长、中共山东省委常委兼统战部长。1956年被选为党的八大代表，直到1970年12月23日逝世。

在山东工作十几年，哲甫同志给山东广大干部群众留下了深刻印象。他是大革命时期的老党员，但他从不居功自傲，始终保持谦逊质朴的品德，与人相处，总是平易近人，真诚相待，让人感到他是自己的良师益友。

哲甫同志出身于农村，对农民有着深厚的感情。他深知农业在我国的重要位置，非常关心农业，反对不分情况的瞎指挥。为了搞好农业和水利，他曾多次深入调查，并拿出自己的意见供有关部门研究。

哲甫同志几十年的革命生涯大多都和党的教育事业联系在一起。在山东他曾分管教育工作，并兼山东大学校长两年多。其间，他衷心拥护党的教育方针，强调教学要理论联系实际，以此增强学生解决实际问题的能力。当学校结合自己的情况开展勤工俭学以及开设校办工厂之后，他都积极给予支持。

哲甫同志具有坚定的共产主义信念，他从不计较个人名利。他生活朴素，没有任何不良嗜好，省吃俭用，称得起勤俭持家的典范。他将几十年积攒的一点积蓄，一次性上交8000元作为党费。他这种高尚的共产主义品德，全心全意为人民服务的思想，实事求是、联系实际、谦虚谨慎、艰苦朴素的思想作风，永远值得我们学习！

文 / 安　明　裴志耕　成润等

第二辑　不变的信仰

刘大风

童少磨难砺心志

童年梦痕

位于华北平原腹地的南乐县，地处冀鲁豫三省交界处，历史悠久，人杰地灵，在数千年的历史长河中，曾孕育出字圣仓颉，唐代高僧、天文学家张遂（僧一行）等杰出人物。

1928 年以前，南乐县隶属直隶省大名府。1928 年 6 月，直隶省改为河北省，南乐县遂隶属河北省。1952 年，南乐县划归河南省，今隶属河南省濮阳市。

在南乐县城西 6 公里有一个村庄叫佛善村，20 世纪初即是闻名全县的大村。该村呈东西向、块状分布，杂居着吴、杨、李、潘、刘等十几个姓氏的百姓 3000 余人。据传，很久以前，该村村址位置有个善佛寺，人们崇信佛教，一心向善，为求庇护，依寺定居而得名。

居住在佛善村的刘氏家族在民国初期就有 300 多口人，是该村的第五大姓，先祖也是明初从山西洪洞老鸹窝迁来。南乐县第一位共产党员刘大风就出生在这里。

刘大风，原名刘介风，乳名广增，字惠普，后又改名为安明，1906 年 2 月 28 日（农历二月初六）乍暖还寒的春日，第一声啼哭给刘家带来了欢乐和喜气。

刘大风的祖父刘清心，出生于 1858 年，是村里出了名的文化人，按佛善村刘家续谱，到他这一代已是第八世，弟兄四人，他排行老三。刘家虽是人丁兴旺，却不是名门望族，世代贫寒，祖祖辈辈靠种地为生。刘清心因患眼疾而高度近视，“地里分不出草苗，看人看不清眉眼”，无法从事农耕，只能苦读“四书五经”，不为功名，只求谋生；也曾数度应试，却屡试不第，直到中年才考了个清末秀才。由于视力不好，从政无望，从商也难，只好一生以教私塾为业，借以维持基本的生活。

刘清心膝下有三子，依次为建午、建朝、建三。建午即是刘大风的父亲，是刘清心的长子，因其父亲不事农耕，他从青年时期就承担起了全家二十余口人几十亩耕地的农业生产和带头劳作的重担，自幼虽未读一天书，但心灵手巧，是一个典型的好庄稼把式。25 岁那年，建午与邻近杏园村的吉家姑娘结婚成家。婚后第二年，建午夫妇就喜得贵子，取名广增（即刘大风），意图盼望家业不断发展广大、增加。作为刘家长孙，自然备受爷爷、奶奶的宠爱，刘大风在祖父母、父母及全家人的格外关心和呵护下，像一棵小白杨枝繁叶茂地成长着，童年的梦像稚嫩的树尖，笔挺地冲向云天。随后几年，刘大风的父母又给他生育了一个妹妹秀珍，他二叔建朝、三叔建三也相继成家，有了下辈儿女，给他增添了儿时的伙伴。随着人口的增多，他父亲刘建午尽管更加努力操持家业，带头起早贪黑地辛勤劳作，但仍然摆脱不了贫困，祖孙三代依然是土屋草棚遮冷雨，破衣烂衫抵风寒。每到春夏之交、青黄不接时期，尤其遇上干旱无雨、洪涝大灾之年，贫穷人家更是吃了上顿没下顿，十有八九就会锅底断炊、闹起饥荒，家里的女人、孩子不得不忍受着饥饿到地里挖野菜、捋树叶，回来熬一锅野菜汤，一人盛一碗，蹲在土墙根下，狼吞虎咽地填充那辘辘饥肠，苦涩的野菜伴着泪水、伴着叹息、伴着对生活的无望咽进肚里，暂缓饥饿的折磨。刘家人多地少，和众多的穷人一样，也有吐不完的叹息、咽不完的苦水、流不完的眼泪……

在儿时的记忆中，母亲吉氏给刘大风留下了极好的印象，她为人正直，性情温和，勤俭持家，与人为善，在刘家的大家族中，有口皆碑，堪称妯娌间的楷模。母亲对儿子更是十分疼爱，每天晚上都给儿子盖被子；儿子从外面回来，自己舍不得吃，再苦再难也总是留最好的食物给儿子吃。她要求儿子要勤劳懂事、好好读书、正直做人、不枉一世。只可惜“好人不常在”，就在刘大风 8 岁那年，他母亲因长期劳累过度，吃的是冷食剩饭，缺乏营养，致使胃部长年溃疡、流血化脓，腹腔感染，整个人烧得火炭一般，连续几天水米不进，昏迷不醒，吓得刘大风和年仅 5 岁的妹妹号啕大哭。听见哭声，母亲睁了睁凹陷无神的眼睛，看了看兄妹俩，嘴唇有气无力地蠕动了一下，想说什么却什么也说不出来，然后双眼一合，便气绝命断，走上了有去无回的黄泉路……

自此，刘大风便成了一个终生失去母爱的孩子。在以后的岁月里，对他来说，母爱只是一个模糊的概念。

祖孙情深

母亲去世后，失去母爱的小兄妹甚得全家人的怜爱，作为长孙的刘大风，爷爷、奶奶对他更是疼爱有加。上学，对于穷苦人家的孩子来说，那简直是一种奢望。好在刘大风的爷爷本身就是一个私塾先生，再加上眼睛不好使，连走路都看不清。因此，刘大风从 6 岁开始就被长年离家为人执教私塾的爷爷带在身边，一边读书一边做爷爷的“小帮手”。平时爷爷照顾他起居，教他读书；而他就充当爷爷的“眼睛”和“小拐杖”:爷爷找东西看不见，他就帮爷爷找；爷爷走路看不清，他就牵着爷爷的手。后来干脆就找来一根粗细均匀、长短适中的木棍儿，其中一头用文火熏烤弯曲成半月儿状，好让爷爷拿着顺手，然后一前一后牵着走路。就这样，一老一小成为绝佳的“配对”，看见他们的人都夸道：“真是爷爷的小拐杖！”

由于为人执教私塾报酬有限，祖孙二人便自己动手做饭，以节省维持生活。因此，在爷爷的悉心指导下，刘大风从小就会做饭、做家务。自从刘大风失去母亲之后，爷爷就特别疼爱这个孙子。从启蒙开始教他怎样写字，再到从如何做人开始教他学习文化知识，可谓沥尽心血，甚至可以说对他有点偏爱。后来当刘大风参加革命后，一家四代 20 多口人，经常因为他担惊受怕，尤其遭到国民党反动派镇压搜捕后，他的两个叔叔和很多亲属受到连累，对他不理解，不支持，甚至有的还埋怨，但刘大风的爷爷对他始终很支持，认为刘大风是一个有本事的人，是个干“正事”“大事”的人。后来，刘大风被敌人逮捕入狱，也是爷爷说服全家卖掉 10 余亩地将他赎了出来。抗战初期，刘大风组建抗日武装“四支队”，爷爷听说后便情不自禁地自言自语夸奖道：“领兵打仗……打日本好……有出息……总算没有白疼。”后来，刘大风离开四支队去延安学习，祖孙二人从此便失去联系，在遥遥思念中，直至爷爷于 1942 年去世再也未能相见。

勤奋好学

在童年的记忆里，爷爷在教学上是一个恪守封建礼教的“老学究”，授课内容也是《三字经》《百家姓》《千字文》《论语》《孟子》等启蒙经典，什么“人之初，性本善；性相近，习相远……”什么“天将降大任于斯人也，必先劳其筋骨，饿其体肤，苦其心志，行拂乱其所为”；什么“得道者多助，失道者寡助；寡助之至，亲戚叛之；多助之至，天下顺之……”虽然有些诗文读起来枯燥无味，似懂非懂，但刘大风天资聪颖，学得认真，总是扣着书，仰着脸，摇头晃脑地背得滚瓜烂熟，爷爷每天规定背多少，他都是第一个背出来，因此很受爷爷的喜爱。

由于爷爷学识有限，当刘大风渐渐长大，爷爷就无法满足他对学识的要求了，在他人的帮助下，刘大风进入了官庄小学学习。

辛亥革命后，中华民国实行新式教育运动，政府颁布的《普通教育暂行办法》以及《国民学校令》，废止了小学读经，引进了西方教学模式，规定小学教育的宗旨以注重儿童身心之发育，施以适当之陶冶为宗旨，并在全国各地兴办新学。1919 年，南乐县官庄村任氏兄弟把自家的私塾扩建为私立高等小学。学生免交学费、住宿费。13 岁的刘大风带着激动、好奇的心情进入官庄高等小学学习。学校里开设了修身、国文、算术、博物、地理、图画、体育等新型课程，这对刘大风来说很有新鲜感，学起来兴趣盎然，特别是地理课，让他了解了祖国的地大物博，了解了祖国的山川河流、物华天宝，激起了强烈的爱国热情；国文课改文言文为白话文，课本上图文并茂，浅显易懂，也激起了他强烈的求知欲。

刘大风 13 岁那年，他父亲又续弦豆村江氏为妻。江氏成为刘大风的继母，次年生育一女取名为秀银。

按照刘家宗谱排序，到刘大风这一辈名字中须有个“介”字，因此，从到官庄上学第一天起，爷爷就给刘大风起了个正式名字叫“刘介风”。先后担任刘大风国文课的老师叫贾伯岩、王元秀，分别是晚清的举人、秀才，他们嫌国文课内容太少太浅，仍不时地让学生背“四书五经”。老师还经常用“少小不努力，老大徒伤悲”“书中自有黄金屋，书中自有颜如玉”等名言警句，鼓励像刘大风这样好学上进的孩子们。刘大风也十分珍惜这来之不易的机会，更加勤学苦读，成绩始终名列前茅，屡得老师“品学兼优”等好评。

1919 年在中国大地上爆发的五四爱国运动，成为反帝反封建的导火索，“打倒列强，除军阀”是全国人民的共同愿望。那时的小学生由于消息闭塞，对国内发生的这些事件知之甚少，即便从老师那里听到一些，也多是支离破碎的，不少事是难以理解的。但在刘大风幼小的心灵里，却刻上了“帝国主义”“北洋军阀”“卖国贼”深深的烙印，他认为凡是欺侮或侵犯中国的“帝国主义”以及镇压爱国学生运动的“北洋军阀”“卖国贼”，统统是一路货色，都不是好东西。

官庄学校以新兴科学教授学生，尤其经过五四爱国运动的洗礼，广大师生思想激进。受此影响，刘大风的思想认识也有了很大提高。他在一篇《论学》的作文中写道:“学问之道，取之不尽，用之不竭”，故要“勤而好学，不耻下问”。同时，他在文章中还抒发了自己忧国忧民的心情。他认为人生的目的，就在于有价值的追求。读书学习，绝不是为了光宗耀祖，更不是为了出人头地，而是要做一个对国家、对社会有用的人，而一个人的理想只有和国家的前途、民族的命运联系起来才能实现自己的价值。自此，少年刘大风对社会、对人生、对自身也都有了新的认识、新的思考。

求学七师

1923 年，刘大风从官庄私立高等小学毕业后，听说在大名城内新开办的一所直隶省立第七师范学校开始招生，他就毫不犹豫报名参加了考试，并以优异成绩被录取。

直隶省立第七师范学校，始建于 1923 年，为直隶省参议员谢台臣首倡创办并任第一任校长，由于校址设在大名县城，故简称大名七师。当时的大名，是冀南政治、经济、文化的中心，又是美、法教会势力猖狂的地方。冀南道尹公署、冀南镇守使署等均设在此，管辖 37 个县。

学校第一期共招收两个班 80 名学生，开设的课程主要有公民、国文、历史、地理、算学、物理、化学、生物、体育、卫生、军事训练、劳作、美术、音乐、伦理学、教育概论、教育心理等。校长谢台臣在五四运动的影响下，崇尚科学与民主的思想，力求以革新教育的手段达到革新社会的目的。他选择志同道合的晁哲甫、王振华做助手，让其分别担任教务主任和训育主任，还聘请了一批进步教师到校任教。在教学内容上，摒弃了教育部审定的文科教科书，结合国内外的进步作品自编教材；在教学方法上，倡导“以作为学”，强调理论联系实际，深受广大师生的拥护。除此之外，学校还订购有大量进步书刊，如《共产党宣言》《家庭、私有制和国家之起源》《新青年》《拓荒者》等。国文课也多选用李大钊、鲁迅、郭沫若以及高尔基等人的革命文艺作品，使学生不断受到新文化、新思想的熏陶。

1923 年 8 月，刘大风入读大名七师后，感到一切都很新鲜，深感“师生之间、同学之间团结融洽，读书自由，生活愉快”。入学头一年，他就对辩证唯物主义哲学发生了兴趣，便用一个学期的时间阅读中外唯物派的哲学著作。嗣后，在谢台臣等的影响下，刘大风逐步对《语丝》《新青年》等进步刊物及陈独秀、鲁迅、郭沫若等人的作品产生了浓厚兴趣。在如饥似渴地学习的同时，与同学共同编辑了刊物《曙光》，并亲自组织撰写文章在刊物上发表，以此宣传新文化，与旧文化、旧学派进行斗争。由于刘大风勤奋好学，接受新事物较快，不论学习成绩还是思想品德，都是名列前茅，时被称为“濮阳八才子”之一。在课外，刘大风积极参加校内植树、种菜、养兔、养猪、制肥皂等生产实践活动，脏活、累活抢着干，深受广大师生的喜爱。由于家庭困难，在生活上刘大风特别节俭，食宿由学校供给，其他花费“一年至多不过 20 元，就这样回家取钱时，还感到困难”。

其间，刘大风还时常关心时局，勇于发表自己的政治见解。1924 年 10 月，冯玉祥在第二次直奉大战中，向吴佩孚倒戈，发动了“北京政变”，并组建了一支从军阀中分化出来的国民军。对冯玉祥这一举动是进步还是倒退，在七师学生中引起激烈的争论。有人说冯玉祥很坏，刘大风则不以为然。他说，冯玉祥倒戈，停止了直奉战争，使人民少受战祸之苦。经与同学几次争辩后，谢台臣在讲历史课时，表示同意刘大风的观点。回家后，刘大风得知直奉大战中，村里许多人被抓去当差，他叔父被迫用自家的牲口、大车为军阀运送军械，一路挨打受气，行至天津扔掉大车、牲口才偷跑回来。混乱中，家里又遭土匪抢劫。这使刘大风进一步感到社会的黑暗，愈加恼恨军阀。他后来追忆当时的形势和自己的心情时写道：

忆昔我校初创建，
各路军阀正酣战。
万里河山多筑垒，
千村老幼尽墨面。
胡尘遍地走豺狼，
腥雨满天洒赤县。
书生关心国亡事，
也愿投笔靖烽烟。

随着年龄和学识的增长，刘大风对国家动荡不安、军阀混战以及农村中阶级压迫和阶级剥削的社会现实，有了更进一步的认识，时时感到愤愤不平，对受苦农民也充满了同情。

大风起兮云飞扬

回乡完婚

1925 年 1 月学校放寒假，刘大风回到家乡佛善村，爷爷告诉他，家里为他定下了一门亲事，女方姓吴，单名俊字，与他同岁，家住本村后街，在家中是唯一女孩，有一兄两弟。吴姓姑娘虽出身于农家，没上过学，但性格开朗，通情达理，聪明贤惠，温柔善良，是一个人见人爱的好姑娘。当时，由于学业还没完成，刘大风心里虽然有点儿不情愿，但他从小就孝顺懂事，在婚事上也不愿违背家长的意愿，便答应了这门亲事。就这样，刘吴两家选择了良辰吉日，由家长做主，按照乡俗族规相亲、拜堂，举行了热闹的婚礼。婚后，妻子吴俊虽是农家女，但懂世事、通人情，心灵手巧，勤快能干，不仅在农忙时下地干活堪称劳动能手，在农闲时纺线、织布、绣花乃至洗衣、做饭等做家务活更是一流，里里外外都是家里的一个好帮手，在她身上完全体现了中国劳动妇女的聪明才智、正直勤劳、本分明理等传统美德。婚礼结束后，由于寒假时间较短，连蜜月都没有度完，刘大风就匆忙赶回了学校。

吴俊自 19 岁嫁到刘家后，平日除操持家务、照看一家老小生活起居外，时不时还要看公婆的脸色行事，因此也受了不少委屈和磨难。但刘大风与妻子吴俊感情很好，一生不离不弃，从未因她不识字而嫌弃。吴俊对丈夫刘大风不仅在生活上悉心照顾，而且对他的工作也给予大力支持，尤其在那血雨腥风的战争年代，刘大风常年在外奔波，吴俊跟着他经常过着提心吊胆、颠沛流离的生活而毫无怨言。那时，有很多人曾问她："你家刘先生是共产党哦？怎么进进出出那么多人？"她总是回答："不是的，都是朋友、同学。"确实，她那时也不知道他干什么，只知道他是好人，不会干坏事的。刘大风看到她维护自己也很开心，常对她说："你协助我工作，帮了我大忙。你人真好，跟了我，让你受苦了，对不起。"她总是回答："生活苦点儿没啥，只要有口饭吃就行了。"可惜，有时就连这"一口饭"也满足不了，常常是饥一顿饱一顿。他们结婚后，刘大风说先不要孩子。后来她才理解，他是担心万一被捕怕她受罪。她不同意，女人家怎么可以不生孩子呢？他们夫妇一共生育了三个子女：大女儿 1926 年出生，乳名翠娟，大名安林；儿子生于 1934 年 10 月，乳名方田，大名安方；小女儿 1944 年 8 月出生，乳名翠芬，大名安芸。吴俊与刘大风相依相伴 60 余年，于 2010 年 3 月无疾而终，享年 104 岁。

投身革命

1925 年春，刘大风回校不久，就爆发了"五卅"反帝爱国运动，大名县城各校的学生纷纷响应。刘大风积极参加领导了大名七师、大名十一中、五女师等校的反帝爱国活动。他们组织学生罢课，成立五卅惨案后援会，通电全国，并联合商会在大名县城关帝庙召开市民大会。会上，刘大风登台讲演，慷慨激昂，痛斥帝国主义屠杀中国工人的罪行，呼吁民众支持上海工人。他用洪亮的声音讲道："我们不能再这样忍受下去了，再不能任凭那些帝国主义刽子手任意枪杀和逮捕我们的同胞。""我们祖国的大地上还在遭受着野兽们的践踏……起来吧，同胞们！全中国人民都站起来，举起铁拳，拯救我们的祖国，拯救自己的命运。"他的慷慨激昂的讲演激起与会群众对帝国主义的强烈义愤，人群中不断地高呼“打倒帝国主义！”“取消外国领事裁判权！”“收回租界！”“取消一切不平等条约！”“惩办杀人凶手！”等口号。会后，举行了声势浩大的游行示威，并在街头和附近农村散发传单、张贴标语、宣传革命道理。七师师生还向死难的上海家属捐款200余元。接着，刘大风和其他同学又发起了抵制日货的运动，组织学生到城内各商号检查日货，一经发现，即行没收，一时在大名市场上日货几乎绝迹。据晁哲甫回忆，开展这些活动，“以二班（即刘大风所在班）最为活跃，许多倡议由二班发起，如组织纠察队、募捐等。表现最突出的有刘大风、赵纪彬、平杰三、解蕴山、成润、李大山等”。通过这些斗争，刘大风心潮澎湃，感慨万千，为表达投身革命洪流的决心和对美好未来的憧憬，他借刘邦《大风歌》中“大风起兮云飞扬”一句，抒发革命风暴势不可挡的雄心壮志，并将自己的名字刘介风改为刘大风。此时，由于刘大风在历次爱国学生运动中，具有很强的组织能力，他已成为大名各校的学生领袖。

1926年8月，中共豫陕区委委员、开封团市委负责人冯品毅应他的老师谢台臣之聘来大名七师担任英语教员。谢台臣对冯品毅很器重，他向学生介绍说：“冯先生是五四运动时期的先进人物，虽然年轻，可思想很成熟，大家应很好地向冯先生学习。”从此，冯品毅在大名七师一方面搞好教学，另一方面有计划、有目的地传播马列主义，揭露帝国主义、封建主义对广大民众的压迫、剥削，揭露北洋军阀政府的反动统治，宣传中国共产党的主张和苏联十月社会主义革命的胜利，宣传中国将来必定实现共产主义的道理；介绍国共合作、北伐战争的大好形势及孙中山的三大政策，向学生讲解《唯物史观略释》《辩证唯物主义》以及其他社会科学读物；还在全校师生大会上做时事报告，讲述了旧统治的罪恶、落后以及青年人的前途，指出在北方有一种新的革命势力在发展。这些，大大有助于师生革命觉悟的提高，使其对中国革命和中国共产党有了比较正确的认识，更使在黑暗中探索真理的刘大风看到了光明和希望。当刘大风了解到冯品毅是位共产党员，曾任过鲍罗廷的英语翻译，对其更为敬仰，经常找冯品毅请教问题，交流对形势的看法。不久，冯品毅组织成立“读书会”，刘大风首先报名参加。在冯品毅指导下，他阅读了《共产党宣言》《唯物史观略释》《辩证唯物主义》等社会科学读物，更多地接触到了马克思主义的理论，使其在短时间内，理论素质和思想觉悟都有了极大提高，认识到“只有共产党，才能救中国”的真理。

1926年10月10日，北伐军攻占武昌。同月，根据党组织的安排，冯品毅要离开大名七师去上海工作。刘大风知道后，在冯品毅离开前的一天晚上，跟赵纪彬商量：“听说冯老师要走了。他走之后，我们再找党的关系就不容易了。临走前让他介绍我们入党吧！”此想法得到赵纪彬的赞同。于是他们就给冯品毅写了一封信，其基本内容是：首先写其老师冯品毅虽然在七师任教时间不长，但对他们的教育、帮助却很大；其次表示对军阀混战和社会给农民带来动乱、贫困极大不满，对大革命浪潮到来感受无限鼓舞，对冯老师突然调走十分惋惜；最后，申明想参加革命活动，请冯老师介绍他们加入中国共产党的迫切愿望。其中有这样一句话“生我者父母，成我者师长”，语言表达得很恳切。冯品毅看到后，把他俩叫到他的屋里问道：“为什么要入党？”刘大风回答说：“因为对军阀、对现时社会不满，要改造它，只有革命，除此没有别的出路。而革命，唯有跟着共产党才有希望。所以，我们要求参加党的组织，投身于革命之中。”当场，冯品毅就同意了他们的入党要求，并把党的组织、党的纪律、党的最终目的、党的名称、代号等都讲给了他们，还告诉了他们通信密写的方法和河南省委的通信处，即开封东大街天主教堂，要求他们在学校中发展党组织，并走向工厂、农村，积极发展工人、农民入党。回宿舍后，刘大风、赵纪彬就向他们最亲密的同学李大山讲述了此事。李大山也就在当晚争取了冯品毅介绍自己入党。第二天，冯品毅又发展了成润（成小川）、吴益普入党。成立了大名县第一个中共特支——直隶省立第七师范学校特别支部委员会和中国共产主义青年团直隶省立第七师范学校特别支部委员会，简称大名七师党特支和大名七师团特支，刘大风任党支部书记，赵纪彬负责宣传，李大山负责组织，成润负责团的工作。这是大名一带最早的党组织。刘大风成为南乐县第一位共产党员，也是直南豫北一带最早的共产党员之一。由于冯品毅是中共豫陕区委委员，大名七师党支部归豫陕区委领导。三天后，冯品毅就离开了大名。

冯品毅走后，刘大风就给中共河南省委写信联系，但没有回音。他们就在七师独立自主地开展党的活动，利用各种方式传播马克思主义，宣传中国共产党的主张，把有关北伐战争的新闻写在黑板上，并以扩大“读书会”的名义，团结更多的同学参加革命活动，向同学们介绍进步书刊，如蔡和森的《社会进化史》、孙中山著作以及《新青年》《中国青年》《向导》等报刊。其间，刘大风受校方委托，担任了学校图书经理部主任，他充分发挥这一职务的作用，引导学生阅读马列主义著作及进步刊物，有目的地在学校办的《曙光》《伙计报》上发表文章，宣传进步革命思想和党的主张，组织成员到周围农村的农民夜校里去上课，号召参加学校组织的各种社会活动，并从读书会成员中发展积极分子，介绍入党、入团。至寒假前，党支部又发展了 10 多名同学入党。有大名县的解蕴山、裴志耕；南乐县的李渭川、朱子欣、石仙洲、王师韩；长垣县的郭仪安；巨鹿县的李亚光；还有吕鸿安、李青阳等人。不久，谢台臣、晁哲甫、王振华亦相继加入了中国共产党。在学校党组织及刘大风等人的积极努力下，大名七师成了共产党领导下的红色学校和党在直南的一个革命策源地。

星火燎原

1927 年 1 月，大名七师放寒假前，在图书室召开的党员会议上，党支部要求党员要利用寒假的机会向农民进行革命宣传，在农村中积极发展党员，扩大党的组织。据此，刘大风回到家乡佛善村后，便在农民中间开展工作。当时的佛善村，土地贫瘠，水、旱、蝗、风灾经常发生，再加上土地大量集中在地主手里，农民生活极其困苦。同时，土豪劣绅勾结官府，横行乡里，对农民实行残酷的政治压迫和经济剥削。农民有理无处辩，有冤无处诉，迫切盼望着改变那个万恶的旧社会。刘大风回到佛善村后通过走家串户，深入茅棚草舍，同贫雇农促膝谈心，向他们介绍国内革命形势，讲解革命道理，揭露社会的黑暗，分析贫苦群众受压迫、受剥削的根源，阐明只有社会主义才能救中国的真理，提高他们的思想觉悟。一次，刘大风遇到出身富裕家庭的刘峰后，就有意识地向他讲解国际国内的形势，谈到人人有饭吃、人人有活做的共产主义生活，经过多次深入交谈，引起了刘峰对旧社会制度的憎恨和对广大贫苦农民的同情，决心跟定共产党投身于改变社会的斗争中去，并表示要参加共产党。刘大风对他说："参加共产党，旧政府知道了是要杀头的，你怕不怕？"刘峰很坚决地说："不怕。"于是，刘大风就介绍他加入了中国共产党。随后，刘峰按照刘大风的指示，根据从他那里学习的党的理论知识，在接触了一些贫苦群众后，首先启发自己家的雇工刘介法（刘介寿）的革命觉悟，在交谈中感叹道："现在这个社会真不合理！"刘介法问道："咋不合理呢？"刘峰说："穷人天天干活，一年到头却吃不饱、穿不暖；那些富农地主天天不干活，还吃得好好的，穿得好好的，这算合理吗？""那咋得才算合理呢？""人人有饭吃，人人有衣穿，谁也不欺负谁，这才算合理。现在共产党就是为了这个。"经过与刘介法的多次交谈，刘峰终于为他指明了革命方向，坚定了跟共产党走的决心，很快刘介法就加入了中国共产党。接着，又介绍潘斌（潘真）入党，于 1927 年 3 月初成立了南乐县第一个党小组，组长刘峰，成员潘斌、刘介法。随后继续发展了吴书升、吴思温等一批党员。

寒假时间虽短，但大名七师党组织开展的工作卓有成效，除南乐县之外，大名、濮阳、清丰、内黄以及在七师学校周围的油粉町、刘窖、范店、五里屯、沙堤、东未庄等村庄都先后发展了党团员，在直南一带广大地区播下了革命火种。

1927 年 2 月，学校开学后，刘大风从一些进步报刊上了解到北伐军攻克九江、南昌和农民支持北伐军的消息，受到鼓舞和启示。此时，七师党组织的活动，在校内外产生了很大影响，尤其是校刊《曙光》上登载的一些反对军阀和土豪劣绅的文章，在校内外引起强烈反响。有一天晚上，刘大风将加入党组织和开展活动情况告诉了王振华。王振华就把这些情况给谢台臣、晁哲甫说了。为了避免过早地暴露学校党组织，他们就建议刘大风等到南方革命较为集中的武汉去受训学习。刘大风也觉着自己虽然加入了中国共产党，但一是自己马列主义水平低、马列的书没有怎么看过，革命理论太差；二是也没有实践经验，不像工人、农民搞过罢工、阶级斗争等，的确有去当时的革命中心武汉去学习、受训的必要。于是，刘大风、赵纪彬、李大山三人便把党团支部的工作分别交给成润（成小川）和吴益普二人，准备去武汉学习。谢台臣、晁哲甫、王振华各拿出 70 块大洋资助他们。刘大风等三人首先赴北京通过共产党员李素若同中共北方区委取得联系。当时，北方区党的机关就设在苏联大使馆内，李大钊也在那里，进去一趟不容易。因此，他们一方面把大名特支建立后的工作情况写成报告，通过李素若送上；一方面提出到南方参加学习的要求。3 月下旬，北方区委派刘伯庄在政治大学的宿舍里会见了刘大风等人，并向他们宣布了北方区委的指示：考虑到大名一带的党组织刚刚建立，需要巩固和加强领导力量，三人中只批准刘大风一人到武汉中央农民运动讲习所学习，其余两人仍回学校坚持工作。

根据北方区委的指示，刘大风赴武汉，赵纪彬、李大山返回大名。临行前，刘大风回到家乡佛善村和刘峰等秘密谈话，晚上通知全体党员在村外小树林里开会，在听取了党小组的工作汇报后，刘大风讲了当时的革命斗争形势，最后决定把佛善村党小组改为党支部，并提出了党支部书记和两名委员的候选人，大家举手表决，一致通过。当晚，中共南乐县佛善村党支部成立，刘峰任书记，潘斌任组织委员，刘介法任宣传委员。佛善村党支部直接受大名七师党特支领导。这是南乐县乃至濮阳地区第一个中共农村基层党支部，也是濮阳地方革命的零星火种最早的凝聚，标志着濮阳地方党的活动有了上级党组织的领导，开始了有方向、有组织、有目的、有秩序的革命活动。此后，佛善村党支部又发展朱喜文、三老张、大老张、二陈庄、潘善、王发财、李同学、孟铁锤、二麻斗、冯七、李二顿、李向善、大牙兴、潘歌、潘洪渐、刘住卿、张起、杨明堂、大乐、李桥等入党，使党员数量达到 25 人，划分为两个党小组，刘介法、吴书升分任两个党小组组长。

烈火真金是我骨

武昌受训

1927年4月初，刘大风在谢台臣、晁哲甫、王振华的资助下，前往武汉，途经上海，到苏联驻华领事馆找冯品毅（此时冯在苏领事馆担任翻译），以求帮助，那天正遇“四一二”反革命政变，苏领事馆被军警包围，未能见到。反革命大屠杀的枪声，丝毫没有动摇刘大风的革命意志，他毅然搭船抵达武汉。到武汉后，刘大风先同中共顺直省委驻武汉办事处李希夷取得联系后，拿到介绍信到武昌中央农民运动讲习所去学习。

武昌中央农民运动讲习所，简称武昌农讲所，位于武昌红巷13号。它是第一次国共合作时期，在中共领导和推动下，由国共两党共同创办的一所培养农民运动干部的学校。北伐军攻克武汉后，湘、鄂、赣农民运动迅速发展，急需大量从事农民运动的人才。为适应这一需要，1926年11月，时任中共中央农民运动委员会书记的毛泽东同志提出在武昌开办农讲所。当时农讲所以邓演达为所长，毛泽东为副所长并主持日常工作，周以栗为教务主任，学员按军队编制。1927年3月7日，农讲所正式上课，学生来自全国17个省，共800余人。恽代英、瞿秋白、彭湃、方志敏、夏明翰等优秀早期共产党人都曾在这里任教或工作，毛泽东同志亲自担任“农民问题”和“农村教育”等主要课程的教学，并做了著名的《湖南农民运动考察报告》的专题报告。农讲所还设置军事课程，学员也参加实际的革命斗争。通过培训，农讲所为革命培养了一大批有马列主义水平和实际工作能力的领导农民运动的优秀干部。

在农讲所，刘大风不仅学到了马列主义理论和农民运动的经验，而且还学到一些军事知识。特别是聆听了毛泽东讲授的《湖南农民运动考察报告》，使他从理论和实践的结合上深刻地认识到农民运动在中国革命中的重要地位，明确了斗争的方向，为他后来的革命实践活动奠定了思想理论基础。5 月 17 日，武汉政府所辖独立十四师师长夏斗寅在宜昌叛变，偷袭武汉。刘大风随农讲所学员编入中央独立师，参加了平息夏斗寅叛变的军事斗争。他们整装待命，白天上课、打靶、搞军事训练，夜里到城墙上担负从农讲所到北门一带的城防，直至 6 月下旬毕业。

肩负使命

1927 年 6 月 18 日，农讲所举行毕业典礼。大多数学生被委任为农民运动特派员，分赴全国各地，深入农村指导革命，开展农民运动。刘大风将自己的书籍委托讲习所同学、河南临颍人张本固（张培深）带到张的家中，自己寻找顺直省委驻武昌办事处。省委办事处把刘大风介绍到顺直省委，住在天津一个小学内。6 月下旬，刘大风被任命为省委特派员。“七一五”反革命政变后，在一片白色恐怖之中，刘大风于 7 月下旬辗转回到直南，以中共顺直省委特派员的身份，负责指导大名、南乐、濮阳一带党的工作。

其时，冯玉祥部暂编第三军军长梁寿凯率部从开封过黄河攻打驻守大名的直鲁联军孙殿英部。直南各县的党员积极支持梁部北伐。但由于梁部未打下大名即把部队撤往新乡，孙殿英乘机又占领了南乐、濮阳等县，致使不少党员不得不暂时离开直南，刘大风也随梁部到了新乡。这时他化装成军人，到临颍取回了托张本固从武昌农讲所带回的全部教材。其中有毛泽东的《湖南农民运动考察报告》、彭湃的《海陆丰农民运动》、恽代英的《中国青年》、萧楚女的《社会主义概要讲授大纲》。这些书籍在后来指导直南的革命斗争中，产生了深远的影响。

1927 年 8 月 7 日，中共中央在汉口召开了紧急会议。在这次会议产生的临时中央政治局于 8 月 9 日召开的第一次会议上，决定成立中共北方局，整顿顺直和河北、山东等地的党组织。9 月上旬，中共北方局在北京成立，随后中共顺直省委改组，改组后的顺直省委派人巡视所属各地党的工作，传达八七会议精神。当时，直南一带不少共产党员都是跨党党员，以左派国民党的身份开展工作。随着“七一五”后斗争形势的复杂化，各县共产党员都提出了国共两党的关系如何处理的问题。作为顺直省委特派员的刘大风回到新乡与赵纪彬、谢台臣会合后，返回濮阳县千口村，与在此一小学任教的喻屏研究今后的工作计划，因他一时还不了解党中央的方针，最后决定，就共产党与国民党的关系，今后是否用国民党的名义活动的问题，准备赴天津请示顺直省委。9 月中旬，刘大风回到南乐。尚未启程，南乐党组织在近德固杏园村田资建家设立的与顺直省委联络的通讯处传来一卷报纸，由佛善村人、七师同学朱智仙转交给刘大风。刘大风用药水冲洗后，发现是党的八七会议文件。他立即返回濮阳的千口村赵纪彬家，召集赵纪彬、李大山、成润、王从吾、王卓如、喻屏、刘汉生、平杰三等人，传达中共八七会议关于《最近农民斗争议决案》《党的组织问题议决案》《中共八七会议告全体党员书》等文件，还组织学习了他从武汉农讲所带来的毛泽东的《湖南农民运动考察报告》、彭湃的《海陆丰农民运动》、恽代英的《中国青年》、萧楚女的《社会主义概要讲授大纲》等著作。根据文件精神，刘大风要求凡是跨党的共产党员，一律退出国民党，以共产党的名义直接组织群众开展斗争。

1927 年 9 月，根据顺直省委通知，在刘大风的主持下，组织成立了中共濮阳县委，刘大风任书记，赵纪彬负责组织，李大山负责宣传，成润负责团的工作，刘峰为委员。中共濮阳县委直接受中共顺直省委领导，负责领导南乐、濮阳、清丰、大名等县党的工作。因此，中共濮阳县委也称四县联合县委。

中共濮阳县委成立后，刘大风等客观地分析了这一带的斗争形势，认为党的力量还比较薄弱，群众基础也不雄厚，因此，从本地实际情况出发，当前主要的任务是组织群众，武装群众，扩大革命队伍。县委研究决定：以刘大风从武昌农讲所带回的教材为指导，以濮阳沙区为中心，发动农民运动。采取举办农民夜校的形式，组织训练群众，在此基础上建立农民协会，进而为土地革命和举行武装暴动创造条件。据此，县委就近在濮阳县千口、化村、井店以及南乐县的石任村、留固店等建立了党支部，随后，县委帮助各村党支部办起了农民夜校，点燃了农民运动的火炬。刘大风和赵纪彬为农民夜校编印了《平民夜校读本》,用浅显通俗的语言讲述革命道理，深受夜校学员的欢迎。课本的第一课是“工人苦，农民苦，出尽气力不享福”;第二课是“是谁压迫我们？是谁剥削我们？是帝国主义、军阀、贪官污吏、土豪劣绅”;最后一课是“团结，前进，奋斗，牺牲，最后胜利一定属于工农”。刘大风还不时到夜校介绍南方农民斗争的事例。由于农民群众看到夜校能为穷人说话，很多人踊跃前来参加夜校学习。通过夜校指导,农民群众懂得:只有组织起来才有力量，要想不受压迫剥削，非组织起来跟地主豪绅斗争不可。

同时，县委还注意搞好农民群众内部的团结互助工作。哪家农民的房子塌了，夜校立即组织群众帮助盖，不吃饭，也不要钱；哪个农民生病了，家里地里的活也有人帮助；谁家死了人，群众不送纸钱，而是送馍送肉，妥善地办理后事，只出力，不受招待；农民中如果谁被反动政府逮捕入狱了，夜校学员就每人凑一两个铜板，买东西，派代表去狱中慰问。出狱时，组织群众夹道欢迎。夜校的规模愈来愈大，逐步影响到周围各村，甚至几十里以外的农民也跑到这里请“先生”，要求到他们那里领导办夜校。当时，在沙区一带，农民上夜校蔚然成风。“在不在夜校，成了划分农民先进与落后的一个标志。”在县委领导下，其他一些群众基础好的村庄，也都办起了农民夜校。

这一工作的开展，培训了大批农民运动的骨干，进一步壮大了党的组织，使直南地区党员发展到 173 人。同时，许多村庄还建立起“农民协会”或“穷人会”。

中流砥柱排浊浪

中流砥柱

1927年12月，中共濮阳县委迁到南乐佛善村刘大风家，改称中共大名县委。根据省委关于对县委增加工农成分的指示，中共大名县委由刘峰任县委书记，刘大风任顺直省委巡视员，仍参加县委工作，其他成员职务不变。县委在刘大风家开办了一个卷烟作坊。这样，一方面借职业掩护便于开展工作，一方面筹集党的活动经费。刘大风家是一个有二十几口人的大家庭，县委机关几个人如赵纪彬等就住在路南闲院一排南屋里，西屋是磨坊，东边几间是办公用房，卷烟作坊（对外统称"烟坊"）就设在那里，但吃饭都和刘家人在一块吃。由于人多，灶房小，吃饭都是自端汤碗，手拿窝窝头自找地方吃。县委机关几个人的饭一般都是几个半大孩子（刘大风的堂弟、堂妹）送到那里，但人时多时少，多的时候还要送第二次。为了避免引起敌人注意，他们经常以打游击或隐蔽的方式开展工作，如在杏园或五花营亲戚家轮流躲避，开会一般都是晚上在村外坟地里或河沟里举行。在这里，刘大风直接领导了佛善村周围的农民斗争。为了开展工作，他和刘峰打入当地的红枪会，利用合法身份，组织群众学习他从农讲所带来的书籍，如毛泽东著的《湖南农民运动考察报告》、彭湃的《海陆丰农民运动》等。刘大风利用晚上时间深入到贫苦农民家中，宣传马列主义，宣传反帝反封建的道理。他联系本村豪绅地主压迫剥削群众的事实，指出：穷人辛辛苦苦地劳动，收了粮食交给地主，一年到头吃不饱穿不暖，而地主豪绅一年到头不劳动，反而吃得好，穿得好。这不是穷人命穷，而是豪绅地主剥削压迫的结果。经过他耐心教育，广泛深入地发动，佛善村群众逐渐懂得："不把豪绅地主打倒，广大贫苦大众根本活不下去。只有学习湖南和海陆丰的农民，才有出路，才有奔头。"因此，在党组织的领导下，觉悟起来的贫苦群众团结起来组成"穷人会"，同地主豪绅展开了一系列斗争。

刘大风在领导群众开展政治斗争的同时，很注意解决群众切身利益的问题。这年春节前，朱文灿等地主卖了 4 亩庙会地，引起广大贫苦农民的不满。刘大风就抓住当权地主私卖庙会地一事，帮助党支部开展了一场算公账的斗争。

当时，这一带农村中大都有庙会地，这是公地。因此，土地的收入应该用到按人口摊派的项目上。而这次地主出卖庙会地的收入，顶替了应按地亩摊派的上交政府的钱粮上，实际上是地主将负担转嫁到穷人身上。村党支部得知后，刘峰、吴书升在刘大风的具体帮助指导下，就带领"穷人会"和其他群众 300 余人涌上街头，同本村的当权地主公开讲理。质问他：为什么把全村公有的庙会地私自卖出去，卖地的款弄到哪里去了？地主狡辩说："上缴官税了。"群众愤怒地反驳，强烈要求清查上缴官府税金的账目。慑于群众的威力，地主被迫当众认罪，退还私卖庙会地的贪污款项。事后，经群众商议，又卖了 5 亩庙会地。"穷人会"按照刘大风的建议，将卖地所得粮食分给 100 多户无法过年的群众，并购买了一部分小镢头，分给贫穷户每家一把。这次斗争，打击了豪绅地主的势力，村里以及附近村的地主都感到不安，他们偷偷地说："现在穷党起来了。"而十里八村的贫苦群众纷纷议论说："还是佛善村的穷人干得好！只有同豪绅地主开展斗争，穷人才能生存。"

经过算公账斗争，佛善村的贫苦群众受到了鼓舞，党在农村中的威信也提高了。党组织又发展了 20 余名党员，壮大了力量。这个斗争，也使群众真正认识到了组织起来的力量。不少人纷纷要求参加“穷人会”。“穷人会”的力量进一步壮大。1928 年麦收时，佛善村党支部在刘大风指导下又领导“穷人会”进行了铲麦茬斗争。当时，由于农民生活贫困，燃料非常短缺，全凭拾些庄稼茬子、秸秆生火做饭。因此，在麦收季节，他们大都需要铲些麦茬烧火做饭。但地主自己不铲，也不准贫苦群众铲。每到麦收时，地主总是派人看守，抓住铲麦茬者非打即罚。这年，党支部决心要改一下这样的臭规矩。不论谁家的麦茬，都可以任意去铲，谁铲归谁，以解决生活困难者的燃料问题。为发动群众，刘大风首先让“穷人会”铲自己家的麦茬。虽然他家的土地不多，但他带头把自己家的麦茬铲了，以使铲麦茬斗争能够顺利开展。接着，党支部号召、发动贫苦群众铲地主富农家的麦茬。地主富农禁止铲，就带领贫苦群众与他们争辩讲理：“庄稼是俺穷人种、穷人管、穷人收，收了粮食装进你们的粮仓，难道俺铲点麦茬也不行？”在铲地主家的麦茬时，有的以武力抵抗。“穷人会”就组织群众七手八脚将其打倒。此后，哪个地主再也不敢强硬阻拦，无可奈何地看着“穷人会”将自己地里的麦茬铲去，只敢背地里说：“现在穷党人多心齐，惹不起！”

豪绅地主鉴于贫苦群众在麦季铲了他们的麦茬，生怕秋季再动他们的一枝半叶，就提前威胁恫吓。儿子曾在军阀部队任连长的地主朱明玉依仗势力，就在村里发话说：“秋里看谁敢动我的庄稼，打我一个叶子、一根柴火也不行！”“穷人会”为打击他的嚣张气焰，到了秋天，就组织了 30 余人，首当其冲地打了他家的高粱叶。他自远处呼喊着：“不准打我的高粱叶，给我放下！”但跑到近处一看人多，就不敢再喊，并马上换为一副笑脸，说道：“哦，原来都是咱村爷儿们，我觉着是外村的人呢！你们打吧，我给爷儿们弄两个西瓜去！”说着，果真搬来两个西瓜。从此，不论打谁家的高粱叶，再也没人敢阻止了。

接着，党支部又领导“穷人会”开展了拾秋斗争。历年来，贫苦农民缺粮少食，忍饥挨饿，而地主收割庄稼后掉在田地里的零星穗粒，就是发霉变质埋在地里也不让农民拾。并且一到收割季节，就组织看青会，禁止农民拾他们剩到地里的庄稼。村党支部成立后，同样要打破不准贫苦农民拾庄稼的旧框框，组织所领导的进步群众参加看青会，再动员贫苦群众有计划、有目的地拾地主的庄稼。当遇到地主禁止时，党组织就从中调解。这样，地主束手无策，只好任其拾去。贫苦群众缓解了生活困难。从此，不论夏季秋季，都由支部组织看青会，群众都可以自由地拾麦拾秋。

佛善村地主阶级看到“穷人会”的力量一天天壮大起来，更是惊恐不安，他们便利用人们的迷信心理，在本村秘密组织起“蟠桃会”，散布“加入蟠桃会，全家保平安，刀枪不入”等封建迷信思想，企图以此瓦解“穷人会”，破坏农民革命组织的发展。一时，不少群众受到迷惑，参加这个迷信组织的竟达 200 余人。为了争取群众，挫败地主豪绅的阴谋，刘大风与刘峰等一批共产党员打入“蟠桃会”，宣传科学的世界观和共产主义的宗旨，用事实驳斥会首散布的荒谬言论，及时戳穿他们的封建迷信宣传和险恶用心，教育会员不要上当受骗。在他的启发下，参加“蟠桃会”的群众纷纷觉悟，再也不相信“蟠桃会”的宣传了，原来参加“蟠桃会”的“穷人会”会员也回到了“穷人会”。此外，刘大风还以“天下穷人是一家”的口号，号召群众积极参加“穷人会”，并以个人名义积极联络邻村的“红枪会”，引导他们分清敌我，摆脱旧的习惯势力的羁绊，走农民革命的道路。在此基础上，进一步巩固了“穷人会”这一群众组织，推动了党组织的发展。最终，“蟠桃会”逐渐解体，“穷人会”却迅速巩固发展，扩大到 300 余人。

佛善村“穷人会”在发展壮大的同时，为进一步扩大影响，推动周围村庄的农民斗争，在刘大风直接领导下，吴书升、潘斌、刘介法等分别深入到豆村、岳村、岳固、碱店、寺庄、张庄、后翟村、蔡庄等地通过个别串联发动、散发传单，宣传革命道理，动员群众组织起来，开展各种形式的斗争。这一时期，县西古寺郎、近德固、留固店、千佛、孙村，县北的袁东邵、石任村、五花营，县东的东节村、唐王庄以及南乐县城等都有了党的活动，总的形势发展很快。

稳操全局

1928年2月，四县联合县委迁至大名七师，刘大风先后帮助儒家寨、万堤等处建立了党组织，还在东明、长垣发展了党员。这一时期，在党组织的领导下，濮阳、内黄一带的农民群众抗捐抗税的斗争出现了高潮。他们由拒缴个别项目的粮、款，发展到反对一切苛捐杂税。清丰县的共产党组织除发动群众进行经济斗争外，还开展了反对教会奴化教育的斗争。刘大风将县委建立后的工作情况写成书面报告，到天津向中共顺直省委作了汇报。蔡和森接见他时称赞说:“直南的党是有基础的，直南是几省交界的地方，工作很重要。”

1928年6月18日至7月11日，中共六大召开。8月，大名县委又由大名七师迁往濮阳县境，先驻千口村，再移井店镇，复称为中共濮阳县委。刘大风作为省委巡视员仍负责濮阳县委的工作。9月，按中共河北省委（顺直省委改称）通知，刘大风准时到达天津的一个指定地点，彭真单独向他传达了中共六大会议精神，并要他将六大文件代转给磁县县委。从此，沟通了濮阳县委和磁县、隆平一带党组织的关系。10月，刘大风经磁县返回到濮阳井店，向在那里的县委传达了六大会议精神和省委指示。之后，他和几位县委成员，以在井店高小任教为掩护，指导各县党组织的工作。校长常秋圃是一位颇为进步的知识分子，所以中共濮阳县委机关就设在该校。

在贯彻党的六大精神的过程中，刘大风协助濮阳县委创办了4个秘密刊物，以推动各项工作的开展。这4个秘密刊物是:《白杨书札》（即濮阳通讯。白杨是濮阳的谐音）、《节节高》、《斗鹌鹑》和《金色鲤鱼对对鲜》。其中,《白杨书札》是指导各县工作的文件汇编,其他3个刊物是记述各县斗争事件的纪要,作为向各县交流情况和向省委报告工作的资料。其间,刘大风还介绍清丰县教员王近瑞(王启瑞)参加了共产党,并让他回清丰县发展党员,建立党的组织。王近瑞回清丰后,先发展民众教育馆馆员王冠儒、馆长乔子荆等入党,在县城成立了清丰县党支部。不久,又先后建立了城关、大张家、铁锅炉3个村镇党支部,于1929年春成立了中共清丰县委。

自联合县委复驻濮阳后,在党组织的领导下,各村相继成立了农民协会,农民协会是农民自愿参加的革命群众组织。除土豪劣绅、恶霸地主、地痞流氓以及与地主豪绅划不清界限的人以外,都可以申请参加。农民协会中雇农、贫农占绝对优势,农民入会不用交费。农民协会设主席、秘书,组织、宣传、武装、土地、财务等委员。农民协会的任务是:组织、团结农民中反封建的先进分子,打倒土豪劣绅,领导群众清算村公款,破除迷信,扫除一切封建恶习,争取农民得解放。各村农民协会成立以后,还举办了农民夜校,夜校教员大多数为小学教员中的先进知识分子,他们除了教农民学文化以外,还向学员宣传革命的道理,讲解革命的大好形势,传递革命经验,秘密发展党的组织等。农民协会大多是由农村先进青年组成,他们敢想敢干无顾虑,经常以夜校为阵地,发动农民抗捐、抗税,吃大户。

1929年初,千口、化村、井店一带农民运动的声势越来越大,斗争开展得如火如荼,甚至出现了几十个村庄的农民协会联合斗争的局面。随着运动的深入发展,刘大风和县委研究决定斗争濮阳县西区的大土豪劣绅刘润之和民团总团长蔡鸿宾。为了使斗争合法化和以防不测,刘大风做通了国民党濮阳县党部的工作,让其配合这场斗争。国民党县党部书记长李素若系共产党员,以跨党的方式加入了国民党,八七会议后,虽未退出国民党,但一直做着共产党的工作。国民党省党部派往濮阳县党部的指导员章质平,曾是湖北省农协干部训练班的学员，刘大风在农讲所时与他有过来往，这时，他同情农民运动。刘大风对李、章二人讲："我们现在要开展一个斗争，这个斗争的对象是拿枪杆子的，如果出了事，请你们给掩护一下，就说是你们的农协在开会。"他二人欣然答应。

1929 年 2 月，县委发动了温邢固、化村、千口等几个村的农会会员，到温邢固同民团总团长蔡鸿宾算账。农民群众把蔡鸿宾包围在民团局里几个昼夜，查出了蔡鸿宾大量贪污事实。群众要求他退赃款，要他以后不再向穷人任意摊派捐税。经过斗争，蔡鸿宾被迫答应了群众提出的条件。通过清算民团账目的斗争，激发了农民的革命热情和积极性，把千口、薛化庄一带的农民群众发动起来了，农民协会在群众中的声望提高了，参加农民协会的农民增加了，硝河两岸的农民协会在斗争中也联合起来了。

2 月 15 日，县委决定在温邢固召开了庆祝算账斗争胜利大会，以向土豪劣绅示威。但由于叛徒告密，刘润之等纠集濮（阳）内（黄）滑（县）3 个县的民团，向会场发动了武装袭击。将赵纪彬、李大山、刘汉生、王卓如 4 位县委负责同志当场逮捕，并开枪打死群众 3 人，打伤多人，制造了"温邢固事件"。之后，刘大风立即会同谢台臣、晁哲甫等千方百计地开展营救工作，并聘请律师为 4 人辩护。他们还通过李素若以国民党濮阳县党部的名义出面说话，肯定了农民集会的合法性，县党部公开表示："这些地方的农民运动我们知道，是我们派人搞的，说是共产党的活动，完全是污蔑。"同时，县党部对地主民团武装持枪杀人的罪行进行了控告，认定他们镇压农民运动是非法的，并把杀人凶手杜金声和豪绅刘耀先、温振纲、蔡鸿宾扣押起来。几经周折，使此案分别作为政治案和刑事案两个案件来处理，双方互为原告和被告。最后，以政治案判赵纪彬、李大山两年半徒刑，刘汉生、王卓如取保外释；以刑事案判开枪杀人的民团总队长杜金声 12 年徒刑（后来死于狱中），刘耀先、温振纲、蔡鸿宾罚款保释。

柳暗花明又一村

新开"战场"

"温邢固事件"后，中共濮阳县委遭到破坏，刘大风到南乐县立第一高等完全小学（简称南乐一高）任教。在反动政府对共产党的活动严加阻止的情况下，刘大风一方面秘密与各县基层党组织保持联系，指导他们的工作，一方面利用教书的合法身份向学生灌输革命思想。同时，来该校任教的还有李调元、喻屏（郭颂尧）、石仙洲、李渭川、王师韩等共产党员，他们以教育职业为掩护，继续从事党的活动，开辟新的"战场"，从而使党的领导工作的中心转移到南乐一高。在一高，他们一改旧的教材和教育方法，自编教材，充分阐述革命理论的内容。刘大风在讲语文课时，向学生讲解他自己写的诗歌。在《听》中写道："听！是沉重的炮声；听！是杂乱的枪声，要闻声而奋起；听！是敌人重伤的哭叫声；听！是敌人溃退的脚步声！挥戈沙场的朋友们，要勇敢地杀上前去啊！"给学生以鼓舞和勇气。在《征途》中写道："为了环境的压迫，真理的探寻，在群鸡乱叫声中，在晓色苍茫的时分，我整好了行装，辞别了双亲，开始了漂泊的生活，离却了故旧的友人。我在雪的旷野间行走，在坎坷的道路上驰奔。这时残星已落，月色已沉，只有阴森的冷风，吹透我的寸心。我踏遍了层层黄沙，窜出了密密的重林。沙上笼罩着惨白的冰雪，林中吼出夜鸟狂鸣的哀音，……我寻不见遭了惨杀的英魂，我只见到荒草乱石中的殷红血迹……”再现了他追求真理、献身革命的艰辛历程。刘大风还利用各种场合宣传苏联社会主义制度的优越、马克思列宁主义的科学性及实现社会主义、共产主义的必然性；并给学生介绍鲁迅、蒋光慈、郁达夫、郭沫若的作品和青年进步读物等。石仙洲、李渭川结合工人、农民受资本家、地主剥削的实际，讲解唯物主义、劳动价值和剩余价值的理论。学校改革了历史课教育方法，不按朝代更替线索组织内容，而是以阶级斗争为主线，按原始社会、奴隶社会、封建社会组织内容。建立了学校图书馆，购买了大批的社会科学及文学书籍，强调学生自治运动。通过教学，他们培养了广大学生的革命觉悟，逐步把学生引导到革命道路上来，使他们对唯物主义产生了信仰，对被压迫、被剥削的劳动人民建立起深厚的感情，对现实的社会制度增强了不满情绪。有的学生通过在作文中记述农民割麦子、打高粱叶等辛勤劳动换来的果实被苛捐杂税、地主阶级的地租、高利贷所侵吞，抒发了自己对社会的愤愤不平。

在南乐一高任教两个多月的时间里，刘大风不仅在教师中发展了一批共产党员和青年团员，而且还在学生中发展了党团员，建立了南乐一高党支部。县城关、古寺郎、近德固等村镇也先后建立了党支部，南乐乡村师范学校成立了党小组。在此基础上，于 1929 年 7 月成立了中共南乐县委，刘峰任县委书记，县委成员有李调元、石仙洲、李渭川、吴书升、吴思温等，这标志着对南乐县党的工作实施统一领导的开始。

柳暗花明

1929 年 10 月间，中共邢台中心县委书记冯温调中共顺直省委工作，刘大风接任县委书记。

大革命失败后，邢台地区党组织一度遭到严重破坏。1928 年 6

月，国民党新军阀四大派系之一的冯玉祥派鹿钟麟部程希贤师进驻邢台，公开挂起了国民党的“青天白日”旗，积极支持随军来到邢台的国民党平汉线战地党务指导委员会进行党员登记，成立国民党县、区党部和县政府，宣布中共邢台地方组织为非法组织，大肆进行反共宣传，到处张贴逮捕中共邢台地方组织领导人的通缉令，疯狂捕杀共产党员和革命群众，大张旗鼓地吸收土豪劣绅、地痞流氓加入国民党，普遍建立工会、农会、青年会、妇女会等社会团体，很快在邢台各县建立起了国民党新军阀的反动统治，邢台陷于严重的白色恐怖局面。在险恶的局势下，邢台党组织内部思想混乱，悲观消极。有很多政治不坚定的共产党员及地方领导人被捕叛变，进行了国民党登记；一些革命意志薄弱的“跨党”党员宣布脱离共产党，也进行了国民党登记；还有一些共产党员在受到国民党通缉之后，有的被迫暂时隐蔽，有的被迫离开了邢台。致使当时党的活动和革命处于停顿状态，邢台党组织进入了自成立以来的最困难阶段。

在国民党新军阀反动统治下的邢台，社会政治经济和社会秩序同全国一样，人民群众依旧生活于水深火热之中。一方面，封建土地占有制度和封建剥削制度依旧受到保护，土地向地主、富农手中集中的趋势更加严重，官府与地方反动势力相互勾结欺压百姓的现象依然普遍存在，土豪劣绅、地痞恶霸仍然骑在民众头上作威作福，贫苦民众受压迫、受剥削、受奴役、受欺凌的悲惨境遇丝毫没有改变，人民大众的生活更加困苦。一些县竟自定章程，规定失去土地的农民仍然负担原地亩的税赋。不仅如此，官府还时时事事为地主阶级撑腰，连恶霸地主公开杀人也不过问。另一方面，国民党新军阀反动统治在邢台建立之后，各县的苛捐杂税增长很快，民众因不堪重负而怨声载道。同时，国民党统治时期社会混乱还表现在地痞恶霸横行乡里，贫苦农民沦为盗匪者数量很多，国民党军队不断抓丁，宗族之间和村落之间聚众械斗时有发生等方面。当时广泛流传一首名为《十大怕》的歌谣：一怕旱，二怕淹，三怕蚂蚱四怕捐，五怕兵匪凶如虎，六怕衙门评理偏，七怕抓丁八怕打，九怕借债大利钱。提起怕，实在怕，十怕没吃又没穿。这首民谣的内容，便是国民党新军阀统治时期邢台社会状况的真实写照。

1928 年党的六大总结了大革命失败以来的经验教训，制定了党在新的历史时期的路线和政策，确定党的总路线是争取群众，准备起义。为了完成党在各方面的工作任务，强调必须加强党的组织建设和思想建设，积极恢复和发展各级党组织。六大闭幕后，中共中央“责成刘少奇、陈潭秋、韩连会处理顺直问题”，随后又派中央政治局常委、组织部长周恩来赴顺直，通过贯彻六大决议的办法，解决顺直党内的矛盾。周恩来于 1928 年 12 月中旬到达天津，在深入调查顺直省委存在问题的基础上召开省委扩大会，指出了顺直省委的错误和顺直党内的错误思想，并对顺直省委的人员组成进行了调整，健全了省委领导机构和工作机构。1929 年 2 月 6 日，顺直省委发出《关于中心工作及改进各级关系》的通告，确定天津、北京、唐山和张家口、石家庄、保定、邢台、沧州、滦州等九处的 8 个市（县）委（滦州除外）划为全省的“中心地方”。在党的六大精神指引下，在顺直省委的直接领导下，大革命失败后的邢台地区中共党的组织重新健全发展起来，反国民党反动统治的人民抗捐抗税和反地方恶霸的斗争，更加广泛深入地开展下去。

为了加强省委确定的“中心地方”党的组织和党的工作，1929 年 4 月，中共中央特派员、顺直省委常委兼宣传部部长陈潭秋，省委常委兼农民运动委员会书记郝青玉来到邢台，在邢台火车站旁的一个旅店里，与冯温和张信卿取得联系。在了解了邢台以及直南地区党组织的情况之后，在邢台县西郭小庄张信卿家，召开了直南党的活动分子代表会议。会上代表汇报了各县党组织的状况和群众斗争的情况，陈潭秋传达了党的六大精神，讲了全国革命形势的发展。会议提出了直南党的几项任务：一是在党内反对右倾机会主义；二是恢复整顿原有的党团组织，大力发展新组织；三是积极领导群众的自发斗争，在斗争中发展壮大党团组织和工会、农民协会等群众组织；四是注意团结中农和城市小资产阶级，并强调争取中农，不能把中农同地主、富农等同对待。会议根据直南党组织的状况，决定建立中共邢台中心县委，负责领导南乐、清丰、濮阳、肥乡、任县、隆平、尧山、柏乡、巨鹿、南和、大名、磁县、永年等县党的工作，冯温任中心县委书记兼宣传部长，刘大风任组织部长，喻屏任秘书，机关设在邢台城南南瓦窑村的一个磨坊里。邢台中心县委建立后，县委成员分赴各地大力恢复发展原有的党组织，努力发展党员，领导学生和农民开展学生运动和农民运动，积极开展反国民党反动统治和反对苛捐杂税的斗争。在中心县委组织部长刘大风、秘书喻屏的努力下，中共任县委员会、尧山县委员会、南和县工作委员会相继建立，直南地区党的工作很快有了新的局面，邢台地区党组织的活动也日趋活跃起来。

邢台中心县委建立时，适逢邢台农民武装运动惨遭镇压两周年。邢台各地党组织在中心县委领导下，深入发动群众，于 1929 年 6 月 23 日举行了声势浩大的纪念农民武装运动两周年示威游行。邢台装卸工人和煤炭工人也参加了游行活动，工厂、作坊的工人和商店的店员还召开了纪念会，在街上散发传单，张贴标语。在纪念活动中，有 9 名工人积极分子加入了中国共产党。为加强领导力量，1929 年 9 月，将清丰县委书记王近瑞（又名王振山、王铣铁）调来任中心县委宣传部长。10 月，冯温调顺直省委工作，由刘大风负责中心县委工作。不久，又从南乐调来刘峰担任农运工作，从濮阳调来王文田担任交通员。中心县委机关开始设在县城南门里一家木匠铺内，后来又移到南关西头的一个面坊里。平常中心县委以开面坊作掩护，对外喻屏是面坊掌柜，刘峰是跑外的，王文田是小伙计，王近瑞一人在羊市街另租两间民房，作为卖面门市部。

刘大风接任邢台中心县委书记后，重点开展了以下几项工作：

第一，在邢台城关加强了解工人、贫民、小商贩生活情况，宣传鼓动工农开展反剥削、反苛捐杂税、反对高利贷的斗争；号召广大贫苦群众组织起来，争取改善生活待遇。

第二，在农村，联系贫雇农组织赤色农民协会，反对地主、富农的高利贷剥削，反对国民党抓兵拉夫及新军阀混战。张信卿和刘万善分别在其家乡邢台县西郭庄和祝村组织了农民协会，经过斗争考验，发展一批积极分子参加了党的组织。

第三，在中小学校，主要是四师、三女师、十二中、一高、三高的学生和教师中培养进步分子，宣传革命思想，揭露国民党变成"刮民党"的反动面目，并以进步分子为骨干组织学生会，通过开展活动，吸收先进分子入党、入团，建立和发展了党团组织。

第四，派党员王卓如、赵子云打入晋军开展兵运工作，其任务是在部队中广泛结交朋友、拉关系，待时机成熟后组织兵变，把队伍拉出来组建红军游击队。

第五，中心县委的所有同志，经常深夜分头在城内大街小巷农村，秘密张贴标语，散发传单，并不断派人到各县指导工作。

同时，中心县委还特别注重发动组织群众，建立群众组织，开展革命斗争，先后指导各村办起"贫民夜校"，既教贫苦农民识字，又宣传革命道理和党的政治主张，揭露国民党新军阀政府的黑暗统治。在举办贫民夜校的基础上，建立了各村农民协会，其战斗目标是"打倒恶霸，打倒土豪劣绅，推翻旧社会，实现土地改革，夺取政权"。农民协会成立后，农民斗争日趋活跃。11 月 20 日，顺直省委给邢台中心县委发出指示信，进一步强调"以反对军阀战争为中心，发动各地群众尤其是农民开展斗争，是直南党目前极实际迫切的任务"。中心县委在任县刘屯召开了党的会议，传达省委指示精神，着重布置了党的发展和深入开展农民斗争等项任务。刘屯会议后，党组织重点领导开展了农民斗争、学生运动和党的发展工作。如邢台县祝村农民协会首先发动贫苦农民，公开斗争了仗势欺压贫苦农民的祝村头号恶霸地主杨缄三，农民协会会员分别对杨缄三进行警告，使地主恶霸威风扫地。根据贫苦群众的强烈要求，农民协会向控制村政权的土豪劣绅提出了修改修河灌田的“权利、义务制度”的要求，并提出了贫苦农民同意的修改意见。掌握村政权的土豪劣绅自知众怒难犯，只好按照农民协会的要求对祝村修河灌田的权利义务制度进行了修改。两次斗争的胜利，提高了农民协会的威望，使祝村农民协会成了贫苦群众心目中的靠山。在领导农民与土豪劣绅的斗争中，涌现出的一些斗争坚决的积极分子被发展成为中共党员。进入 1930 年，邢台基层党组织发动邢台四师、邢台十二中、邢台三女师等中等学校学生，到街上张贴标语、散发传单、组织演讲，开展了一次反帝反封建爱国宣传活动，在邢台民众中引起了很大反响，邢台的学生运动出现了新的局面。同时，各县党组织在邢台中心县委的统一领导下，积极开展各方面的活动，直南各地的工作也都有了新的起色。

征途漫漫心向党

千回百转

1930年1月，刘大风调顺直省委工作。4月，邢台中心县委遭到一次大破坏，除喻屏、刘汉生外，县委其他负责人王近瑞、赫耀星、王卓如、赵子云、张信卿、张绍先等10余人全部被捕。原中心县委秘书喻屏和在中心县委工作的刘汉生一同向顺直省委写了报告，省委派郝青玉到磁县与喻屏一起筹建中共直南特委。他们选定磁县马头镇县立第三高级小学为联络地点，开展党的活动，并发展校长王维纲加入共产党。1930年6月下旬中共直南特委成立，办公地点设在磁县马头镇第三高小校内，特委书记冯温，组织部长刘大风，宣传部长王子青，喻屏任秘书，成润任团特委书记。中共直南特委归中共顺直省委领导，省委向特委派出三个常驻代表：省委代表郝青玉，省军委书记张兆丰，团省委代表吴正庭。直南特委负责磁县、大名、邯郸、永年、肥乡、成安、武安、临漳、广平、曲周、邱县、鸡泽、南乐、濮阳、清丰、邢台、东明、长垣、内黄、巨鹿、广宗、威县、南宫等30余县党的工作。特委机关先驻磁县，8月下旬迁移邯郸。

直南，系指直隶省南部即现在河北省南部地区，同时也包括河南省北部和山东省西部的一些县份。早在1925年，磁县、邢台就先后建立了中共党的支部，直属中共北京区委领导。直南特委成立后，由于当时斗争情况的复杂激烈，因此在组织机构上经常有大的变动。1930 年 10 月下旬，顺直省委决定将直南特委改为直鲁豫边区特委，特委书记廖化平，组织部长冯温，刘大风任宣传部长兼特委《红旗周报》总编辑，喻屏任秘书长，成润任团边委书记。1931 年 2 月，遵照顺直省委指示，取消边特委，复改为直南特委，冯温任书记，组织部长刘大风（兼任中共磁县县委书记），宣传部长李剑森，秘书长喻屏，军委书记高克林。其时，直南地区 30 余个县共有中共党员 1000 多人。4 月，冯温调顺直省委，特委书记由王子青接任。1932 年春，因特委机关被破坏，特委机关由邯郸转移安阳。12 月底，直南的中共党员已发展到 1600 多人，特委机关再由安阳迁回邯郸。

重建组织

在刘大风任职直南特委组织部长期间，十分注重发展党的组织，尤其对中共南乐县委的重建给予了高度重视。1930 年 8 月，刘大风与南乐县原团委书记徐西崑取得联系，安排徐到磁县马头镇参加会议。会上确定由徐负责恢复南乐的党团组织。会后，由于徐西崑不久离开南乐，使县的党团组织未恢复过来。9 月，刘大风发展南乐城北东邵村的袁声加入共产党，向其布置了三项任务：一是发展党员；二是写标语，散发传单，宣传革命道理；三是发动群众。随后袁声先后发展了袁更、袁湘入党并建立了中共东邵村支部，袁声为支部书记。同月，姚喜兆在东节村恢复了支部活动。12 月，被开除学籍的原大名七师学生党员陈仰贤，回到家乡南乐县后陈家村，以义务教员为掩护，继续开展革命工作，并与县城西街中共党员王同兴取得了联系。1931 年 2 月，袁声与后陈家的陈仰贤、近德固的李渭川、留固店的胡建勋、东节村的姚喜兆等中共党员及原有组织取得联系，综合全县组织及其活动情况，于 4 月份向中共直南军委书记高克林作了汇报。高克林当场宣布重新建立中共南乐县委，指定袁声任县委书记，陈仰贤任组织委员。县委下辖中共石任村、古寺郎、近德固、东邵村等 10 余个支部，全县党员 50 余人。

1933 年，随着党的工作的开展，特委的管辖范围越来越大，为了便于活动和开展工作，特委领导进行了分工，南部工作由刘大风、王子青、王从吾、高克林等同志领导；北部工作由李菁玉、张霖之、刘子厚等同志领导。3 月，由刘大风主持，直南特委在南乐县五花营村刘中山家召开扩大会议，王子青、王从吾等与会。会议历时 5 天，布置了整个直南党的工作，着重研究了盐民斗争的当前情况和今后任务。是时，在刘大风具体指导下，经过各地党组织和党团员们的艰苦工作，直南党组织已逐渐恢复并有所发展，形成了一支相当可观的队伍，遍及直南 20 余县。其中尤以濮阳、内黄为最多，仅濮阳县就有 8 个区委，99 个支部，1280 名党团员。随后，王从吾调任特委巡视员，在南乐、大名、清丰、濮阳一带巡视工作；刘大风去六河沟煤矿工作。

山雨欲来风满楼

“左”的影响

直南党组织从 1929 年下半年开始受“左”的错误思潮的影响，到 1930 年上半年“立三路线”在党内占据统治地位时，这条冒险主义的错误路线便在直南地区更加起劲地推行了。此时顺直省委派到直南地区的巡视员郝青玉以及直南特委书记冯温等人，不顾客观实际，提出一系列“左”的口号和盲目暴动计划。他们认为，“只要暴动的枪声一响，千百万群众就会跟上来”“要把暴动红旗插在大名七师学校门口”，并提出要建立红军两个军，组织十万红军打到北京去。而这时直南地区的党员总共尚不到 300 人。除此之外，特委还错误地规定：凡在直南党的刊物《直南红旗》上发表文章，都要署真实姓名，甚至要求党员都要到大街上散发传单。对这种“左”的做法，一开始刘大风就指出：“这样做是自我暴露。”

对于直南地区推行“左”的错误路线，直南党组织内部也有相当一部分同志持不同意见。他们对直南的客观实际情况、革命力量和反革命力量的对比都较为清楚，特别是对经过几年艰苦工作才发展起来的党的组织和革命力量十分珍惜，因而对那种不注意隐蔽积蓄革命力量而搞毫无成功希望的冒险暴动，是绝不赞成的。尤其是大名七师的谢台臣、晁哲甫、王振华，他们阅历比较丰富，注重斗争的方法和策略，认为搞暴动的条件不成熟，敌我力量悬殊，搞暴动完全脱离实际，应当以七师学校为掩蔽之所，把共产党员培养成熟后，派往农村深入发动群众，等时机到来再行起义。这本来是符合客观实际的正确建议，却受到“左”倾领导者的反对，硬说这三个人是“老右倾机会主义分子，反对党的路线，反对总暴动”。在未经特委研究的情况下，错误地开除了谢、晁、王的党籍。对于这种错误的做法，刘大风坚决反对，因此受到了“左”倾领导者的严厉批评。

这期间，顺直省委在致直南特委的公开信中指出：“目前党的任务就是根据过去的经验，加紧土地革命，建立苏维埃，在反军阀战争等主要的政治口号之下，组织胜利的地方暴动。这个地方暴动不仅在濮阳要组织，在磁县、大名、清丰、南乐……直南一切的县区都要组织。现时整个的直南，无论什么地方的暴动都是成熟的，都是现实的，而不是‘幻想’的，而且在党的正确策略下都是可以成功的。”根据省委指示，直南特委指定在南乐、岳城、大名举行武装暴动。基于组织原则和革命热忱，刘大风参与领导了这些暴动。

南乐麦收暴动就是在直南特委的具体指导下进行的。1930 年 5 月初，刘大风陪同直南特委主要负责人冯温来到南乐，晚间在南乐一高校院石仙洲的寝室召开县委扩大会议，决定发动麦收暴动。与会者 10 多人，当提出要搞麦收暴动时，绝大多数人都表示反对。他们认为，南乐党的工作基础真正雄厚的村庄只有几个，基础最好的村庄佛善村，党员也仅有数十人，影响的群众也仅有 300 余人，并且只有匣子枪一支、步枪一支、红缨枪数百支。就全县而言，还存在工作基础薄弱、力量不足、武装困难的问题；就是暴动起来，情势很孤立，也不宜生存下来。这些都遭到冯温的断然否决，他说“南乐暴动的客观条件已经成熟，只要我们登高一呼，四乡农民即可响应，强调困难就是右倾”等，于是，硬性作出暴动部署，即以佛善村为中心，以城西留固店，城北任村，城东龙卧寺、东节村一带，城内一高相配合同时举行暴动；暴动的任务是攻打县城、收割地主的麦子。根据上级指示精神，在刘大风的主持下，南乐县委在县城北关外老爷庙后再次召开会议，具体研究了麦收暴动问题，制定了全县的暴动计划。一是里应外合，先缴民团局的枪支，夺取武装；二是组织群众割地主的麦子；三是为搞好发动工作，进行了人员分工，并印发鸡毛信、传单等宣传资料。决定暴动的时间为5月31日（农历五月初一）。

为在县城暴动成功，刘大风在暴动前几天，在县城东街一戏楼饭店以喝酒行令为掩护，召开南乐一高学校党团干部会议。参加会议的有李调元、陈子敬（陈梓）、姚喜兆、徐西崑、彭儒等同志。刘大风传达了上级党组织关于发动麦收暴动的指示精神，阐述了城内暴动的地位与作用，分析了革命队伍和反动势力的双方力量对比，根据具体情况作出了暴动目标和作战计划。目标是民团局、旧政府、公安局。具体行动计划是，彭儒率领一队学生队伍攻打民团局；姚喜兆率领一部分学生攻打旧政府，吴子正（后叛变，被政府处决）率领一部分学生攻打公安局。两天后，在刘大风主持下，南乐县委在县城北关外老爷庙再次召开会议，进一步贯彻落实县委一高会议精神，并对各处暴动的发动情况作了具体部署。

因为这次暴动是以佛善村为重点，为此在暴动准备期间，刘大风多次来到佛善村，和县委负责人李渭川、刘峰等同志，在村北地召开会议，进行发动和组织，制定行动计划。5月28日，刘大风、刘峰、李渭川、吴书升、吴思温等在村东南地又先后召开党员、"穷人会"骨干分子及农民代表会议，对暴动作最后的安排布置，与会数十人。会议提出"打土豪分田地""打倒土豪劣绅，取消苛捐杂税，反对贪污浪费和高利盘剥"等政治口号，决定组织300余人举行暴动，并确定了攻打县城、收缴民团局的枪支、收割地主的麦子等战斗方案。会议开得精神振奋，斗志昂扬，已成箭在弦、弹上膛之势。但在与会人员中，有一个地主的心腹杨明堂，他遂将会议召开情况通过地主杨贵报告给了国民党南乐县长孙振邦。

就在佛善村农民代表召开最后一次暴动会议的第二天午夜，孙振邦带领全县民团共2000余人包围了佛善村。此时，正是南乐麦收暴动负责人之一、中共南乐县委委员、佛善村党支部书记吴书升的新婚之夜，他裸着身子被敌人从洞房内拉出。敌人连夜审问吴书升，并施以酷刑要他供出暴动计划和党员名单，但他始终没有说出一点敌人想要的东西。孙振邦恼羞成怒，当场将吴书升枪杀在村外的东窑坡上。刘大风当时因在濮阳指导工作而逃过一劫。随后，孙振邦带领民团抄了刘大风的家，并派人四处搜捕。因未达目的，敌人将刘大风的父亲和两个叔叔扣押(后保释)。佛善村两名支委被捕，该村党组织受到严重破坏。敌人大肆搜捕共产党人，白色恐怖严重，刘大风及县委领导人刘峰、李调元、石仙洲等相继离开南乐，中共南乐县委解体，革命转入低潮。

南乐麦收暴动失败后，当时的直南地区党组织主要负责人并没有吸取教训，在顺直省委“左”的盲动主义思想的指导下，仍继续组织了磁县岳城、大名以及五卅、“六一四”等暴动，由于条件不成熟，自然也都失败了。从斗争的实践中，刘大风越来越感到这样的搞法不对头。他痛心地说：“有的领导光说暴动一次影响多大，但不考虑失败一次对群众的情绪影响更大。这样一来，群众不干了，不和你接头了，工作就垮了嘛！”在领导作风上，“左”倾领导者实行家长制和惩办主义。他们在布置大名暴动时，主观地提出“以七师学校为中心，攻打大名城”，“把苏维埃的红旗插在七师大门口”！这些严重脱离实际的政治要求，显然是不能实现的。

百折不挠

1930年12月，刘大风兼任中共磁县中心县委书记，领导安阳、磁县、邯郸地区党的工作。磁县原名磁州，1913年即民国初期改称磁县。它东是平原，西是丘陵和山区，南处漳河之滨，北有滏阳河穿境而过。西部山区，地下煤藏量丰富，早在1903年就有人在此开矿采煤。1906年京汉铁路通车后，交通便利，这里逐步成为帝国主义进行经济掠夺和军阀部队竞相侵占之地。五四运动时期，在北京、保定、天津等地上学的磁县籍大中专学生提前放假回乡，他们和本地进步知识分子相结合，在磁县掀起了轰轰烈烈的反帝爱国运动。1921年中国共产党成立后，磁县的早期中共党员王子青等，遵照北方党的负责人李大钊“到民间去，到农村去”的号召，一面深入工农群众宣传马克思主义，一面进行组织活动，于1926年4月发展到党员30人，成立了中共磁县县委，由王子青任县委书记。1929年11月，顺直省委指示磁县县委与邢台、安阳两县党组织合并，成立中共磁县中心县委，此时已发展党员200多人。1930年11月，直南特委组织部长刘大风和秘书长喻屏二人去天津参加北方局扩大会议，会上决定刘大风负责磁县中心县委工作。自此，刘大风领导磁县党组织和全县人民，为推翻帝、官、封三座大山，开始了一场又一场的英勇斗争。

与此同时，刘大风在生活上也处于相当艰难之中。他从考入大名七师到从事革命工作，在个人生活方面，很大程度上是依赖于家庭接济。现在，本来不富裕的家庭几经折腾，已无力资助。再加上一个男人单身在外居住，开展工作多有不便，很容易引起敌人怀疑。因此，他便让妻子吴俊携带年幼的女儿，从老家佛善村辗转来到磁县，租住在南街一个名叫李玉林（共产党员）的朋友家。一是以开粮店为掩护，开展革命工作；二是盈利所得加上妻子为人纺线所挣工钱全部用于活动经费及维持基本生活。尽管如此，有时还是捉襟见肘，但刘大风以坚强的毅力，战胜种种困难，始终坚持党的工作。对此，妻子吴俊也给予了他大力支持和配合。不管跟他住到哪里，哪里就是地下接头点，每当有人来接头或开会时，吴俊就会以做针线活为掩护坐在门口，一旦发现有陌生人出现，就急忙向里示警，避免了很多意外发生。

1931 年 1 月，中共六届四中全会召开，王明“左”倾冒险主义路线在党内占据了主导地位。2 月，中共河北省委派代表来直南，在磁县召开特委扩大会议，传达四中全会精神。会议名义上是纠正“立三路线”，总结经验教训，实际上是贯彻王明更“左”的路线。刘大风在会上提出过去开除谢台臣、晁哲甫、王振华的党籍是错误的，应当重新考虑。可是“左”倾领导者不但拒绝给谢台臣等三人平反，还指责刘大风是“以右倾机会主义来反对‘立三路线’，已经陷入了谢台臣、晁哲甫、王振华右倾机会主义的泥坑不能自拔”，错误地给刘大风“最后警告”处分，强令检查，并向直南全党公布。

1931 年九一八事变后，日本帝国主义侵略中国东三省，国民党政府采取不抵抗主义，引起全国人民的极大愤慨。国难当头、民族危亡时刻，刘大风在磁县迅速组织成立了“反日救国会”，在他的发动和领导下，全县各机关团体学校、爱国志士，纷纷行动起来，采取集会、游行、演讲、募捐等形式，开展救亡运动，并组织宣传队伍广泛地进行抗日救亡宣传。活动长达两个多月，在全县形成了抗日爱国高潮。

当时磁县的爱国救亡运动具有如下特色：1. 磁县党组织在运动中充分发挥了先锋作用，唤醒了广大群众的爱国意识，让人民认清了国民党政府的丑恶面目，使部分进步人士把中国的前途寄托在共产党身上，坚定地走上革命道路。2. 人民群众广泛参与，有工人、农民、知识分子、政府职员、开明绅士、无党派人士等，热情高涨，在各阶层形成潮流，为抗战时期共产党领导下组成广泛的统一战线奠定了基础。3. 抗日救亡运动的深入发展，为磁县沦陷后坚持长期斗争奠定了群众基础和思想基础，积累和孕育了宝贵的经验和中坚力量。

在开展抗日救亡运动的同时，磁县中心县委还不失时机地发动工人开展了一系列的“反欠资”、反剥削斗争。

一是彭城运瓷小车社工人斗争。小车社是在党的领导下，由小车社工人组织起来的革命团体，全称是“磁县运输工人工会”。1932年春，磁县中心县委书记刘大风同王维纲（磁县中心县委组织部长）等领导了磁县小车社工人反对资本家剥削的斗争。

磁县是我国北方盛产瓷器的地方，特别是彭城镇尤为出名。20世纪30年代，这一带有大小瓷窑200多座，烧窑、运输等产业工人达7000多人，年产的瓷器行销华北各地。谚语云：“入乡随乡，走到彭城捏缸。”当时，所制的瓷器，全靠当地农民用小推车从彭城经90华里的旱路运到马头镇，再装船经滏阳河运往外地行销。从彭城到马头镇沿路的七八十个村庄，多是土岗薄地，农民收入无几，全靠给瓷货店老板运货挣点钱维持生活。

1932年春天，青黄不接，许多农民生活无着，推车搞运输的人比往年大增。瓷货店的老板看到推车人（即小车工人）增多，就趁机降低运货费，并巧立名目让工人拿“单扣底”“双扣底”的过桥费：即小车工人将瓷器从彭城推到马头镇，途中过一座桥，工人每推一车货，资本家都要扣2个铜板，叫“单扣底”；后来，木桥被洪水冲毁重修，工人每推一车货，资本家都要扣10个铜板，叫“双扣底”。捆绑瓷货用的绳子，本应由资本家承担，却要小车工人缴纳“葤货钱”（葤货：用草绳捆瓷器）以及手续费等，想尽办法剥削工人。小车工人无法忍受这种残酷的剥削，多次提出抗议，要求资本家取消“双扣底”“葤货钱”，但资本家对此置若罔闻。于是刘大风抓住这一有利时机，迅速委派磁县中心县委组织部长王维纲等前往彭城具体组织领导小推车工人与资本家开展斗争，发动号召工人举行大罢工，并编写、散发《敬告民众书》，争取社会各界的支持。在宣传发动的基础上，制定了斗争的纲领和措施：成立小车社工会，进行合法斗争，发表宣言，取消双扣底、葤货钱和银圆不按市价折算的规定；各村成立小车社，中心村成立小车分社，全县成立小车总社，在积极分子中发展党员，建立党支部；制发小车牌照，在交通关口纸坊村设卡，没有车牌不准推货，违反者没收车辆瓷货；团结社外广大贫雇农，联合瓷业工人和煤矿工人；互相接济，向地主、富农借粮、借钱，保证没饭吃的小车工人能维持罢工期间生活等。在党组织的领导下，小车社工人很快形成了与资本家斗争的强大力量。彭城镇周围86个村庄都成立了小车社，在18个中心村召开了群众大会，成立了小车分社，并成立了小车总社，选举王维纲为磁县小车总社社长。小车社罢工从4月开始坚持到5月，瓷业资本家的瓷器堆积成山运不出去，十分着急，不得已派人求和。党组织认为没有完全达到目的，领导工人继续坚持罢工。为了扩大政治影响，迫使资本家答复工人提出的条件，刘大风、王维纲等又决定组织工人游行示威。他们把各村的工人组成小队和中队，统一指挥。6月6日，在党、团员和积极分子的带领下，数千名小推车工人按时集合到距彭城几华里远的竹林寺，组成游行队伍向彭城进发。示威群众排着整齐的队伍来到彭城城门下，群众振臂高呼，吓退了国民党公安局的警察和武装民团。游行队伍强烈要求资本家出面答话。资本家异常恐慌，又苦于大量瓷器货物不能外运，继续罢工将使他们的损失更大，就只好答应满足工人提出的所有条件，并补偿工人罢工期间所受的损失，双方立下字据。持续了四个多月的罢工斗争胜利结束。

小车社斗争胜利后的第二天，磁县中心县委召开会议，对小车社斗争进行了总结，提出了下步活动安排：一是自下而上改造车工组织，由雇工贫农领导；二是由车夫工人作为农村组织基础，组织雇农工会、贫农会、农民委员会，开展抗租抗捐、抗税斗争；三是大批吸收党团员，发展壮大党团组织等。

小车社工人斗争的胜利，像一阵春风吹进磁县的各个角落，新的党组织雨后春笋般发展起来，六河沟、西多、峰峰煤矿的工人也都进行了不同规模的罢工斗争，农民抗捐、抗债、抗租、抗税的斗争也有了新发展，全县工农革命斗争呈现出勃勃生机，成为直南地区革命斗争最活跃的县份。同时，磁县革命斗争的快速发展，也引起了中共河北省委的重视。1932年8月，河北省委派人来直南贯彻王明“左”的路线，把组织游击战争的重点放在了磁县和濮阳。10月4日，省委负责人在磁县召开会议，布置当晚举行起义，以磁县小车社工人纠察队为基础，成立中国工农红军冀南游击队第一支队，任命王维纲为支队长。因敌人事先得到密报，民团早有准备，加上集合起来的起义人员不足200人，枪支总共四五十支。10月6日，起义队伍遭到民团袭击，王维纲等18人被捕，起义失败。

在小车社暴动过程中，吴俊也积极参与了缝制臂章、小彩旗之类的工作，尽管丈夫事前并未向她交代这些物品的用途，但她心知肚明，知道这些物品肯定很需要。因此她接受任务后总是按照时间要求努力去完成，从未拉过后腿。暴动失败后，由于敌人搜查很严，磁县已无法居住，刘大风便连夜租一牛车将妻女送回南乐，先安排到五花营亲戚刘淮安家居住，待风声过去后，她们才又回到佛善村。

二是六河沟煤矿斗争。1933年4月，直南特委执行王明“左”倾盲动主义政策时，认为刘大风思想右倾，派他到六河沟煤矿工作，实际上是带有处罚性质的“下放劳动”。在六河沟煤矿，刘大风深入到工人之中，同工人一起采煤、推矿车，一起生活，在工人中发展党的组织。在这里，他曾领导了三次工人罢工，都在不同程度上为工人争得了利益。连年的军阀混战，严重影响了磁县矿业生产的发展。资本家借口销售不畅，工人干一天活，只发半天工资。工人工资本来就低，这样一来，生活更加难熬。而资本家却利用工人的工资做买卖、开粮店和放高利贷。党组织不失时机地将工人斗争的锋芒引导到“反欠资”、反剥削上来。

春夏之交，正是青黄不接之时，寨墙里的资本家花天酒地，墙外的工人住宅区一片凄凉，不时传出妇孺呼饥号寒的哭泣声。4月中旬的一天晚上，刘大风组织召开党员大会，决定立即发动矿工进行罢工，索要欠资。罢工宣言指出，矿工们要团结起来，为生存而斗争！当晚，刘大风就安排将几十张传单张贴到矿山的大街小巷和农村。

第二天，前来下井的矿工们看到宣言后，就不再下井，人越聚越多。威胁工人下井的工头被愤怒的矿工吓跑。资本家无奈，遂派代表与工人谈判，答应先补欠发的一个月的工资。一个月后，再补欠发其余的工资。

在得到补发的欠资以后，少数工人对罢工产生了消极情绪。党支部认为，如果不提新的斗争目标，就无法动员全矿工人同资本家作斗争。鉴于粮价不断上涨、钞票越来越不顶钱的情况，决定发动以增资为内容的第二次罢工。5 月 2 日晚 7 时，上晚班的工人陆陆续续聚集井口，无人下井，并对催工的工头大声高呼："我们要活命，要生存，不答应增加工资，决不下井。"资本家阳奉阴违，答应增资，却只补欠发的 20 天工资和病假工资。这时，罢工中的青年团员已发展到 100 余人，成立了矿团区委。

7 月初，1000 多名工人又聚集在平窑口再次举行罢工。公司调来矿警和磁县民团催赶工人下井，因罢工人多势众，他们只好先后撤走。由于矿方许诺的增资没有兑现，根据直南特委关于"发动大规模的罢工，以牵制国民党进攻中央苏区的兵力，粉碎敌人第五次围剿"的指示精神，六河沟煤矿党支部联合彭城瓷业工人、峰峰煤矿矿工举行了万人大罢工。是日黎明，漳河北岸台子寨矿矿工集中起来，与台子寨、石场、冶子、都党等村的农民兄弟，一起举着红旗，扛着大刀、长矛、洋枪、土炮、棍棒、抬枪，按照各自的方位占据北岸，人山人海，绵延数里。

矿方胆战心惊，电告驻河南国民党第二十九集团军高桂滋部，声称土匪滋事。9 时许，高桂滋四十七军一部乘小火车到达漳河北岸，他们听到数不清的土制喇叭喊话："弟兄们！我们都是矿工，要求增加工资，为了生存，为了活命而罢工的。穷苦人不打穷苦人！你们不要当资本家镇压工人的刽子手。"随后高部撤走。

观台煤矿矿工得知消息，立即加入台子寨矿工要求增加工资的队伍，漳河南岸的电厂、机修厂、煤焦厂以及大小机车、锅炉房的工人也加入了罢工行列，从而形成了六河沟煤矿全体工人大罢工。富有罢工斗争经验的观台煤矿矿工对这次罢工已有串联发动，并做了充分准备，首先从锅炉房、机械房开始，迅速扩展到整个六河沟煤矿，使全矿停产。党支部带领两三千名矿工到观台镇南山矿办公大楼示威请愿，要求增加工资的吼声震撼观台南山。经过四天的罢工斗争和激烈的谈判，鉴于罢工对矿井威胁甚大，矿方不得不答应工人工资每日从三角二分增至五角二分，并陆续还清拖欠工人的工资，保证尊重工人人格。

为使罢工能够顺利进行，刘大风亲自书写传单到工人中散发。一次，他携带传单路过漳河桥时被反动警察查出，遭到逮捕，扣押在安阳看守所。在狱中，刘大风虽几次遭受酷刑，但他依然坚贞不屈，始终未暴露共产党员身份，同敌人进行了机智的斗争。审讯时，他编造自己“是南乐县杏园村人，叫吉六锁，是去山西贩卖编草帽用的细莛子的，途中得了伤寒病，盘缠花完，为赚点路费，替别人散发的”。并一口咬定，他“不认字，不知道散发的是啥内容”。敌人让他写字，他两手握笔，颤抖不已，完全不像拿过笔杆子的人；再加上审问时，时间、地点、行程回答得滴水不漏，敌人又未抓到其他证据，文弱之身不像挖煤工人，好像刚抽过大烟（鸦片）的样子，此时刘大风暗示敌人，自己有时也“抽一口”；同时，佛善村家里为救他也卖了10余亩地，上下花钱打点，总算于1934年2月判决“持有同本党不相容之主义宣传品，但未造成后果，犯罪事实未遂不罚”，宣布释放。出狱后，刘大风要办的第一件事就是尽快找到党的组织，要求分配工作，可是走了好几个县未能找到。当时正逢春节，于是就在家里住了一段时间。后来了解到，由于王明“左”倾冒险主义路线的危害，这一带党的工作同样受到很大损失。本来具有较好基础的党组织和群众组织遭到严重摧残，不少党的领导人被捕入狱。

5月间，直南特委了解到刘大风出狱的情况后，派王卓如、刘同方找刘大风接头。不久，即被任命为中共濮阳中心县委组织部长。

稍后，刘大风奉命调到特委工作，因误了接头时间，又同党组织暂时失掉联系，他只好经杏园表兄保荐先后在新乡的第二小学和天宁寺小学任教。王维纲越狱后，打听到刘大风在天宁寺教书，就来到这里暂住下来。刘大风同王维纲一起想方设法找党组织接关系。直南特委负责人王子青得知他二人的情况后，重新安排了王维纲的工作，指示刘大风暂住这里教书，说是“有个公开的职业，一是对掩护工作有利；二是所得收入，除维持个人简朴生活之外，剩余大部分也可作为党费上缴，充作党组织活动经费”。

铁骨碧血映曙光

临危受命

1937 年七七事变后，日本侵略军长驱南侵，国民党军队节节败退，华北大片国土沦于敌手。值此亡国灭种的危急关头，不当亡国奴，坚持华北抗战，已成为全国人民的共同呼声。

中共北方局军委书记朱瑞（此时系八路军派驻国民党第一战区代表）随国民党第一战区司令部退驻邯郸时，指示中共冀鲁豫边区特委书记张玺："要迅速派人恢复大名以南各县党的组织，成立直南特委。并要利用各方面的关系，抓紧时间，集中力量，建立我党直接领导下的抗日武装，就地坚持抗日游击战争。"张玺经请示朱瑞同意后，决定派刘大风负责进行这一工作。10 月初，刘大风被任命为中共临时直南特委书记，领导南乐、清丰、濮阳、内黄、滑县、长垣、东明、大名等县党的工作。

这时，日军的铁蹄已踏进河北省南部，国民党地方官员如惊弓之鸟，纷纷携眷南撤，不少有钱人亦相率逃难，加之散兵游勇的骚扰，直南一带一片混乱。

刘大风回到直南地区后，身负党组织的重托，昼夜奔波，大力宣传中共中央的《抗日救国十大纲领》，积极从事各县党组织的恢复发展工作。与此同时，从国民党南京监狱获释的刘汉生，从濮阳监狱获释的张增敬，从大名监狱获释的王从吾、陈仰贤等亦陆续回到直南一带，刘大风先后与他们联系并恢复了组织关系，又与直南抗战前的老党员如晁哲甫、王振华、平杰三、成润、刘晏春等取得联系，给坚持工作的党员和基层组织接上了关系，并团结过去掉过队的同志参加抗战工作，还发展了一批抗日救亡的积极分子加入党组织，使各县党组织很快就得到恢复重建。在南乐，经过一番调查了解，刘大风得知郭献瑞成立“抗日救国十人团”的情况，就派人把郭献瑞叫到留固店，听取了他关于“抗日救国十人团”及全县形势的情况汇报后，当场宣布郭献瑞为正式党员，指定成立中共南乐县临时工作委员会，书记郭献瑞，委员刘同方、陈仰贤。并特别交代郭献瑞说：“你除负责全面工作外，要把重点工作放在县东（包括大名、莘县、朝城一带），那里是三省四县天高皇帝远的三不管地区，你在那里很有影响力，可以放手开展工作。刘同方把重点放在县西，也是个三不管的地区。陈仰贤负责组织联络。南乐县工作委员会的主要工作就是你讲的那三项：一是在抗日救国十人团中做好发展党员组织的工作；二是当前最迫切、最重要的一项任务就是建立抗日武装；三是继续抓好统战工作。”在濮阳，刘大风委派平杰三回家乡井店镇一带开展工作，恢复了中共濮（阳）内（黄）滑（县）中心县委，书记刘玉峰，组织部长平杰三，宣传部长张怀三。在清丰，由王冠儒、晁银田、安法乾组成中共清丰县委，王冠儒任书记，晁银田任组织部长，安法乾任宣传部长。在大名，由解蕴山、成润等负责恢复大名县的共产党组织。经过一个月左右大刀阔斧的工作，各县已经解体的共产党组织不仅得到恢复和整顿，而且有了较大发展。

筹建武装

在恢复共产党组织的同时，刘大风抓紧进行抗日武装的筹建工作。由于环境复杂，这一工作相当艰巨。一是这一带属于国民党濮阳专员丁树本的管辖区。前不久，王振华、晁哲甫、平杰三要组织冀南文化界抗日救国会曾遭丁的禁止，要组织共产党领导下的抗日武装绝非轻而易举的事情。二是各地土匪蜂起，仅在南乐、清丰就有杨法贤、段四合顺、槐花子等几股较大的土匪武装，他们插旗扬旌，招兵买马，各霸一方。建立武装，危及他们，亦有阻力。三是这年秋季遭受洪水灾害，粮食严重歉收，群众生活十分困难，筹措粮款极为不易。尽管建立抗日武装面临许多困难，但刘大风等认为有利条件还是很多的：抗日救国是人心所向，广大群众迫切需要有人来领导抗日，而国民党军队的连续败退，使群众对国民党失去了信心，把领导抗日的希望寄托在共产党身上。同时，这一带是河南、河北、山东三省的交界处，便于开展游击活动。只要充分运用这些有利条件，深入发动群众，建立共产党领导下的抗日武装是完全可以实现的。

在酝酿成熟的基础上，刘大风先后在清丰县青石磙和南乐县近德固村先后召开两次特委扩大会议，就建立抗日武装的问题进行了认真研究：1. 落实建立抗日武装准备工作情况；2. 议定建军原则；3. 要求大家想办法，先把部队组织起来，再力争各方支援扩大队伍。会议决定：刘大风、晁哲甫、王振华在清丰、南乐西部地区组建武装；平杰三、刘汉生、王从吾、张增敬等在濮阳井店镇一带组建武装。刘大风提出组建抗日武装要具备三个基本条件：一是要有共产党的领导，二是要有觉悟的青年参军，三是要有一定数量的枪支。并要求各地以党组织为核心，以“抗日救国十人团”为骨干，动员有觉悟的青年参军，同时做好各村有枪户的工作，把民间散存的枪支收集起来。刘大风根据群众抗日爱国的热情，提出“誓死不当亡国奴，武装起来抗日保卫家乡，就地坚持抗日游击战争”的正确口号，号召各界人士有钱出钱，有枪出枪，有人出人，支持和参加抗日武装。特别是动员一些有枪户把枪支献出来，支援抗日游击战争。对于一些同情抗日的地主武装积极做说服工作，争取其参加人民抗日武装队伍。

关于人民抗日武装的建军原则，刘大风明确地提出要以红军为榜样，建立一支由共产党领导的抗日武装，团结各阶层人民，以抗日高于一切为宗旨，一定要像红军一样严格地执行“三大纪律、八项注意”，宣传群众，发动群众，组织群众，武装群众，团结群众开展抗日战争。把已有骨干分子组成抗日宣传队，利用各种关系，抓住各种机会，广泛而又深入地宣传共产党的抗日主张，使抗战必胜的思想家喻户晓。胸有救国之志，又苦于救国无门的进步青年们奔走相告，积极报名参军。他们坚信，只有共产党领导的抗日武装，才能拯救国家和民族的危亡。

10 月下旬，邯郸、大名相继沦陷，国民党石友三部退驻南乐西审什村。刘大风与石部学兵队搞统战工作的共产党员——学兵队队长张克威、教官袁也烈取得联系，想用红军改编八路军的办法，借用石友三部一八一师的名义建立一支独立的抗日游击队。当时八路军主力尚未挺进到冀鲁豫边区，游击队诞生后便于在国民党政权控制的地区存在和发展。

经过张克威的积极工作，刘大风与石友三进行了面谈。石友三苛刻地提出：“你用我的名义，我给你钱，给你枪，但我的部队走到哪里，你得跟到哪里。”刘大风旗帜鲜明地回答：“根据国共两党达成的一致抗日的协议，我们的部队可以用一八一师的番号，但应由共产党领导，坚持就地抗战。”驳回石友三的无理要求。结果，石友三只给了个“一八一师游击队”的番号，枪支、弹药、给养一概不给。

10 月底的一天，张克威带着一八一师学兵队的张静岑、季铁中（均为共产党员）全副武装来到南乐县留固店组建部队，刘大风已经在这里设好指挥部，热情接待。一八一师抗日游击队报到处的大字通告就贴在留固店东寨门大槐树上，指挥部设在邵汉三家里。经刘大风动员，南乐青年学生任鸿让（铁瑛）、张宝钿、张道峰等参加了一八一师学兵队；张西三、路恩梓等分别率领守望队和部分民团团员赶来报到；出身地主家庭的青年学生杨节（又名杨延祐、杨助三，清丰县人，1930年在大名七师入党，1939年任中共清丰县委书记）也参加了游击队，并将家里存放的大枪、匣子枪、子弹以及军需品悉数交给部队。前来报名的人员络绎不绝，十几天就招收了60多名人员，收集了50来支枪。人员多为南乐、清丰县的，也有大名、濮阳及周边县的。学兵队队长张克威发表了欢迎词，刘大风宣布正式成立共产党领导下的直南第一支抗日武装——一八一师抗日游击队。张克威兼任队长，刘大风任副队长（实为政治委员），袁也烈任参谋长，刘汉生任政治部主任，冯仰舟任副主任。

成立大会结束后，刘大风安排了一些人员留下，在邵汉三家里开会，要求大家继续动员开明绅士出钱出粮，支援抗战，动员各界青年参军，并宣布了部队的建制：

一八一师游击队队长　张克威（兼）
副队长　刘大风（实为政委）
参谋长　袁也烈

下设三个中队：

一中队队长　路恩梓
二中队队长　马参三
三中队队长　张德光

这三个中队的成员构成不同。一中队主要是旧的民团团丁、当过土匪的青年人和部分农民；二中队的骨干力量是学生和张西三的守望队队员；三中队基本上都是新动员来的青壮年农民。

半月后，游击队转移到清丰县古城集。清丰、南乐县不少爱国青年纷纷前来投军。其中，清丰县的中共县委书记王冠儒（时在清丰县古城高小任教员兼庶务）投笔从戎，并带领20多名学生入伍；南乐县工委书记郭献瑞一次就带30余名“十人团”团员和进步青年参加部队；南乐县民团团长赵冠经将家中的10支大枪送到游击队；

濮阳县的杨真带领部分青年也加入了游击队。此时，游击队已发展到200余人、100多支枪。

游击队成立后要解决的第一个问题就是吃饭、穿衣问题。游击队没有军饷，刘大风等也不忍心向群众摊派。成立游击队就是为了抗日救国，为了劳苦大众得解放，现在群众正处在水深火热之中，宁可自己想办法克服困难，也不能再给群众增加负担。于是，刘大风就号召每个干部、战士参加游击队都要带吃的、带穿的，有条件的要多带一些，以帮助家庭困难的同志。后来，又动员了一些同情抗日的富户自愿募捐，解决游击队的经费问题，就此渡过了第一道难关。

不久，石友三部南撤，张克威、袁也烈也随石部活动，刘大风带领游击队留驻原地。11月下旬，河北民军高树勋部进驻清丰。刘大风通过高部副参谋长唐哲民（中共党员）征得高树勋同意，将游击队番号改为河北民军第四支队，简称“四支队”。唐哲民兼任支队长，刘大风任副支队长兼政委，张西三任参谋长。这时，四支队已有近300人、200多支枪，编为3个中队、1个通讯排。通信排负责政治宣传和司令部的警卫通讯联络工作。从此，四支队已成为粗具规模的一支武装力量。

百炼成钢

由于统战关系，四支队也得到高树勋的支持，高亲自到四支队所在地清丰县古城村给战士们开会讲话，并发给四支队30余支枪、3000发子弹和1万元经费。

12月15日，日军攻占南乐、清丰，高树勋率部向南撤退。唐哲民随同南下，继续在高部做统战工作。刘大风带四支队仍在南乐、清丰一带开展抗日活动。

这时，日军急于南侵，未在这一带盘踞，但各地的土匪活动猖獗。他们趁火打劫，骚扰百姓，并为扩充山头互相吞并，给四支队的工作带来很大不便。四支队的干部、战士没有军装，全是身着便衣，往往一进村就被群众误认是土匪，都插门闭户，东躲西藏。而且，当地土匪很多，稍有不慎，四支队还有被土匪“吃掉”的危险。在四支队第一中队成员中，由于旧民团过来的人较多，有些人受不了严格纪律的约束，不久，便有30多人投靠了路先洲土司令。面对这一变故，刘大风与支队其他领导干部一起，加强了政治思想工作，要求干部战士要严格执行“三大纪律、八项注意”，发扬红军艰苦朴素的光荣传统，加强管理，抓紧训练。进入冬季后，部队的生活更加艰苦，吃的是高粱、玉米面窝窝头，有时甚至连这些也吃不到。好多战士没有棉衣和被子，晚上睡觉和衣而卧，几个人合盖一条被子。刘大风提出，凡是本地的一律自带干粮、铺盖和衣物，部队进村宿营不许扰民，不住民宅，要住牛棚、磨道、祠堂、庙宇等闲置的地方；不借群众的被褥、床铺和门板，借铺草要打借条，行军前捆好送回原处；部队离开时，把地打扫干净，并把群众的水缸担满；出发前检查纪律，整队唱歌与群众告别。刘大风自己也处处以身作则，与战士们同甘共苦，白天同吃一锅饭，晚上同睡一个草铺。在他的示范和带动下，干部战士们在极端艰难困苦的环境中，抗战决心依然十分坚定，大家都以苦为乐，宁可忍饥受冻，也决不侵扰百姓，不拿群众一针一线，并以崇高的革命乐观主义精神唱道：

窝窝头，小米汤，萝卜咸菜脆又香，每班一碗辣椒酱，顿顿吃个大净光。

玉米秸，硌得慌，学习卧薪把胆尝，棉衣棉裤不用脱，虱子多了不痒痒。

干黄草，暖洋洋，胜似棉被和热炕，不怕大风和大雪，舒舒服服入梦乡。

在刘大风带领下，四支队走到哪里，就把群众工作做到哪里；每到一个地方，都积极主动地向群众深入宣传抗日救国的道理。部队吃饭烧柴照价付钱，公买公卖；发现土匪胡作非为，当即予以打击，保卫群众利益。群众亲眼看到四支队纪律严明，处处为群众着想，很受感动。不少人主动送子参军，送食品慰劳部队。一旦有敌情，群众及时向四支队报告。有的民团要求和四支队搞统一战线共同抗日。正在这时，北方局派肖汉卿、陈耀元、漆汉臣 3 位红军干部来到四支队，肖汉卿接任支队长，陈耀元、漆汉臣分任二、三中队长，他们协助刘大风一方面加强部队的军事训练，一方面对战士进行红军传统和作风的教育，使部队的政治素质和军事素质迅速提高。

继四支队成立后，冀南豫北一带又有 3 支抗日武装诞生：1937 年 11 月初，刘大风在大名见到解蕴山、成润、李大磊和七师党支部书记李福祥等，指示他们就地组织武装，开展大名一带的抗日斗争。

根据刘大风的指示，解蕴山等以“反对外逃，坚持就地抗日”，在大名县杨家桥、万堤一带建立了第四区抗日游击大队，计有 300 余人；平杰三、王从吾、刘玉峰、刘汉生、张增敬等在濮阳、内黄一带组建了河北民军第八大队，人枪百余，平杰三任大队长；刘晏春、刘茂斋、刘培岑在濮县成立了抗日游击大队。

众志成城

各地中共党组织的恢复、发展和地方抗日武装的建立，奠定了开展敌后游击战争的基础。1937 年底，根据中共北方局的指示，中共直南特委在清丰县古城正式成立。中共北方局派朱则民任书记，刘大风任副书记，王从吾任组织部长，刘汉生任宣传部长，委员有肖汉卿、张增敬等。特委领导着濮阳、长垣、东明、内黄、滑县、清丰、南乐、大名、浚县、汤阴、淇县等县人民的抗日斗争。刘大风与朱则民一起，在濮阳井店主持召开特委扩大会议，会议向各县党组织布置了三项工作任务：一是发展党员，宣传抗日的有利条件和前途，提高群众抗日的信心。二是动员坚定的农民、学生继续参加和支援四支队，扩大抗日队伍。三是贯彻党的统战政策，争取士绅、民团参加抗日，防止地方武装汉奸化。

为了集中力量，统一指挥，特委先后将濮阳的河北民军第八大队和濮县的抗日游击队并入四支队。三支武装合并后，共有600余人，建制为4个中队，1个通讯排。肖汉卿仍任支队长，刘大风仍任政治委员兼副支队长。四支队还设立了政治部，刘汉生、张增敬先后担任政治部主任，加强了对四支队的领导。从此，四支队一方面加强军事训练，另一方面不断向战士进行红军传统和作风的教育，军事素质提高很快，组织纪律性不断加强，使这支初步建立起来的抗日武装成了冀鲁豫边区抗日活动的依靠，在群众中有着相当高的威信。

初露锋芒

1938年2月，日军复占南乐、清丰，两县的国民党县长闻风而逃。冀鲁豫边区督察专员兼保安司令丁树本，正在为留下抗战还是向南撤退，举棋不定。他拥有一个旅的兵力，其中一部已南渡黄河，司令部也移至临近黄河渡口的濮县常庄。

直南特委以大局为重，派出代表到常庄同丁树本进行谈判，将丁树本挽留了下来，双方达成了联合抗战的协议。协议的大体内容：一是四支队受共产党的领导，单独打游击；二是丁树本不向四支队派干部；三是四支队可改用丁树本部的番号，为“冀鲁豫八县保安司令部民军四支队”（仍简称“四支队”）；四是丁树本负责提供经费，但不过问四支队内部事务，允许四支队在其辖区内活动和筹措给养。据此协议，直南特委派了一批干部到丁部做政治工作。特委还抓住有利时机在各县开办了抗日救亡训练班，组织成立了各级抗日救国会，广大农村的抗日气氛日趋高涨。

3月8日，四支队进驻濮阳县城东的小濮州。次日早晨，丁树本提出要与全体战士见见面，以表合作之情。早饭后，四支队全体战士威武整齐地集合在村西的大庙前。适逢小濮州骡马大会，前来观看的群众特别多，把部队围得里三层外三层。丁树本刚要讲话，忽有哨兵报称："发现西边有骑兵！"丁树本听了一愣，定定神又装着满不在乎地说："不要怕，那是我们的骑兵。"不久，哨兵又急忙跑来气喘吁吁地说："不好了，穿的是黄军装，骑的是洋马，是日本人来了！"听到这里，丁树本慌了手脚，骑上马就跑了。

在突如其来的情况下，刘大风、肖汉卿沉着机智，首先组织群众赶快散开，同时又指挥部队迅疾占领有利地形，准备战斗。由于赶会的群众较多，日本骑兵没发现抗日部队。他们松辔缓行，骄傲麻痹。当日军进入四支队伏击地段时，一声令下，将敌人打了个措手不及，狼狈逃窜。四支队与日军初次交锋就获得胜利，战斗打死4个日本兵，缴获日本三八式马盖步枪4支，战马1匹，还有子弹、药品和部分军用品。

刘大风、肖汉卿考虑到日军这次吃亏不会甘心，势必报复，便立即命令部队转移。果然不出所料，敌人大队人马很快扑来。四支队向东北方向撤退，敌人尾追不舍。天黑时，四支队宿营濮阳县同智营村。敌人不敢夜间进攻，停留在距同智营村一二华里的地方。敌人拂晓进攻同智营村时，四支队早已无影无踪。10日，日军继续拼命寻找四支队的下落，然而却到处扑空。11日拂晓，日军进攻常庄，常庄是丁树本的司令部所在地。得到日军进攻常庄的情报后，为了帮助丁树本，刘大风、肖汉卿带领部队急速赶到常庄，配合丁树本作战，并接替了丁树本的正面防线。刘大风、肖汉卿临阵指挥。面对敌人疯狂的进攻，四支队战士英勇顽强，奋力阻击，打退了敌人多次冲锋。敌人始终未能突破四支队的防线。丁树本的部队顶不住敌人的火力，不断向司令部告急，丁树本便以四支队为榜样，命令他的部队死守阵地。战斗中，群众看到战士们英勇杀敌，非常感动，拿大枣、鸡蛋、花生送到火线，慰劳战士。有的群众还手持红缨枪、大刀，与战士们共守阵地。群众保卫家乡的热情和对部队殷切的希望，更加鼓舞了战士们的斗志。经过激战，日军溃败，临撤退，拉了几大车用麻袋装的尸体。

4 月初，四支队由刘大风、肖汉卿带领，转移到清丰县武强镇。在清丰县委和广大群众的强烈要求和大力支持下，四支队一举攻克清丰县城，当场处决了两名汉奸。乘此机会，刘大风与支队长肖汉卿、参谋长张西三等研究制订了攻打南乐县城的作战方案，抓获汉奸 24 名，其中 8 名维持会重要成员被当场枪决，摧垮了伪政权，并在县城广场召开群众大会，宣传共产党的抗日救国主张，提振了军心民心。紧接着，四支队部队会合后，乘胜北上进攻，收复了日军据点、距大名 10 公里处的交通重镇——龙王庙，筹措了很大一批军用物资。

四支队连战告捷，声威大振。至 5 月，部队扩大到 1000 余人，800 多支枪，活跃在直南、豫北大地，在这一带开辟了一个广大的游击区。

6 月，根据上级指示，四支队开赴冀南，正式编入八路军一二九师东进纵队。不久，改编为一二九师七旅十九团。

矢志不移久自明

风云突变

在四支队编入正规军之前，直南特委内部发生了一起令人痛心的事件，迫使刘大风从此离开了亲手创建的四支队。

那是在1938年3月下旬一天晚上，直南特委书记朱则民拿着一封信递给刘大风，信是从西安发给李素若（1925年入党，曾任中共濮阳县委书记，在四支队负责对外联络工作）、王冠儒（1927年入党，曾任中共清丰县委书记，在四支队负责供给工作）和李茂林（清丰县自卫队中队长）的，署名汪静涵。信的大体内容是："听说你们工作搞得不错，希望继续努力，争取做出更大的成绩。"主要是一些问候和鼓励的话。朱则民据此便怀疑汪静涵就是当时被称为托派的张慕陶。张慕陶是托派，以此推断李素若、王冠儒、李茂林三人也是托派。认为凡是托派就要立即处决。刘大风长期在直南做领导工作，对这一带的情况比较熟悉，他同汪静涵也有过接触，知道他是早期中共党员，北伐战争时曾任国民党暂编第三军政治部主任。同时，刘大风也知道李素若、王冠儒、李茂林也都认识汪静涵，有过来往。所以他肯定汪静涵根本就不是张慕陶。再者，刘大风感到李素若、王冠儒、李茂林在四支队没有做过什么危害共产党的事情，而且有帮助。李素若冒着极大风险从外地搞来许多军需品、宣传品；王冠儒在抗战前在清丰教书，曾任中共清丰县委书记，四支队成立时，他号召自己的学生报名参军，四支队的7位女战士都是他的学生；李茂林也是1928年就加入党组织的共产党员，对党忠诚可靠。刘大风本着对党组织和同志们负责的态度，在研究这一问题的特委会议上，实事求是地介绍了三位同志的情况，明确提出：不能将他们三人立即处决。他建议，如果对他们三人有怀疑，可先审查，弄清情况后再作处理。并说，四支队有很多战士是王冠儒的学生，有的还担任了班、排长，如果不弄清楚，就把王冠儒处决了，会使军心不稳，影响太大。对这一正确的意见，特委主要负责人却未采纳，反而指责刘大风包庇托派，破坏抗战，给予停止党籍三个月的处分。同时，特委主要负责人对刘大风也开始有了戒心。因为原来他只有一个警卫员，第二天晚上就增加到四个，并把刘大风的警卫员也换掉了。刘大风看到情况严重，决定到延安向党中央反映情况。随后，刘大风就带警卫员吴振卿离开四支队经开封、西安到达延安。

刘大风走后，李、王两人被杀，并在部队引起了一场很大的风波。李素若是对外联络员，王冠儒是支队的供给主任，他们两个与战士同甘共苦，患难与共，部队在发展过程中，都做出了很大贡献。战士们无法理解，参谋长张西三痛哭失声，愤怒地说："这是为什么？"常继周、李茂林闻讯逃跑，广大战士恐慌不安。许多干部在思想上留下了很大的创伤。李素若、王冠儒二人的冤案直到党的十一届三中全会之后，才得到平反昭雪。

矢志不移

刘大风到延安后，将四支队建立、发展的过程以及处理李素若、王冠儒、李茂林的分歧意见写成报告，向中央组织部作了反映。刘少奇亲自接见了他，认为一个特委书记不开特委会就停止副书记的党籍，是错误的。刚抗战，正是用人之际，对待自己的同志不能动则杀之，这是方针上的错误。他决定派个干部，带上他的信……去纠正他们的做法。并说："对你的处分，我现在还没有接到组织上的报告。根据你的报告，我认为他们给你的处分是不恰当的。但现在你已被停止党籍，就先到抗大学习吧。"于是，根据刘少奇的安排，刘大风就留延安参加了抗大学习。学习，对刘大风来说，是机会难得，但他放心不下的是直南的工作和与他浴血奋战的战友。他多次向组织要求，希望能早日重返抗战前线。1938 年 12 月初，刘大风抗大学习结束后，组织分配他到太行区工作。

在太行区，刘大风继续为李素若、王冠儒冤案申辩。不久，中共北方局又以"包庇托派"为由，再次停止他的党籍，派他到太行区党校当体育教员。受到错误处分，中断组织生活，让刘大风在思想上十分苦恼，但他对党的信念矢志不移，充分展现了一个共产党员高度的党性原则。有的同志为他鸣冤不平时，他却说："要坚决相信党，相信党是坚持真理的，终究会查明事实真相的。"并以"安心工作，久而自明"来自勉，同时将自己的名字刘大风改为"安明"。

1941 年 10 月，中央组织部从延安电告北方局，指出："刘大风因托派嫌疑停止党籍，并无事实，你们如此处理，实不妥当……"随后，组织上正式恢复了刘大风的党籍。这使他更加坚信"历史不是任何人所能加以改变的，相信党总可以解决问题"。

人间正道是沧桑

转战太行

1941 年 12 月，刘大风恢复党籍后，组织任命他为太行五分区武委会主任。太行五分区原为冀豫军分区，辖涉县、磁武、安阳、林北县等地。当时武委会的主要工作有两项，一是组织民众武装，二是加强武装力量，提高战斗力，支援前线。

自 1941 年起，侵华日军将华北地区划分为“治安区”“准治安区”和“非治安区”，妄图在三年内逐步变“准治安区”为“治安区”，变“非治安区”为“准治安区”，最后彻底摧毁抗日根据地。敌人为实现这一企图，首先大力增修铁路和公路，并在铁路和主要公路两侧开挖封锁沟。1941 年 7 月，日军在推行第二次“治安强化运动”中，强征 4 万名民工，在平汉铁路两侧，挖封锁沟，修封锁墙、碉堡群，封锁墙每 2 华里一个小炮楼，每 10 华里一个子母堡。在分割封锁基础上，敌人对抗日根据地实行“蚕食”政策，即以“扫荡”为先导，在抗日根据地内部安设据点，然后依托据点逐渐向外扩张，变抗日根据地为其占领区。由于敌人实行封锁和“蚕食”，太行和冀鲁豫抗日根据地严重萎缩。为了扭转局面，渡过难关，针对敌人的“蚕食”政策，中共中央军委作出了指示，确定了对敌斗争的方针，强调要健全由当地干部领导的、与群众有血肉联系的地方武装。中共太行分局书记邓小平在 1941 年 4 月发表的《反对麻木，打开太行区的严重局面》一文，提出了以武装斗争为核心，展开全面对敌斗争的方针，要求党政军民努力建设地方武装、人民武装，认真组织游击集团，加强敌占区、接敌区的工作，扭转被动局面。

遵照中共中央和中共太行分局指示，刘大风迅疾召开会议进行安排部署，并派人分赴各地给予具体指导。在较短的时间内，太行五分区各县均建立了基干大队，各区建立了基干中队，各村成立了不脱产的抗日自卫队，自卫队中的先进分子组成模范班，村青年救国会中的先进会员组成青年抗日先锋队（简称青抗先）。1942 年春，在安阳与磁县交界处，成立了冀豫抗日义勇军；4 月，又成立了安阳武装工作队（简称武工队）；同年 6 月至 7 月间，成立了安阳抗日游击总队；1943 年 10 月，以部分自卫团为基础成立了安阳抗日武装工作大队（简称安工队）。从抗日根据地建立到抗战胜利，太行五分区先后创建了 10 多支人民抗日武装，他们在战斗中诞生，在战斗中成长，为保卫抗日根据地，与八路军主力部队一起，高举抗日大旗，团结一切爱国人士，凝聚了广泛的抗日力量，组织了一系列抗日武装战斗，如反“蚕食”、反“扫荡”、林北战役、“百团大战”等，为太行山区抗日根据地的巩固和发展作出了巨大的贡献。

1942 年上半年，太行五分区地方武装和民兵在敌人残酷“扫荡”下，遭受了很大损失。各县基干大队、独立营和民兵，经敌人疯狂“扫荡”后，数量都不同程度地有所减少。下半年，减租减息和民主民生运动展开后，经刘大风等武委会的积极动员，群众参加县大队（基干队）、独立营和民兵的积极性大为提高。仅据太行五分区 10 个县统计，就发展民兵 1.1 万余人。很多共产党员都参加了民兵，掌握了民兵武装的领导权。民兵中的地富、流氓、兵痞等不良分子，通过群众运动大部分被清洗，同时进行了两年胜利、防谍锄奸、联系群众、保卫根据地等方面的思想教育，民兵的政治素质和战斗力明显提高。

1943 年，太行五分区遵照八路军总部及太行军区指示，实行敌进我进的斗争方针，组织武工队深入敌后行动，变敌占区为游击区，在游击区建立隐蔽的抗日根据地。4 月，日伪军向太行根据地发动进攻,安阳敌军分两路“扫荡”林北县根据地。为粉碎敌人的“扫荡”，刘大风与五分区武委会积极组织各村民兵集中警戒，动员群众空室清野，利用破袭战、地雷战、麻雀战打击敌人。在一个多月的反“扫荡”斗争中，全区民兵共参战 150 多次，毙伤日伪军 149 人，俘伪军 243 人，破毁公路 30 余公里，毁桥 3 座，收割电线 1000 多公斤。

在抗日战争最残酷的岁月里，太行五分区地方武装和人民武装，利用人熟地熟的有利条件，采用麻雀战、地雷战等灵活机动的作战方式，配合主力部队作战或单独作战，在反封锁、反“蚕食”、保卫和扩大抗日根据地的斗争中，发挥了重要作用，造成了陷敌于汪洋大海之中的阵势，击溃、歼灭了大量敌人，取得了许多以少胜多、出奇制胜的战绩。

西进南下

1945 年 10 月，为粉碎国民党分割解放区的企图，八路军发起了邯郸战役。经一周激战，大获全胜。在这次战役中，刘大风负责太行五分区的战地后勤工作。他组织民兵参军参战；发动群众组成运输队、担架队，帮助部队运送粮秣，救护伤员，押送俘虏，出色地完成了各项支前任务，受到上级的表扬。此后，他又率地方武装参加了在太行五分区范围内进行的豫北战役和解放汤阴的战役。

1947 年，刘大风带领地方干部 100 余人，随刘邓大军挺进大别山，历任麻西工委书记、三分区专员，豫皖苏七地委副书记等职。在极其困难的条件下，他深入发动群众，建立人民政权，开展土地改革，支援解放战争，无论在开辟新区工作，还是在保障前线供应方面，均作出了突出贡献。

新中国成立后，刘大风历任中共商丘地委书记、河南军区人民武装处处长、中南军区人民武装处处长；1954 年任中共广州铁路局党委书记、广东省经委副主任；1959 年底任中共广东省监察委员会常务副书记等职。不论在哪个工作岗位上，他都以饱满的政治热情，不遗余力地完成党所交给的工作任务。

几度风雨人依旧

再陷囹圄

“文化大革命”中，刘大风首当其冲。过去已解决的问题，又被重新翻腾出来，受到隔离审查。随后，又被打成“现行反革命”“叛徒”“特务”“死不改悔的走资派”，并下放“五七”干校劳动，他的身心受到严重摧残，但始终坚持党的原则，关心着党和国家的前途和命运。1970 年，他身处逆境，毫不气馁，作诗咏唱，对党和革命事业充满了乐观主义精神：

（一）

镣铐锒铛又一回，
漳河桥畔旧滋味。
道路崎岖人已老，
身世坎坷心未颓。
花甲余年任由它，
铁窗长夜笑问谁。
落花流水春去也，
斜阳如火晚霞飞。

（二）

重门铁窗小院深，
孤灯做伴忆旧痕。

青山如故人未老，
黄粱已熟梦难寻。
苦雨点点思归泪，
落叶片片游子心。
何时东风绕地起，
吹回大地万木春。

老骥伏枥

粉碎“四人帮”后，刘大风恢复了工作，任中共广东省纪委顾问、中共广东省顾问委员会委员，被选为第五届全国政协委员和第四届广东省政协委员、常委。党的十一届三中全会后，王冠儒、李素若的“托派”冤案，经中央组织部重新审理，予以平反昭雪，刘大风也得到彻底平反。

此时，刘大风已年逾古稀，可他仍是壮心不已，以老骥伏枥的精神，决心为现代化建设竭智尽力。为表达这一坚强的革命意志，他写道：

金戈铁衣春复秋
征鼓催白少年头。
解甲归来人未老，
勉为四化作马牛。

根据中共广东省委安排，刘大风参加了全省落实干部政策的工作。为尽快解决历史遗留问题，调动各方面的积极性，以利现代化建设，刘大风不顾年迈体弱，每天坚持上班，认真审阅案件材料，参与一些重大案件的处理。还利用休息时间热情接待来访人员，耐心做他们的思想工作，并要有关部门提出落实政策的具体意见。退到二线当顾问后，他也从未放松党的工作。他一是满腔热情地支持一线干部大胆工作，二是主动帮助他们处理一些具体问题，同志们无不为之感动，称赞他是年轻干部的表率。刘大风由衷地表示：“能在有生之年多为党做些工作，自己的心情就愉快。”

革命情怀铸夕阳

一尘不染

刘大风廉洁奉公的精神和艰苦朴素的工作作风，也是令人敬佩的。几十年来，他两袖清风，一尘不染，一切按党的原则办事，从不用党和人民给的权力为个人谋私利。到了晚年，他也一直保持着这种作风。

安林是刘大风的大女儿，她和爱人武英虎完成援藏任务后回到广州。其时，父亲已退居二线。安林看到父亲比以前苍老多了，清瘦了，走起路来步履蹒跚，心里很不是滋味。在家居住期间，她向父亲详细汇报了他们援藏情况，刘大风对他们援藏期间的表现非常满意，鼓励他们要继续保持艰苦奋斗的作风。安林趁此机会也表达了自己的想法："我们这次回来，就是想求您一件事，我觉着您和妈妈年纪都大了，身边需要照顾，想托您给组织上说说，看能不能把我们分到广州，只要方便照顾您，再苦再累的工作也没意见。"按说，这种要求也是合情合理的。而刘大风却教育女儿和女婿说："你们工作的事，我也考虑了。你们也是共产党员，作为党的干部要服从组织分配，考虑任何问题都要从有利于工作出发，不要光考虑个人。我是党的高级干部，组织上对我已经照顾得很好了，你们完全可以放心。你们要听党的话，组织分到哪里，就安心到哪里工作。"结果，他俩都按组织的分配到外地工作。

他唯一的儿子安方从上小学起，就常年吃住在校。刘大风时常叮嘱他：任何时候都不能以“干部子弟”自居，在学校里不要与人说家住哪里，家长是谁。若有人问时，可笑而不答。当时由于物质条件很差，安方身上穿的衣服几乎都是刘大风穿过的旧衣服改造而成；鞋子也全是刘大风穿过的旧鞋；一件他父亲穿过的旧的黑棉布大衣，陪伴了安方整个中学时代，直到高中毕业后入伍前才当成废品处理掉。

在公私关系上，刘大风向来界线分明。一次，他病重住医院，雇了一位护理人员，每天需付6元的工资。他告诉子女："这笔开支不属公费解决的范围，理应咱们自己拿，如果机关送来这个钱，一定要送回去。"事后，子女按他的意见正确处理了这件事。平时，他除因公乘坐公家的小汽车外，办私事从不用公家的小汽车，即使到医院看病，也常常是步行或乘坐公共汽车。

刘大风身居高位，可是他处处严格要求自己，为公家节省开支。办公用的桌凳是20世纪50年代的，重新恢复工作后，组织上提出给他换一套办公用具，他婉言谢绝，还对家属说："这些东西放在咱这里还有使用价值，一旦交出去，没人再用，不白白地扔掉了吗？"他当顾问后，组织上为照顾他的晚年生活，多次动员他搬到设备好一点的房子，他一直不答应，总是说："自己对党和人民的贡献不大，党和人民给我的够多的了，再不能增加党和人民的负担了。"

刘大风在个人生活上，一向是布衣素食，保持着跟一般人差不多的生活水平。家里的床单、被褥补了又补，一套衣服一穿就是多年，但是他对战争年代和他一起战斗过的同志及烈属却是十分关心，他多次用自己的工资帮助生活上有困难的同志或寄给烈士的后人们。不管任何时候，只要收到老家来信，了解到老家的革命战友或生活困难，或生病住院，他都会寄钱资助。有一次，在他有病住院时，听说内黄县后化村（原属濮阳县）一位90多岁的老农会会员得了病，特地让大女儿替他给这位老人寄钱，让其好好看病。而刘大风对自己的亲属或后人却又极其“吝啬”和苛刻，甚至还有点儿“不近人情”。上世纪 60 年代初，由于生活困难，他一个侄子和一个外甥从佛善村老家去广州投靠他，看能否安排一个能够谋生的工作。他听清来意后，就问道：“你们来广州后，你们的地谁来种？你们的父母谁来养？一人得道，鸡犬升天，那是国民党的一套，共产党不兴这个！”就这样，不仅没有给他们安排工作，而且发给他们每人 2 斤粮票作为路费当下就撵了回去。

临终嘱咐

刘大风的晚年，致力于中共地方党史的研究工作，他曾经工作过的地方，特别是原冀鲁豫边区的有关党史部门，都得到他提供的大量党史资料。1985 年后，刘大风的身体每况愈下，他意识到在世时间不会太长，于是拼命地抢时间，力争完成他没有完成的工作。他忍着病痛整理回忆文章，修改各地送他审核的党史材料。家人劝他休息，他很生气地说，我有很多事情要办，时间太少了，你们不要管我。

1986 年初，刘大风肺气肿发展到肺心病，呼吸困难，病情恶化，于 1 月 22 日在广州逝世。终年 80 岁。

临终时，他断断续续地嘱咐子女：“1. 身后事要按中央的要求办，一定要从简；2. 不要向组织提任何要求，给组织为难；3. 骨灰送回老家；4. 我是老党员，干了一辈子革命，认为还是共产党好。”最后，他还告诫子女，他现在没有一点痛苦，是安然而去，坦然而去，要子女不要为他以前的问题抱怨，组织上已作过正确的结论了。

刘大风逝世后，中纪委、全国政协和中央领导同志叶剑英、习仲勋、杨尚昆、宋任穷、王鹤寿、韦国清和王从吾、马国瑞等同志发去唁电，送了花圈。中共广东省委为刘大风举行了追悼会，对刘大风的一生作了高度评价。

第三辑　书信·讲话·诗词

刘大风

我在直南参加革命活动的几点回忆

——根据安明同志座谈讲话录音整理

磁县甘草营农民反“插耧应差”的斗争

1930 年 1 月，河北省委来信叫我去巡视直南各县工作，这时是王近瑞当邢台中心县委书记，我从那里到磁县巡视，磁县的斗争正开展得如火如荼。其中，最有名的就是甘草营一带农民反“插耧应差”的斗争。当时，由于军阀混战，磁县一带地主豪绅占有大量的土地，而一切负担均按地亩摊派，农民不堪重负。为更大限度地剥削农民，地主豪绅和反动政府沆瀣一气，巧立名目，想出一个对农民敲骨吸髓的剥削办法，名曰“插耧应差”——谁种地谁出差役（应差），佃户租种地主土地，一切差役归农民，地主只收地租，不出差役。广大贫苦农民如不答应“插耧应差”，地主就以收回租地相要挟。没有土地，佃农、贫农就无法活下去。为此，磁县县委就及时散发传单，向群众揭露“插耧应差”的无理实质，以唤醒农民的斗争意识，提高他们的阶级觉悟。

甘草营村位于磁县城北 3—5 公里处，全村有 420 来户，佃户就占 375 户左右，90% 以上的农民租种地主的土地。1930 年春，国民党磁县政府又摊派款项。按“插耧应差”的规定，农民仅这项强加的负担，每亩每年要多交一至二元的差款。为此，县委就派县委委员唐寿山到甘草营，先是成立了农民协会，并和农协会领导人苏合、常钧等人一起研究，决定以农民协会的名义出面抗差，开展斗争，取消“插耧应差”。

一天，国民党磁县政府派武装警察到甘草营村，传农协会员苏合、常钧等人。农协会员坚持不去。县警察局有个队长叫宗具臣骑着马，带着50多名警察气势汹汹地到甘草营抓人。进村后，早有准备的农协会员和佃农们，拿着粪钩、斧头、木棍齐集大街。附近好几个村的农民上百人也都拿着农具赶来，把宗具臣等警察团团包围。他们夺路而逃，愤怒的群众紧追不舍，最后与巡警展开激烈搏斗，夺取手枪4支，步枪7支，马5匹，把宗具臣等5名巡警也扣了起来。

声势浩大的农民反“插耧应差”、抗捐抗税斗争，立刻轰动全县。国民党政府威风扫尽，一筹莫展，地主豪绅非常惊慌。为平息事端，缓和事态，他们派民团团总宋兰庭出面调停，要求放回宗具臣等巡警。最后农协会提出条件如下：一是向农民公开承认错误；二是以后不准政府捕人；三是取消“插耧应差”。国民党县政府完全答应了上述条件。

邢台中心县委被破坏、直南特委成立后的情况

邢台中心县委遭到破坏发生在1930年4月间。中心县委书记王近瑞被敌逮捕，因经不起严刑拷打就招了，致使中心县委宣传委员赫耀星、兵运委员刘万善、交通员王卓如等10余名地下党员被捕；农运委员刘峰、团委书记刘汉生和秘书喻屏等逃往外地；邢台中心县委不复存在。同时，我于1929年9、10月间，给大名七师要了几个钱买了个驴，在那里开的面坊（卖棒子面），也被王近瑞供出来给破坏了。破坏后随即中共直南特委就成立了，特委书记是冯温，省委代表叫郝青玉，军委书记张兆丰，我是组织部长，团委书记成滋（成润）。所辖范围与邢台中心县委相同，负责领导邢台、任县、南和、隆平、永年、磁县、大名、肥乡、清丰、南乐、

濮阳等县党组织。我没到特委去过，还在清丰、南乐、濮阳这一带工作。特委机关设在磁县，这时王维纲在马头镇第三高小任校长，董兆林在那里当教员，他们那里是联络点，凡是上边来的人都到那儿接头。

不久，郝青玉来直南和冯温要在大名七师组织暴动。七师的校长谢台臣、教务主任晁哲甫、主任王振华三同志不同意这个暴动。他们建议说，虽然目前客观形势好，但主观力量薄弱，七师能组织起来的学生一共不过 200 来人，国民党的军队如地方武装的势力、民团的势力、地主武装的势力，都不可轻视。现在应该积蓄力量，发展党员、培养干部往农村输送。这是很有道理的，但赫、冯听不进去，就给他们戴了一顶帽子：老右倾机会主义者。这三人同时被开除党籍。这是 1930 年 5、6 月间发生的事。这期间，组织的南乐暴动、安阳暴动等相继都失败了。

到 7、8 月里，特委又准备到濮阳井店镇附近搞暴动。那时候王从吾也在家，省委代表郝青玉、特委书记冯温、军委代表侯剑如三人都去了，我也去了。又从磁县调来了机械工人制造土炸弹，从清丰借了 1 支驳壳枪，6 颗子弹，还有 1 支盒子枪，7 颗子弹，就这些力量就要搞暴动。开会时谁也不敢提不同意见，他们也根本听不进去。郝青玉讲，只要枪声一响，千百万的群众就来了。我心里想（但不敢说不来），你枪声一响成百上千的群众都吓跑了，跑你这来干啥呀？那天晚上准备在后化村（就是王从吾那村）袭击民团，搞 20 多支枪。但把附近几个村的人集中起来后，一共才几十个人和枪。他们一讨论，有的同志说我们就这点儿力量啊，打进去也出不来。他这一说，当下人就解散了。省委代表郝青玉、冯温也泄气了。濮阳暴动就这样根本就没搞起来。

当时执行“立三路线”的“左”倾领导者，思想片面，光说暴动政治影响很大，但不考虑失败以后群众的情绪影响不更大吗？群众不积极了，就不和你接头了，工作不就垮了吗？但“左”倾领导者根本不考虑这一方面。

反“立三路线”及要我作检查等有关问题

反“立三路线”应该是从1930年10月党的六届三中全会开始的，四中全会是在1931年1月召开的，四中全会批评三中全会反“立三路线”反得不彻底，是站在右倾机会主义来反“立三路线”的。实际上这是王明路线在四中全会搞起来的，他们批评三中全会是右倾，那就是说“立三路线”“左”得还不够，还要再“左”一些，这就是王明路线。传达四中全会的精神，直南是阮啸仙同志传达的，在批判“立三路线”的会议上，当时我说了一句，我说从今天这样来检查“立三路线”的话，当时我们开除谢台臣、晁哲甫、王振华三人的问题就需要重新考虑，他们的意见还是对的。就这一句话可惹出祸来了。冯温说:他们三人是站在右倾机会主义上来反“立三路线”的，你现在同情他，你就是右倾机会主义，是掉进谢台臣、晁哲甫、王振华右倾机会主义的泥坑……

据此，给了我一个“最后警告处分”。还要让我作检查，不检查不行。组织上既然这样决定了，那我就作检查吧。高克林那时在特委担任军事工作。他说:“即使你思想不通也得作检查，检查了你也不会通。”就这样检查了一番，才勉强过关。

我从1930年底开始兼任磁县县委书记。磁县城北农村、马头、西多、峰峰、彭城、六河沟、岳城这一带我都住过。那个时候也没有机关，做工作时都是今天找找这个，明儿个找找那个，所以那时做工作都说是“跑工作”。那时的县委组成也没有几个人，都是隔一段时间碰碰头。那时我在安阳，冯温、马载来安阳的时候，马载住西关,我和马载住在一起。住的房子又小又窄,是城市贫民的房子。1931年春我又从安阳搬回磁县。

六河沟台子寨工人罢工和磁县小车社的斗争情况

六河沟台子寨的工人罢工，大概是 1932 年 6 月间，由马载（董汉、马东汉）、纪德贵领导的，当中我也去了一趟。当时，六河沟煤矿党组织领导煤矿工人举行了万人大罢工。漳河北岸台子寨矿工与台子寨、石场、冶子等村的农民兄弟，一起举着红旗，扛着大刀、长矛、洋枪、土炮、棍棒等，按照各自的方位占据北岸，人山人海，绵延数里。

矿方胆战心惊，电告国民党军高桂滋部，声称土匪闹事。高贵滋就派去了驻磁县的一个团乘小火车到达漳河北岸，他们听到数不清的土制喇叭喊话："弟兄们！我们都是矿工，要求增加工资，为了生存，为了活命而罢工的。穷苦人不打穷苦人！你们不要当资本家镇压工人的刽子手。"

观台煤矿矿工得知消息，立即加入台子寨矿工的队伍，漳河南岸的电厂、机修厂、煤焦厂以及大小机车、锅炉房的工人也加入了罢工行列，从而形成了六河沟煤矿全体工人大罢工。但由于这次罢工时间不长，也没取得很大收获。

磁县小车社的斗争发生在 9 月间，是在中心县委的直接领导下，由小车社总社长王维纲、共产党员李欣然等领导的。这是在彭城以东、路村营以北、林潭以南、悬城以西这些村子里，推小车工人与矿主的斗争。当时，小车工人、农民约有三四千人参加，这个斗争也算搞起来了，取得了胜利，缴了民团几十支枪。

搞起来后，队伍就趁着夜色转移到路村、营村隐蔽起来。由于马载毕业于广州黄埔军校，懂军事，对在山区开展游击斗争熟悉，决定第二天夜到西部老爷山行动。第三天上午，王维纲带领几十人到台子寨西山白龙庙，马载、唐寿山带领几十人到窑头、上寨，立足未稳，就遭到彭城、台子寨、岳城等地民团的包围，寡不敌众，王维纲、唐寿山、马载等共有十几个同志被捕，暴动遂告失败。

随后，磁县国民党政府到处抓捕共产党员和革命群众，磁县党组织遭到严重破坏，白色恐怖笼罩全县。国民党磁县政府严刑拷问王维纲、唐寿山、马载等人，一无所获，遂于1933年秋，将他们从磁县看守所押解到北平看守所。王维纲作为“首犯”，被判死刑，唐寿山被判处无期徒刑，其他人被判处有期徒刑12年。在狱中，他们和北平党组织取得联系，先后开展绝食斗争，保持了共产党员的崇高气节。王维纲大义凛然，连续三次上诉，仍维持死刑判决，他置生死于度外，成功越狱，回到磁县。其他被捕同志长期遭受严重摧残和迫害，唐贞（唐寿山长子）、陈富荣、陈朝珍、姚继虞、苑德福等人先后牺牲在狱中。1937年七七事变爆发不久，唐寿山、马载等人被解救出狱。回到家乡后，唐寿山遭地主告密，于1938年被日军枪杀。

小车社武装暴动虽然失败了，但党组织领导工农群众拿起武器，高举红旗，拉起队伍，以武装的形式矛头直指国民党反动统治，震撼了整个直南地区，其政治影响是深远的。

在六河沟煤矿被捕、出狱等有关问题

1933年4月，我就到六河沟去了，住在纪德贵的家里。不久，邯郸有一个叫张太林也是七师的学生，他也来到六河沟。大概5月底6月间，我就在观台找到了工作，就是在窑下推罐。那时还比较年轻，20多岁，推罐还可以。后来有一次工人举行罢工，我就跑到纪德贵家写了传单：“增加工资了！”下面署名是“中共六矿支部”。带回来以后就叫国民党警察查收了，在观台我就被捕了。被捕以后被送到安阳县府，押在三道街羁押所。

1934年的春节前三天，腊月二十七，我被释放了。因为在供词上，我说是别人给我的，是受别人利用叫我带的。因此也没判罪，只在观台公安局里审了一下，打了几个板子，到安阳就没有动刑。承审员在我的判决书上写得很委婉。我的化名姓吉叫六锁，“刘”“六”不分，人们都喊我“老刘”。判决书写的是“吉六锁携有与三民主义不相容之主义之宣传品，传单未散发，根据法律属未遂，不罚”。

我出狱后，组织上让我到濮阳中心县委任组织部长，王从吾是书记。到1934年10月我就离开到新乡去了。我这时情绪有点消沉，就到一个学校教书去了，只和李西光偶有联系。到1936年夏天，王维纲从北京越狱出来以后，磁县有个吕鸿安，把他带到我那里去住。大概到1937年麦收时节，王子青找到我，见到我和王维纲，就把他在上海被捕的过程给我们讲了。说他到上海的当天，白天到那儿，晚上就被捕了，遂被解到南京。到南京以后，监狱里有个磁县的大叛徒叫蔺笑秦。蔺原先入党是王子青介绍的，他在国民党特务机关大概是有职务。有一次，蔺笑秦带着王子青出来，王子青就乘机会跑出来了。走到徐州时他给我家写了封信（这封信我晚了一年多才看到）说：我从南京出来回家了。有人说我卖朋友，我不会的，朋友是我的生命。这一次见面，把过程说了说，到1937年底，王子青到延安去了。我是1938年4月上旬到延安的，我去了以后就没有找到王子青，后来听说被康生当作叛徒处决了。王子青是很早的党员，参加过党的六大。凡是了解他的人对这个处理都有意见，认为至少王子青不能定为叛徒。后来写信问周总理，周总理说这人已经不在了，家属按烈士（家属享受）待遇。

1980年我到李一夫家谈起这事，他说王子青从京东走的时候是从他家走的，而且是和他吵了架走的。王子青在京东知道的关系多得很，都没有出事。他要是叛变革命，那我们不都得被出卖？就这样我们都写了证明材料。

中共安阳市委党史研究室提供

在纪念大名七师成立60周年活动大会上的讲话

同志们、老校友们、同学们：

今天我能够和大家一起来参加母校60周年纪念盛会，内心感到非常荣幸。

60年来，我们的母校，在党的领导下，历尽艰难险阻，经受敌寇摧残，师生们用自己的战斗行动，在直南革命运动史上写下了光辉的篇章。

我是七师第一学年的学生，在校学习时间只有七个学期多一点，但受到的教育极为深刻，离校后又较长时间与学校保持着一定的联系。七师哺育了我，特别是谢台臣同志的言传身教，对我的影响很大。

七师建校后的头三年，正是我党领导建立与扩大反帝反封建统一战线、第一次国共合作、准备北伐战争的伟大时期。第一任校长谢台臣和他的得力助手晁哲甫、王振华诸同志，受五四运动的影响，认识到对旧社会制度必须革命，决心把七师办成一所讲科学、民主，为社会培养有用人才的新型学校，提出“以作为学”的教学主张，提倡师生互教互学。师生接触机会多，敢讲心里话，能够发挥学生自治会的作用，把炊事、图书、体育、供应等工作，都交给同学们利用课外时间管理，在实践中增长知识，锻炼自己。谢台臣同志在他讲授的历史课堂上，揭露抨击当时反动的北洋军阀政府的黑暗统治，提高我们改革社会的觉悟。所有这些对七师党的建立与发展，打下了很好的基础。

第三学年快要结束时，北方的国民革命运动受到挫折。在北洋军阀的白色恐怖下，谢台臣同志毅然决定聘请共产党员冯品毅同志来七师任教，这是七师走向共产主义运动关键性的决策。从此我们的七师有了共产党员的活动。冯来七师后，对谢、晁、王诸同志做了不少的工作，对全校师生做过时事报告，向我们宣传党的奋斗目标、方针、任务和一些党的知识，启发我们的觉悟，使我们走上了革命的道路。冯品毅在校时间虽不长，但影响很大，发展了党员，建立了党的组织——七师特别支部，教给了我们一些工作方式、方法。从此七师有了党组织的活动。这是一个伟大的进展，这已是第四学年的前期，就是1926年的冬天了。

翌年4月间，在中共北方区委领导下，建立了大名地方特别支部，谢台臣、晁哲甫、王振华诸同志要求入党。经过反复研究，特支批准了他们的入党要求。从此，七师的党团组织都有了较大的发展，已成为我党在大名活动的巩固阵地。后因战争学校放假，同志们又深入到各县农村去发展党组织，开展工作。大名、濮阳、南乐、清丰、巨鹿、威县以及直南其他各县工作都有了较大发展，为以后党组织的快速发展打下了更好的基础。1929年春季开学后，七师学校师生员工中的党、团员及党的外围组织占到学校的绝大多数，成为学习共产主义的坚强阵地，哺育着数百名青年，向直南的广大农村不断地输送骨干力量。七师实际上已成为我党领导的一所革命的学校。

可是，直南党组织负责人在执行“左”倾错误路线过程中，把谢台臣等同志的正确意见当作“右倾机会主义”来处理，开除了他们的党籍，把我们牢固的革命阵地轻易地交给敌人，给七师工作带来了极大的损失，而又长期未能认识到这种错误做法给党的工作带来的危害，这是多么深刻的教训！

七师虽然遭到了挫折，但她蕴育的革命火种却分布在直南各县生根、发芽、开花、结果。在战争时期和胜利后，七师广大师生积极工作，英勇战斗在各个岗位上，有的同志担负了较重要的领导职务，有的同志为党为人民的事业流尽了最后一滴鲜血。谢台臣同志在上世纪 30 年代中期，受到残酷折磨，含冤逝世，更是我党的重大损失，这是值得我们永远怀念的。党的十一届三中全会后，谢、晁、王等同志都先后恢复了党籍，问题得到妥善解决。这是我们党的实事求是的思想路线的具体体现。

今天我们大名师范在党的领导下，正在继承七师的革命传统，弘扬七师的优良校风。我相信，经过师生员工同志们的共同努力，七师将会培育更多的优秀教师，为四化建设做出更大的贡献。

文／安　明

征　程

刘大风

为了环境的压迫，
真理的探寻，
在群鸡乱叫声中，
在晓色苍茫的时分，
我整好了行装，辞别了双亲，
开始漂泊的生活，
离却了旧故的友人。
在雪的旷野间行走，
在坎坷的道路上驰奔。
这时残星已落，月色已沉，
只有阴森冷风，
吹透我的寸心。

赠战友

刘大风

病魔凶事多，几番相折磨。
彼自逞狂暴，岂能奈君何？
君自强项者，斗志高泰岳。
初阵试身手，险关已闯过。
酣战贾余勇，歼寇穷大漠。
征途宜谨慎，仍须防风波。
我身在南疆，路远阻山河。
夜来北风急，倚枕听凯歌。

题武汉农讲所纪念册

刘大风

龟蛇对峙，大江东流。红旗飘展，雄楚楼头。
八百战士，敌忾同仇。接受教育，真理是求。
革命火种，分洒神州。赫赫业绩，炳耀千秋。

1982年12月25日

为大名七师60周年校庆而作

刘大风

六十年华逐逝波，历历往事费评说。
忆昔我校初建日，神州大地灾难多。
万里江山多筑垒，千村老弱转沟壑。
烽烟遍地走豺狼，长夜难明舞群魔。
台臣校长树楷模，哲甫振华紧合作。
顶风冒雨洒血汗，披荆斩棘城北坡。
遍栽桃李沐春雨，又插杨柳映碧荷。
以作为学新方针，理论实践相结合。
北伐战争谱新篇，军民奏凯齐欢乐。
悠忽风云陡变色，屠夫挥刀血成河。
阴云漠漠雪飞白，师生同唱国际歌。
征途崎岖多险阻，坚持斗争凭胆略。
今日努力奔四化，奔向四化天地阔。
纪念碑前忆谢师，革命精神壮河岳。

1983年10月

第四辑　亲友怀念集

刘大风

严于律己的安明同志

安明同志是1926年参加中国共产党的老党员，现年75岁。原任广东省委监委副书记、省委委员。现任省委纪律检查委员会顾问。他在几十年为党工作中，处处为党的利益着想，严于律己，发扬了党的优良传统作风，受到党员和干部的称赞。

不计较个人恩怨

“共产党员不能讲个人恩怨，一切都是为了党的事业。”安明同志以此作为一个忠诚的共产党员的必备品德来严格要求自己。民主革命时期，在错误路线干扰下，他一度受过错误处分。“文化大革命”期间，又遭受林彪、“四人帮”的迫害，身心健康受到摧残。但他从不为过去的冤屈而耿耿于怀，不计较个人的恩怨得失。谈到“文化大革命”的时候，他总是着眼于总结历史教训，而不去诉说个人之苦。他常对那些受过林彪、“四人帮”迫害而思想消沉的同志说：要痛恨林彪、“四人帮”，应把账记在他们身上；作为一个党员，既要经得起胜利的考验，更要经得起挫折的磨炼；现在“四人帮”被粉碎了，应该一心为四化尽自己最大的努力，把失去的时间抢回来。他自己就是这样说到做到，身体力行的。

听从党的安排

1978年，省委安排安明同志当省委纪委顾问，他愉快地接受党的安排说，党叫干啥就干啥，放在哪里就在哪里起作用。

当顾问不久，省委让他参加全省落实干部政策的工作。他不顾自己年迈体弱，天天坚持上班，认真阅读案件材料，经常利用休息时间阅读来信，热情接待来访，耐心做好思想教育工作，并且积极向有关部门提出对这些同志落实政策的具体建议，为落实党的干部政策作出了贡献。

在纪检工作中，安明同志坚持原则，实事求是，积极参与对一些重大案件的处理。在研究处理问题时，他谦虚谨慎，平易近人，不摆老资格，尊重在一线工作的干部的意见。他严格要求自己，对工作中的缺点、错误，一经发现，就进行认真的自我批评，为做好党的纪检工作，发挥了很好的作用。

为了教育下一代，传播我党优良传统，安明同志积极撰写革命回忆录。党的生日时，受党支部的委托，给大家上党课。同志们说，安老当了顾问，担子没有减轻，他这种不为名不为利的革命精神，值得我们学习。而安明同志说，能在有生之年尽力为党多做点工作，自己的心情就愉快。

事事多为党着想

几十年来，安明同志为了党的事业勤勤恳恳，艰苦奋斗，从不计较名誉地位和生活待遇。他家里的摆设很简朴。担任顾问后，同志们多次请他到外面看看，他怕给组织添麻烦而婉言谢绝了。平时除了公务坐小汽车外，办私事他从不用公家的小汽车。甚至住院看病，也不主动要车，常常走路或乘公共汽车。他常说，自己对党和人民的贡献不多，而党和人民给我的已够多了，再不能增加党和人民的负担了。

安明同志事事为党着想，对自己严格要求，而对同志却很关心和爱护。他过日子精打细算，省吃俭用，把节省下来的钱，经常拿去接济那些生活有困难的同志和已去世的老干部的遗属。

在子女的工作安排上，安明同志不搞特殊化和“走后门”。他说，一个共产党员，首先考虑的应该是革命工作的需要。他的三个子女长期在外省工作，儿子曾多次提出要求调来广州照顾他，都被他拒绝了。前两年，他的大女儿和女婿从西藏部队内调，要求他向组织说说，分配他们在广州工作，以便照顾老人。这本来是合情合理、无可非议的。但安明同志教育他们要服从组织分配，不要光考虑个人。结果他的女儿和女婿愉快地服从组织的分配，到佛山工作去了。

原载《广东支部生活》1981 年第 1 期

最后的一面

——悼安明同志

1 月 17 日中午，安方到我家，告知他父亲又住院了，情况不太好。我心内一震，顿时产生了不幸的预感。他已届耄耋之年，肺气肿已发展到肺心病，的确经不起风雨了。下午两点钟医院刚允许探视，我和老伴便赶到安明同志的病房。大姑娘安林埋头正写着什么，站起正要和我们打招呼，安明却先有气无力地说话了：“您来了！”我忙蹴前与他握手。他低沉地说：“之青，我要早走一步了。”我赶紧俯身劝慰:“这省人民医院，在广州是最好的一个，你又在高干科，治疗条件好，你应打起精神配合治疗，和疾病作斗争。”他答：“是呀！是呀！”“咳,咳！”他咳嗽得厉害,脸憋得通红,痰还吐不出来。好在安林是个老医生，帮他把痰弄出来了。他喘气急促而又困难。我说:“你不要再说话了，安静躺一会儿吧！”趁机把安林带出门外。这才知道，他是因感冒引起肺炎，13 日住院后一直昏迷不醒。今天中午过后，突然醒来，便断断续续地说话，似乎是在作遗嘱。安林都记了下来。内容大体是：

一、身后丧事按照中央要求的办，一定要从简；

二、不要向组织提任何要求，不给组织为难；

三、骨灰送老家好；

四、我是共产党员，干了一辈子革命，还是共产党好；

五、……

我看后有些心酸，又感到他不愧为老共产党员，在记录中还有……让你妈来一趟吧！催你妹妹快来吧……

我向安林说："你爸爸这次醒来，看神志很清楚，精神也不错。这也许是病情真的好转，也有可能是'回光返照'。应叫安方陪你母亲来一趟，再打电话催你妹妹赶紧从深圳过来。"

晚饭后我与老伴去慰问安妻吴俊老大姐，她已到医院看老头了，并知小女儿安芸今晚 10 点前可从深圳赶回来。因知道安明一家人今晚都会守候他，我俩便径直回家了。但担心他见到老伴和小女儿后，话尽无虑而瞑目，所以今夜是关键。我晚上睡觉忐忑不安。

第二天第三天没有事，我与老伴很高兴，认为他过关了。20 日下午又去看他，走至医院胡同口，见不少小汽车进进出出，了解到是地方负责干部陆续地看他，我们不便凑热闹便折回，准备次日再去看望。

21 日中午，饭还没吃完，安方和他姐夫武英虎联袂而至。我急问病情，才知他俩是来报丧的。安明同志已于上午 9 时 15 分逝世了，享年 80 岁。我真遗憾昨天没见到他。

尽管安明同志有遗嘱丧事简办，因他是 1926 年的老党员，人缘好，可谓德高望重。广东省党政领导还是很重视的。遗体告别时，广东省的省委书记、省长以及省市领导人、厅局长等几乎都到了；中央领导叶剑英、习仲勋、杨尚昆、王从吾等同志都发来唁电；军队的友好也到了不少。追悼会上，宣读了安明同志的生平，得到了他应得的荣誉。

忆往昔，1937 年七七事变不久，他以直南特委临时书记的身份到清丰后，我便在安明同志领导下工作、活动并组建游击队，冀鲁豫边区第一支我党领导的武装——四支队成立。那时安明同志仍叫刘大风，任副支队长，我担任第三中队政治指导员，整编后他让我改任副官，大都是他派遣我执行任务。1938 年春，在濮县城东王辛店驻扎时，他因故去了延安才分开。1951 年安明同志在广州铁路局任党委书记，我专门前去看他，畅谈很久。从此，再也没失去联系。1956 年我也调广州工作，都在东山区住，交往就更多了，一直到他去世。

我是把安明同志当老师尊敬，他是把我当小弟弟看待。数十年来的相处，使我受益匪浅，他连他的家务事都与我商量，真是亲密无间。

安明同志逝世了，我痛失了良师益友，他老共产党员的品质，永远是我学习的榜样。

文 / 阎之青

怀念我敬佩的良师益友安明同志

中国共产党的优秀党员、老红军、老干部，原中共广东省委纪律检查委员会顾问安明同志于 1986 年 2 月 21 日与我们永别了。

安明同志是无产阶级革命家，忠心耿耿地为党为国贡献了他全部生命。我曾直接在他领导下工作过一段时间，他是我的良师益友，我无限敬佩，无限怀念这位忠诚的、刚正的、勇敢的、足智多谋的优秀共产党员！

安明同志原名刘大风，是河南省南乐县佛善村人，1923 年就读于河北省立大名第七师范，在五卅运动的革命浪潮中，受到反帝、爱国主义的革命洗礼，1926 年 10 月加入中国共产党，时年 20 岁。他和同时入党的赵纪彬、李大山在大名七师建立了特支，安明同志（他是直南党的创始人之一，是中共南乐党的创始人）任支书，开始了漫长的革命生涯。

我在初小读书时，就经常听到我的老师齐敏斋（安明的同学）夸奖他，说他是大名七师的高才生，才华出众，聪明过人，勤奋好学，在南乐也流传着他的许多革命逸事。他在大名七师上学时积极参加了五四运动，是学生领袖。他把个人的命运与国家的命运联结在一起，为抒发他的革命豪情，他联想到“大风起兮云飞扬”的诗句，将原来的名字刘介风改为刘大风。

在十年白色恐怖中，安明与敌人进行了顽强的斗争，功绩卓著，在当地人民群众中享有崇高的威望。特别是在我们这些童稚的小学生的心目中，他简直是一个了不起的英雄。安明同志在早期的革命活动中，在直南地区深深地播下了革命的种子，不少青年人因为从小受到安明等共产党员的影响，后来都走上了革命的道路。

1937 年七七事变后，日寇大举进攻华北，国民党军队纷纷南逃，正在人们惶恐不安的时候，安明同志于 9 月间回到了家乡，他是以直南特委书记的身份，带着党的任务回来的。安明回来的消息像惊雷一样，在广大乡亲中迅速传开了。大家异口同声地说："刘大风回来了，共产党回来了，乡亲们得救了。"当时我是南乐县简易师党的外围组织"抗日救国十人团"的领导成员之一，经安明的学生赵秉谦同志介绍，我怀着无比兴奋的心情，去见这位仰慕已久的直南党的领导人。

当时，安明同志 31 岁，中等身材，宽阔的前额，明亮的眼睛，眉宇间显示出机智和刚毅的神采，他头戴草帽穿一身粗布衣裳，俭洁而朴素。几句寒暄之后，他给我讲了目前的形势与党的任务。他说："现在局势非常严重，日寇气势汹汹，妄图沿铁路线摧垮国民党的抵抗部署，以达到速战速决之目的。党交给我们的任务是迅速恢复和发展大名以南各县党的组织，成立直南特委，抓紧时机，集中力量建立我党直接领导下的抗日武装，开展独立自主的游击战争，不失时机地建立敌后抗日根据地。"他还说："当前最要紧的就是从速宣传群众，动员群众，组织群众，把党的政策主张让群众掌握，为建立抗日武装准备条件。"当时安明同志是那样的平易近人，和蔼可亲，他的每句话又是那样的有理、有力，好似一把钥匙打开了我的心窍，又好像一束火炬照亮了我前行的道路，我暗自下决心在党的领导下，为打倒日本帝国主义、建设新中国进而为实现共产主义理想，贡献自己的一切。

安明同志回到南乐以后，积极贯彻党的洛川会议精神，夜以继日地为实现党组织交给的两大任务进行工作。他一方面联络当地有影响的老党员王振华、晁哲甫、刘汉生、王从吾、张增敬、平杰三、刘晏春等同志；另一方面教育培训进步知识青年，以恢复和发展党的组织，加速筹备建立抗日武装。10 月初，安明同志主持了在清丰县青石碌村召开的特委会议，我应召列席了这次会议。会上安明同志提出组织抗日武装要有三个基本条件：一是党的领导；二是要有觉悟的青年参军；三是要有枪支。他主张以党组织为核心，以“抗日救国十人团”为骨干，动员青年参加抗日武装，所有骨干要分工负责，一面动员青年准备参军，一面要筹借枪支。首先各自做好本村有枪户的工作，使他们愉快地把枪拿出来支援抗战，在会上他分派赵秉谦和我去做南乐县西民团领导人赵冠经的工作，希望他深明抗日大义，把他领导的民团编入我们组织的抗日游击队。

10 月中旬，安明和刘汉生同志在近德固村主持召开特委扩大会议，检查两周以来动员参军的人数和筹借枪支的情况。他要大家在经费上想些办法，先把部队组织起来，再力争各方支援。在这次会议上，安明同志阐明了党的建军原则，他说在共产党领导下的抗日武装，要做到官兵一致，军民一致，做好敌伪工作；要像红军一样，严格执行“三大纪律、八项注意”。由于安明同志正确地贯彻执行了党在抗战时期的路线和方针，直南地区的抗日斗争热潮日益高涨，大名以南各县党组织迅速得到恢复和发展。

10 月下旬，南乐县西佛善村、近德固、赵家庄、齐家庄等村参军的青年，各带自己动员的枪支，由安明等同志带领到留固店集中，县西民团团总赵冠经也拿出自己家里的 10 支步枪支援我们。在短短的几天内，就发展了五六十人，50 多支枪，一支由共产党领导的人民武装——一八一师游击队诞生了（不久改为河北民军第四支队），张克威兼任队长，安明同志任副队长兼政委，袁也烈任参谋长，群众敲锣打鼓欢迎自己队伍的成立。

安明同志在艰苦的岁月里，以身作则，与战士同甘共苦，带思想，带战斗作风，半年之内部队发展到六七百人，建立了四个中队一个通讯排，并在滑县筹建了一个三大队。

1938年3月9日至12日，四支队在濮阳以东的小濮洲、常庄两次对日军作战，给敌人以很大杀伤力，缴获了大量武器和军用品。四支队打出了机智灵活、猛打猛冲、能攻善守的战斗作风，从此威名大震。

1938年初，直南特委正式成立，北方局派朱则民任书记，安明任副书记。

安明同志在直南特委的领导工作中，始终贯彻了党的正确路线，与错误倾向进行坚决的斗争。他恢复和发展了直南各县从县委到农村的党组织，建立了一支抗日武装，特别是常、濮两战成绩显著，有口皆碑。但由于抗战初期党内王明的右倾投降主义的影响，直南特委内部在统一战线问题上存在严重分歧，尤其后来特委内部矛盾公开化。1938年3月下旬，发生了直南特委主要负责人错误枪杀李素若、王冠儒同志案件。在发生这件事的整个过程中，安明同志始终反对毫无证据地杀害好同志，因而受到排斥、打击、停止党籍，几乎丢了性命，被迫离开部队去延安。李、王被杀，安明受屈，广大战士恐慌不安，许多干部在思想上受到巨大的伤害，这是冀鲁豫边区创建前夕我党的一大损失。

事隔一年零九个月之后，1939年12月10日，我随同一二九师政委邓小平同志过平汉路封锁线去太行，12日到山西省左权县清泉村，得知安明同志在那里工作，我很快找到了他，故人他乡相遇，惊喜非常。他问我现在做什么工作，到何处去？我告诉他1938年四支队离开冀鲁豫到冀南军区编入东进纵队后，我被调到第三军分区任政治部副主任，因当选为党的七大代表去延安，路过这里特来看他。他很高兴并郑重地说："希望你能像少奇同志说的那样，入党后正常地为党工作，正常地发展，这是多么幸福啊！"当时我对这话感到十分突兀，不太理解。当我问到他别后的情况时，他说："我被停止党籍到延安，刘少奇同志接见了我，我向他汇报了工作，并反映受到错误处理的情况。少奇同志说，一个特委书记不经过特委开会讨论，就停止副书记的党籍，是错误的。”安明同志又说：“少奇同志曾十分关切地对他说，一个共产党员在入党时，就应当有两种思想准备，一个是入党后正常地为党工作，正常地发展；另一个要准备受到错误处理，受打击、受冤枉，甚至开除党籍，或牺牲生命。作为一个共产党员要相信党，对党无所怨尤。要坚信党是坚持真理的，终久会得到纠正的。”安明同志还说，少奇同志让他到抗大学习一段时间，仍回晋冀鲁豫工作。但当他回到太行，当时北方局组织部长朱瑞同志却说：“你包庇托派破坏统战的问题还未解决，决定给予停止党籍处分。”并分配他到太行党校任体育教员。安明同志在与我谈到他两次被停止党籍这段情况时，情绪有些悲愤激昂，但能自持。确实在这样重大的冤案面前，在抗日高潮时期，失掉了指挥军队打仗的机会，是有多么的不幸啊！当时我曾为他遭受这样不公正的事件表示不平。安明同志意识到我情绪有些激动时，马上转用平静而又坚定的口气说：“我牢记少奇同志的话，坚决相信党，相信党是坚持真理的，终久会查明事实真相，我的不白之冤终将会得到正确解决的。所以我以‘安心工作，久而自明’来勉励自己，因而将刘大风改名为安明。”说到这里他坦然一笑说：“路遥知马力，日久见人心，让时间来考验吧。”这段往事对我来说是记忆尤深，也感人至深的。少奇同志的教诲，安明同志的宽广胸怀、高尚风格，一直留在我的脑海里，使我终生难忘，并成为我以后正确对待所遭到错误处理时的精神支柱。

安明同志的冤案直到晚年时才得到彻底平反，影响了他后半生的前途，未能充分发挥他的聪明才智，以便为党为国家做出更多更大的贡献，这是我们的一大损失。了解情况的同志，都对他表示无限的同情和惋惜。但是安明同志在漫长的岁月里，始终坚持真理，同“左”倾错误作斗争，在工作上从未计较过个人得失，无论党组织分配给他任何工作，他都能坚守岗位，勤勤恳恳，埋头苦干，忠心耿耿地完成各项任务，直到生命最后一刻。

安明同志的一生是革命的一生，是英勇战斗的一生，是全心全意为中国革命和社会主义建设事业奋斗的一生。他襟怀坦荡，光明磊落，坚持实事求是，和各种错误路线作斗争；他勤奋好学，谦虚谨慎，平易近人，善于团结同志；他严于律己，处处以身作则，始终保持艰苦朴素的优良传统和作风；他毫无自私自利之心，是一个高尚的人，一个有道德的人。他不愧为中国共产党的优秀党员，是党的优秀干部，是大家深为尊敬和爱戴的老同志，是我们学习的好榜样。他永远活在我们心中！

文 / 齐　梿

关于刘大风及南乐县党史的几点回忆

从大名七师说起

大名七师是直南党组织发展的策源地。它之所以能成为策源地，主要是指直南大部分老根据地都是七师党员到农村建立的，或是七师党员发展的农村党员建立的。直南根据地的建立，都是与七师有直接或间接的关系。

1926 年 8 月，冯品毅来大名七师任英文教员，冯原在河南省从事党的工作，于同年 10 月在七师发展了三个党员，有刘大风（又名刘介风、安明），李世伟（又名李大山、李可敏），赵纪彬（原名赵济焱、赵化南）。冯品毅到校后，经常向学生宣传革命道理。我们三人经常到老师室内去。刘、李和我向冯表示愿意参加革命。当时冯写了《康穆斯 ABC》书名，问我们读过吗？后来又去过数次。一天夜间，在冯老师室内介绍我们三人加入了中国共产党。当时也没有举行仪式和履行什么手续。从此我们三人不断在冯老师的指导下，开会进行革命宣传，为党做工作。后来（冯老师在校前后共三个多月），上级党组织调冯去广州，从此，我们三个党员跟上级党组织断了联系。在校内我们三人积极发动同学，阅读报刊，如《中国青年》《新青年》《向导》，读进步书籍，如蔡和森的《社会进化史》、熊德山的《社会问题》及孙中山的著作，并出版了校刊《曙光》，发表文章反对军阀和土豪劣绅，在同学们中间影响很大。有人赞成，有人反对，形成两个派别。七师学校校长谢台臣、教务主任晁哲甫、训育主任王振华也很同意并支持我们这样做。

1926年冬，刘大风没有和我们两个党员商量，私自找到训育主任王振华，说出我们三人是CP（共产党）。王意外地听说学校有了共产党员，这将关系到我们个人的生命和学校的存亡，急忙找谢、晁商量。他们三人对我们说："你们要革命很好，应该像冯老师那样，到广东去参加实际行动。"于是他们三人拿出钱为我们做路费，让我们三人取道北京和上级党组织联系。因为上次北方区派人到七师来，没取得联系。这次我们到北京后经过李素若、刘伯庄和北方区联系，才知道有我们三个党员。我们汇报工作后，表示要离开学校到广东工作。北方区说你们这种看法不对，不能离开学校，要在学校里抓学生运动，在校外抓"红枪会"运动。结果北方区决定，只能走一个，刘大风走了，以后还会派书记去。这样，我和李大山回校，刘大风就到南方去了。

我和李大山回校后，为掩护我们，学校还写了一个"革退牌"（意思是已将刘大风、李大山和我开除了）。敌人来了，就拿起"革退牌"叫敌人相信已把我们革退了，就不再追究。实际上我们仍在七师校内进行工作，开展活动，保护了党的组织。

关于南乐县党史的几点回忆

（一）南乐县在1927年以前，没有党的组织。最早的党员，都是当时大名七师的教师和学生，他们虽然寒暑假回乡，但主要活动在学校，对本地方影响不大。例如刘大风，1926年冬就从大名转北京赴武汉参加北伐；其次如1927年前后入党的王振华、王国华（王振华的胞弟）、李渭川、王师韩、石蓬山（即石仙洲）、李景梅（即李调元）等，都是从1927年以后才在本县开始活动的。如果对本县有所影响，也只在七师的党组织所宣传的"五四"新文化（1925—1926年，七师的校报《曙光》）对本县的地主阶级封建思想作过一些批判。

（二）1927 年夏，国民革命军暂编第三军（武汉政府部队，归张发奎指挥，军长梁寿凯曾任大名镇守使，政治部主任汪静涵当时是党员）从东明过河，以大名为目的，进行北伐，所过各县，我党党员均以国民党名义参加了县党部。这时本县党员曾一度活跃。例如李景梅就曾从清丰调回（原在清丰教书），在本县国民党县党部负责一个时期。但梁军由于受到武汉政府“清共”的影响，未打下大名即南退到新乡待命，党员也随之转入地下，或走入他乡，并未坚持开展地方工作。

（三）1927 年秋，刘大风从武汉回乡，很快和我、李大山（都在内黄县千口村的我家中）等取得联系，并决定派刘赴省委（在天津）汇报工作。大约秋冬之交，建立了大名中心县委，设在南乐县佛善村刘大风家中。从这时起，南乐县才有了党的组织。中心县委在省委直接领导下管理大名、南乐、清丰、濮阳、东明、长垣等六县工作。中心县委的领导机构是：县委书记刘峰，组织部长李大山，宣传部长赵纪彬，刘大风为省委巡视员参加中心县委工作。

由于中心县委设在南乐县，南乐县没有再设县委组织。所有的支部，都由中心县委直接领导。当时的支部是：1. 佛善村支部，刘峰直接负责；2. 近德固支部，记不清谁负责；3. 石任村支部，石仙洲负责；4. 县城支部，李景梅负责；5. 古寺郎支部，记不清谁负责。

当时的党员不多，大约每个支部都有 5 个左右的党员，人名已记不清楚，只记得县城支部有一个党员名叫徐西崑（因为他以后被捕受刑，印象较深）。似乎这时已有些农民入党。除刘峰外，一定还有别的农民党员。

（四）1927 年冬到 1928 年春，中心县委对该县各支部提出的任务有三项：1. 不放弃红枪会工作（此时濮阳已放弃），但需接受 1927 年上半年的教训，改变单纯包围领袖的机会主义做法，要派得力党员打入红枪会内部，争取红枪会群众，取得领导权。2. 改变军事投机路线，开展以贫雇农为中心的日常经济斗争，通过经济斗争，组织训练群众，并尽量利用合法形式，扩大政治影响，为武装斗争打好基础。3. 把红枪会工作和贫雇农的经济斗争联系起来，争取尽快地建立党的武装力量，为开展武装暴动、建立游击队发动土地革命创造条件。

各支部在完成上述三项任务的斗争中，都有一些成绩，而以佛善村支部为最好。例如刘峰和刘大风，都打入了杨彦的蟠桃会，都受到了红枪会下层群众的拥护，在杨彦打回张浮邱对当权派地主进行报复性镇压（原来他们之间有互杀的世仇）的武装斗争中，他们带领佛善村的群众（贫雇农为主）参加了战斗，形成群众的领袖，刘峰并且成为蟠桃会的师傅。同时，该村的经济斗争，也有较快发展。（具体事件已忘记，只记得为对伪村长算贪污账斗争，刘大风和家庭发生冲突）

（五）我和李大山住在刘大风家，负责中心县委工作，是以与刘大风合伙制造纸烟为掩护的。由于七师提倡“以作为学”，学生们开照相馆、开造胰子（肥皂）工厂的都有，所以最初刘的家庭并不怀疑，反而很支持。但是，一方面平日来往的七师师生太多，尤其重要的是另一方面经济斗争的开展，刘的家庭对我们有了政治性的怀疑（刘家只是怕危险，不是从政治上反对党）。这样，为了避免暴露党的机关，同时濮阳县委的斗争已普遍展开，需要前往参加领导，我和李大山就离开了南乐，转到内黄县千口村（当时属濮阳县）我家（濮阳县委所在地）。因此，从 1928 年春起，我对南乐党的工作，就不甚了解。

（六）从 1928 年刘振华的国民党军队到达大名以后，中心县委的工作重点就转到了濮阳。例如刘大风就常住我家，并在井店高小任过一个时期的教员。

由于年代太久，现在只能写出这些材料，仅供参考。倘有记错之处，请以别的同志的回忆为准。

文 / 赵纪彬

刘大风与大名党组织及抗日武装的成立

大名地区建党初期的工作

1926年，当北伐军胜利地向武汉挺进的时候，北洋军阀惊恐不已，河南笼罩在白色恐怖中。当时在河南从事我党工作并以河南开封第一师范学校英文教员职业为掩护的大名冯庄人冯品毅，在河南已不好存身。这时有进步思想的大名七师校长谢台臣聘他来七师做英文教员。冯于8月到校，因工作需要在七师时间虽不长，但利用上课和课余时间，在教职员工、学生中进行了大量的宣传教育工作。除公开宣传革命理论、事迹外，还向学生介绍了大量的进步书刊，如《新青年》《向导》等。对于教职员工、学生的思想革命化起着极大的推进作用。冯品毅同志于11月离开学校，离校前，先后在学生中发展了5个党员，即刘大风、赵纪彬、李大山、吴益普和我。分别组建了党团两个特别支部，刘大风任党支部书记，我任团支部书记。1927年1月，七师放寒假前，党团支部又发展了一批党团员，有南乐的石仙洲（石蓬山）、朱文奇、李渭川、王师韩（王楚歌），大名的裴志耕、解蕴山，长垣县的郭仪安（郭汾第）等10余人。

放年假后，刘大风、赵纪彬、李大山三人，在对革命抱有极大热情的校长谢台臣、教务主任晁哲甫、训育主任王振华的资助下，去北京要求北方区委批准并介绍他们去武汉参加真刀真枪的革命斗争。北方区考虑到大名地区革命工作的需要，只批准刘大风一人去武汉农民运动讲习所学习，赵、李二人仍回大名开展工作。

同年 8 月间，赵纪彬、李大山通知我，北伐军梁寿凯（第三军）已到新乡，最北部防线为安阳。决定我们三人同去新乡与他们政治部联系，当然还想表示欢迎他们东进大名、南乐、清丰、濮阳之意。我们到新乡后不久，刘大风也由临颍回到新乡，这时我们才正式听到蒋介石叛变革命，大规模清共，屠杀共产党员等情况以及八七会议的主要精神。国共分裂的局面已形成，我们已无在新乡停留之必要。我和刘、赵、李等一同回濮阳井店镇。

在濮阳，通过学习刘大风带来的《湖南农民运动考察报告》及彭湃的《海陆丰农民运动》等教材之后，大家了解了整个革命形势和在新形势下党的工作和任务，对于今后我们在新的形势下如何开展工作都有了更为清醒的认识。这期间，刘大风被任命为省委巡视员。在他指导下，在濮阳西部沙区一带发展了不少学生和农民党团员，农会（夜校）在几十个村庄都建立起来。由于刘大风同志除负责直南全面工作之外还直接负责南乐工作，南乐城西、城西北的许多村庄也都发展了党团员，建立了许多农会。大名城西北儒家寨支部发展较大，杠子会已发展到三四十人。城北黄金堤、万金堤一带，党、团、农会都相继建立，这为今后该地区党组织的发展以及武装的成立都奠定了良好的组织基础。

大名党组织的恢复及抗日武装的成立

1937 年 10 月，日军占领邯郸后，不断向东侵犯，大好河山惨遭蹂躏。这时中共大名县委书记谷俊华同志以拯救民族命运为己任，以扎针作掩护与驻在大名一带的国民党二十九军战士接触，宣传抗日道理，动员部队抗日。11 月 8 日，他引导二十九军一部在成安侦察敌情时被日寇发现，敌人追捕甚急，谷俊华同志头部受伤，当他跑到魏县何庄时晕倒在地，他知道已逃不脱敌人的追捕，于是爬到一眼井旁，用自己的鲜血写下了“抗日救国”四个大字，投井壮烈牺牲，时年 26 岁。大名县党组织也因此与上级失去了联系。

11 月，中共直南特委在清丰县梁村成立，负责特委的重建和大名以南各县党组织的恢复工作。朱则民任书记，刘大风任副书记，王从吾任组织部长，刘汉生任宣传部长，委员有肖汉卿、张增敬等。直南特委领导大名、南乐、内黄、濮阳、清丰、滑县、长垣、汤阴、浚县、东明、淇县等县党的工作。直南一带党组织开始重建。

当时国民政府将大名行政区域（含魏县一部分）划分为五个区，第一区包括县城附近区域及边马、牙里集（今魏县），区公所设在旧治；第二区包括大王庄以南、方里集一带（今魏县），区公所设在双庙镇；第三区驻守在魏镇（今魏县县城）；第四区包括杨桥、沙圪塔、西店、铺上一带，区公所设在万堤；第五区包括金滩镇、束馆等地，区公所设在孙甘店。由于一、三区在县城附近，日军占领后军队驻扎在此，形势比较严峻，大名县党组织主要在四区、二区和五区一带活动，发展党员，恢复党组织。

在与党组织失去联系的情况下，北部四区以解蕴山、李大磊、王纪明等为代表的共产党员，一方面就地组织武装开展敌后游击战，一方面想方设法找党组织联系。1937 年 11 月初，直南特委刘大风来大名，见到我和解蕴山、许彤云及七师党支部书记李福祥等同志，指示我们就地组织武装，开展大名一带的抗日斗争。随后，我们就在大名城西北一带组织宣传抗日，并以“反对外逃，坚持就地抗日”口号，组建了“大名县抗日救国会”，继而与馆陶县、广平县联系，共同建立了大名、馆陶、广平抗日救国会，解蕴山为主任。为发展抗日武装，解蕴山进行了打入和改造民团、会道门的活动，并平息了匪患，在人民群众中建立了威信。1938 年 3 月，大名一带就组建了一支由共产党领导的抗日队伍和政府——“第四区抗日游击大队”“第四区抗日政府”，创建了大名城西北的抗日根据地。

文 / 成　润

关于对刘大风及直南早期革命活动的几点回忆

一、1926年暑假后，冯品毅同志应聘来大名七师做英文教员，在校期间，课上课下，对全校师生做了大量的革命形势报告及马列主义的宣传教育工作，把广大师生的政治思想引上革命的道路。在奉调离校之前，先吸收刘大风、赵纪彬、李大山入党，随即刘大风介绍成润，赵纪彬介绍吴益普入党，播下了革命的火种。经冯同意建立党、团两个特别支部。并分别由刘大风、成润分任党、团特支书记。从此，直南大地开始有了共产党的组织。

二、1926年大名七师放寒假前，校内已发展党团员10余人，刘大风以党特支书记的身份在图书馆召开了党团员全体会，安排在放假期间在各自家乡发展党团员的任务。

三、由于冯品毅同志从河南应聘到大名，他的组织关系在上海，与当时的北方区无联系，他离开大名时，临时将我们的关系带往上海。之后，我按照大风同志告诉我的通讯处及密写方法向上海写过两次报告。学校放假前，接上海通知，我们的关系已转北方区，以后不再与上海联系。

四、1927年2月，北伐战争进展很快，北伐军完全占领了武汉，在全地区出现了革命高潮，特别是政治敏感的青年学生。这时学校领导得知刘大风、赵纪彬、李大山等均系共产党员并要求南下武汉参加革命，表示赞许，并资助路费。他们将学校党团工作交由成润等继续负责，即离校去北平找北方区，要求批准并予以介绍。北方区从革命需要出发，只批准刘大风一人到武汉农民运动讲习所学习，赵、李仍回大名，除大力在学生中开展工作外，重点开展校外农民工作，组织红枪会响应北伐军。

五、1927 年 4 月北方区派李素若到大名。李系濮阳人，不少同志对他早有所闻，与赵纪彬过去是同学。他之前曾多次来往经过大名，对七师有些了解。我们这些党团员均系学生中的活跃分子，他大部分都认识。因之他对大名的两个特支的组织情况、工作情况、师生的政治思想以及情绪的动态等了解较快。这一段时间党团员发展也较快，当时已有三四十人。

他根据北方区指示的精神，对大名党的工作作了以下部署：

1. 在当前统一战线的形势下，要帮助发展国民党，注意吸收培养国民党左派，成立国民党县党部。共产党员、共青团员均跨党参加国民党，平时以国民党员面貌出现。活动可半公开，不要求严格保密。

2. 党团员鉴于发展较快，现有之党团员及领导人按原籍分属各县，将来亦有助于各县党组织的开展。要在原来的基础上，组建为大名党、团两个县委。因与国民党的统战关系，党团活动要保密，并规定代号，党为“大学”，团为“中学”。党团组织均在隐蔽中存在发展。领导成员：党的县委书记为李素若，宣传委员为赵纪彬，组织委员为李大山，委员为成润；团县委书记为成润，宣传委员为吴益普，组织委员为李清阳。

共产党县委领导班子，亦即国民党县党部领导成员，不过名称不同。国民党县党部书记长也是李素若。

从此，共产党县委在大名成立了。这个县委并非大名一个县的县委，根据形势发展，逐步成为肩负着开拓直南几个县党的工作的领导中心。因而没有机关，没有固定地址，实际上就是北方区领导的一个工作组。面向各县，根据工作需要在大名、濮阳、清丰、南乐、内黄等几县活动，指导帮助工作。同时也直接领导分散在各县已发展起来的支部、小组或个别关系。

六、1927 年 5 月，麦子快要收割的时候，大名一带附近七八个县的红枪会围攻大名城，这一农民武装反对军阀的暴动，虽是自发的，但客观上也起着响应北伐军的作用，有利于革命形势的发展。对于刚刚建立的大名县委，既没有农民工作的实际，更没有领导武装斗争的经验。形势虽好，但任务艰巨。七师学校因处于作战双方的中间地带，学校领导为了学生的安全，宣布放假，全校师生均离校回家。离校前，县委向党团员布置了工作，要求党团员在各自家乡继续做争取、组织红枪会的工作，有条件的可打入红枪会。

当时县委书记李素若已回濮阳，仍留学校工作的只有赵纪彬、李大山、成润三人。我们决定利用一切机会，对红枪会上层施加影响，争取他们与北伐军挂钩。这时红枪会首领带领很多红枪会员都住在校内。大概他们对我们的情况有所耳闻，主动要求我们当他们的参谋。赵纪彬、李大山即欣然应允。我当时才是个 17 岁的未成年学生，他们并不看重我。我只有帮赵、李做些抄抄写写的具体工作。不久，守军弃城逃跑，红枪会进了城。进城之后，红枪会头头们内部矛盾甚多，赵、李同志虽大力调解，只能缓解，未能根本解决。在他们同意和要求下，赵、李二人去东明与北伐军联络，请他们北上，后因形势有变，中途停止。

赵、李南去之前曾商定，由我留大名，以县委名义，把放假回家的七师、十一中的学生中的国民党员、共产党员、共青团员，分片组织起来，根据人数多少，分别组织起来。我带着县委交付的任务，徒步沿旧治（含魏县）大名绕了一圈。在这期间占据大名城的红枪会，经军阀孙殿英分化、收买、封官许愿，红枪会头头们已完全变质，伴之以军事讨伐、镇压，轰动一时的红枪会暴动，以失败而告终。当时我在西区（现魏县）几个地方开会时，还是人心惶惶，被烧的房屋、麦垛余烬未息。

我完成任务回大名城时，已是 7 月初了。

七、我回城后不久，即接赵纪彬、李大山同志通知我三两日内到破井村会合，一同去新乡与北伐军联系。

约为7月底，由于我们信息不灵，对整个革命形势不了解，特别是蒋、汪背叛革命后掀起的反共高潮、统一战线破裂、形势逐步恶化等，均未得到上级的指示，对统一战线下的北伐，尚报有一些希望。还是按照赵、李的安排，徒步起程去新乡找北伐军梁寿凯部联系。当日到磁县，投宿七师的党员杨文林家。因这一段系京汉路南北对峙的地段，安阳以北火车不通，乘杨代雇的马车到安阳，仍无客车，即扒乘机车，深夜抵新乡投宿小店。次日始找到第三军，与政治部取得联系后才住下来。我们本来谁也不知道大风已从武汉回来，更不知道他已过天津在顺直省委转了关系，并经省委确定，任省委直南地区巡视员。回来时路过大名，因战争未结束，即经南乐转来新乡。我们到政治部时才听说他已去河南临颍同学处取东西未归。真是喜出望外，只有等候。

在此期间，纪彬、大山代表中共大名县委与政治部长汪静涵谈过几次话，表达我们希望继续北伐的愿望，但由于形势恶化，中央未正式宣布，他也只好含糊其词。他虽表示欢迎我留下做宣传工作，但从我们愿望上，并无积极效果。

几天之后，大风返回，并带回讲习所的学习材料一大包。根据大风这次南去听到的情况，国民党已公开反共，湖南已大规模捕杀共产党及工农群众，军队亦到处清共。我党已举行南昌起义向国民党进行了反击，据说中央已召开紧急会议，但尚未看到文件。看来统一战线破裂已成定局，我们必须转入地下，走自己的道路。形势既已如此，我们再无在新乡停留之必要。我们商定，次日即与大风、纪彬、大山等人携带大风带回的学习材料，徒步经道口返回濮阳井店镇。这已是9月初了。

八、1927年9月，我们（刘、赵、李、成）回到井店镇后，在一个小学里住了下来，因形势问题大风已谈过多次，虽未见中央文件，但对形势已有大致了解。痛恨国民党破坏统战，断送革命大好局面，也痛恨我们自己的右倾机会主义路线，屈辱退让，助纣为虐。为取得共产主义革命胜利，只有靠走自己的路。我们这些人，在革命道路上，还都是小学生，这条路怎样走？除等上级指示外，只有自己摸索着干。

为此，我们四个开了个会。针对新的形势，着重研究解决了以下几个问题：

1. 组织变更。原县委书记李素若自红枪会围攻大名后，即离开大名回到濮阳，就任国民党县党部书记，目前整个形势已发生变化，共产党要转入地下，李已不适于继续担任共产党县委书记。在成立大名县委时，大风正在武汉，县委成员中没有他，现已回来，且任省委直南巡视员，因此推选刘大风兼任大名县委书记。其他成员分工不变。

2. 工作方针方法。国民党既已背叛革命并向共产党和工农群众开刀，我们摈弃对国民党的幻想而走自己革命的路。由于尚未接到上级指示，我们先按照大风带回的文件中《湖南农民运动考察报告》和《海陆丰农民运动》办法干，沿着脚印走，总不会出大错。先积极联系群众，进而发动组织群众。

3. 工作重点区域。在新形势下，我们应避开城市，偏僻一点可能更安全。沙区为两省边界，离县城较远，是我们开展工作的理想地区，应把工作重点放在这里。

4. 县委成员分工。因成员人数少，大风既是书记又是省委巡视员，要照顾全面。纪彬是本地人，关系多，各方面熟悉，长期吃住不成问题，为把集中力量投入重点地区，确定纪彬、大山两人都在沙区蹲点，吃住都在纪彬家，也便于掩护。成润仍回大名，负责照顾大名党团城乡的工作，与大风保持联系。

会后，大风即回南乐，我返回大名。

这次我们在井店镇，只是开了这次会议，研究和布置了今后工作，调整了县委书记，但并未重新成立“大名地方委员会”或把“大名县委改为濮阳县委”。对此，各人回忆有分歧、有争议。

九、这次会议之后，纪彬、大山即全力开展这个区域的工作，以千口纪彬家为基点，来往奔波于那一带村庄，吸收党员，培养群众骨干，很快打开了局面。不久即组建了中共濮阳县委，主要领导人是赵纪彬和李大山。县委成立后领导更加强了。后来那一带遍布各村的夜校，农会与地主豪绅之间的大大小小的斗争都是由濮阳县委领导的。据我所知，当时刘大风曾去过濮阳很多次，对开展的斗争曾给予指导，但他后期是以省委巡视员的身份去的，已不再兼任濮阳县委书记。

十、会后，根据会议关于分工的决定，我返回大名城内在家里住，大风来大名也住在我家。对党的八七会议精神，我已分头作了传达。特别是党、团员一律退出国民党问题，大家都分别表了态。

从 1927 年秋起到 1928 年，我一直根据县委成员分工负责大名的党团工作，并经常到南乐佛善村大风同志家（当时为大名县委基地）汇报大名工作情况。所以作为大名一县的县委，一直到 1929 年七师重新开学才成立，是工作开展较早、组建县委较晚的一个县。

文 / 成　润

刘大风与南乐县党组织的建立及活动

南乐县党组织的建立

南乐县党组织的建立，回忆起来，它是与大名七师分不开的。大名七师于 1926 年开始建立党组织。当时参加党组织的，南乐县的学生有刘大风、朱智仙、李调元、李渭川等同志。学校放寒假后我们几个回到南乐分头活动搞宣传，在很短的时间内，就发展胡通三、陈子敬、刘峰、徐西崑等入了党。我估计南乐县党组织很可能也是这年建立的，至于当时是否建立县委，已记不清。这年暑假以后，李调元同志任南乐县第一高级小学（简称南乐一高）教员，党的领导工作，很可能由他和刘峰同志负责。

在开始时，发展的对象多半是一些知识青年，而且是以国民党的名义出现的。我记得在开始发展党员时是分别对待的，对于那些成分不太好、革命意志不太坚决的人，只向他们宣传三民主义的主张和目的，并给他们说这是国民党的一种组织，只承认他是一个国民党员。至于对那些对革命有迫切要求的青年，才给他讲些共产主义的道理，并告诉他，我们这是共产党组织。对那些国民党员说，大家都是一样的。实质上是假借国民党名义，以扩大共产党组织，当时党内称这一部分起核心作用的分子曰“跨党分子”，这是不可能向纯国民党员说明的。这种情况一直延续到 1927 年夏季，梁寿凯所率领的国民革命军暂编第三军到达南乐时，还是这样的。北伐军和大名驻扎的奉军对抗不及一个月，仓促南退新乡，这时得到上级党组织指示，才知道国民党武汉政府已正式反共，国共合作破裂，我党要求所有跨党的共产党员要全部退出国民党。

我记得刘大风同志这时已从武汉学习归来，并放弃了在大名七师继续求学的机会，也到南乐一高教书。这个时期，估计南乐县委已经成立，负主要责任的应是刘大风同志。

在第七师范求学时期

我是 1923 年考上大名七师的，并于 1929 年暑假毕业。

大名七师党组织的创始人，我记得教师有谢台臣、晁哲甫、王振华、冯品毅、王虞傅、王守真等；学生有刘大风、赵纪彬、李大山、成润等同志。最早提出的口号，主要是反对帝国主义、反对军阀混战、反对贪官污吏、反对苛捐杂税。宣传的对象主要是知识青年；采取的方式，多半是个别秘密交谈，很少公开进行。

我在大名七师党组织建立不久即入了党，但并未参加领导工作，所以对党组织的具体情况，如怎样组织、领导人的具体分工、各种计划等，知道得并不具体。

我在入党后的初期活动，也不过是根据党的方针政策，做些宣传和发展党员的工作。我曾先后介绍了我村的陈子敬和在我村教小学的胡通三等同志入党。

1927 年下半年，大名驻扎的奉军很多，七师校园也被军队占去，因而学校便暂时停课放假。就在这种情况下我回到家乡，一方面教自家的几个小孩读书，一方面遵照党的指示进行工作。这时主要是向群众宣传国民党反动派已经叛变革命，只有在共产党的领导下穷人才能得解放。随后又介绍了我村杨好儒、杨好刚两个贫雇农入党，并建立了支部。

1928 年春，正当青黄不接的时候，我村有很多穷人已断了顿、没饭吃，党支部便提出卖公树以救济穷人。这个办法一提出便得到广大贫农的拥护，中农也表示同情，地主富农虽然用种种办法阻挠，但经过斗争最终还是取得了胜利。在此影响下，大大提高了农民的革命激情，在较短时间内，又先后发展了石良才、赵文魁、刘好善、刘可传、陈国太等 10 多名同志入党。此后在村党支部的领导下，与地主豪绅开展了打高粱叶、铲麦茬等一系列斗争。

我在南乐教书时期党的活动

1929 年夏天，我从大名七师毕业，记得当时刘大风已调顺直省委工作，党组织便叫我到南乐一高代替刘大风，名义上是教学，实际上是做党的领导工作。那时南乐县委一共是 5 人，除吴思温任书记外，还有李调元、刘峰、李渭川等同志，团委书记徐西崑也参加县委的领导工作。当然在人员组成上，有时也可能发生变化。县委领导召集会议一般是在南乐一高校园内，因为除刘峰同志外，其余几位同志都在一高工作（吴思温是伙夫）。县委的通讯联络和对外接头主要是在北街李调元同志家。

当时党的斗争任务，总的说仍是反对帝国主义的侵略和军阀的混战。具体说，就是反对贪官污吏，反对苛捐杂税，不过以前反对的是北洋军阀统治下的政权，现在反对的是国民党统治下的政权罢了。所采取的措施，除抓住机会在群众面前秘密口头宣传外，并经常秘密散发传单，告诉群众当前形势，揭露国民党反动派的罪行，以及应该怎样向统治者进行斗争等。在连续不断的斗争中，党组织有了很快的发展。当时基础最好的是县西佛善村、留固店，县东的节村和县北的任村等。从 1929 年下半年到 1930 年麦收前，党领导的斗争，在城内有徐西崑等同志领导的草帽辫工人罢工；在第一高级小学，有姚喜兆、彭儒等同志领导的反对国民党校长田玉巽的斗争。

1930 年春，刘大风来南乐传达上级党的指示，大意是说，革命已由低潮转向高潮，目前形势对革命极为有利，中央苏区红军最近要攻占武汉，使湘、鄂、赣全部成为我们的根据地。目前南乐群众革命情绪也很高涨，客观条件已经成熟，我们应马上组织红军，夺取武装，建立苏维埃政权，以配合整个革命形势等。我记得当时大多数同志虽没有表示反对，但心中感到莫明其妙；另外部分同志认为这样太盲动，是自取失败，表示不能接受，如负责领导工作的李调元就辞去了校长的职责，推着草帽往石家庄做买卖去了。其余同志虽说对组织红军信心不大，但仍根据上级党的指示积极布置工作，散发大量宣传品，号召群众起来进行武装斗争。是年 5 月间，我因为经常开会，常常耽误上课，并且就当时形势看，事实上在反革命分子田玉巽的监视下，教师不可能再当下去了，于是我便辞职回了家。

回家后，正赶上麦收时节，上级党组织发出了“麦收暴动”的号召，并安排向全县群众印发传单，宣传发动麦收暴动等有关情况。南乐国民党政府得知后大为惊慌。大概是 5 月底的一天夜里，国民党南乐县长孙振邦亲自率领全县民团包围佛善村抓捕暴动负责人，并枪杀了佛善村党支部书记吴铁头（吴书升）。当天夜里，国民党县政府又命令西邵集区公所会同县北民团第十二团，由乔崇疃村反动分子乔秀儒纠集附近各村自卫队气势汹汹地奔向我村抓捕我，但事前被王崇疃村农民党员王枣树同志得知，先行跑步给我送了信，于是我便急忙逃到村外麦地里。因敌人未能抓到我，便恼羞成怒，将我家中所有家具、物品，能抢走的抢走，不能抢走的尽行烧毁、损坏。第二天，未来得及向党组织请示，我就逃到大名七师，随后又匆匆赶往北京，从此便与党组织失去了联系。

文 / 石仙洲

我对刘大风及南乐建党初期工作的回忆

南乐建党前的时代背景

南乐县建立党组织是在第一次国内革命战争时期，国民革命军北伐已胜利地到达武汉，北方军阀的统治也发生了动摇，他们调兵遣将忙于战争，苛捐杂税达到惊人的繁重，当时民间流传着一句话：“过去大粪也有税，如今只有屁无捐。”很生动地说明了捐税繁重的情况，南乐县的情况更是如此。另外还有地主富农的高利贷剥削，也达到惊人的程度，有的日利为银洋元一个大铜板的高利，一年即超过本钱的两到三倍，贫苦农民负债累累无法偿还。一到年关，地主算账，便将贫苦农民仅有的几亩地夺去，后者被迫破产。我们村的大地主王多闻家，一个荒年即夺走贫苦农民的土地 180 余亩，却没有出一个现钱，其他类似情况还有很多。当时的农民在军阀地主残酷的剥削压迫下，无法生活，南方革命的影响又深入人心，所以当地很快就点起了革命烈火。在 1927 年 6 月初，采取了原始的革命组织形势，利用黄沙会、红枪会、白枪会等迷信组织举行起义（南乐县东黄沙会首领是刘小辫），他们的口号是“抗捐抗税”，曾一度占领冀南重镇——大名城，并在城西打死了一个直鲁联军的营长，砸坏了一辆汽车。当时我们曾决定参加领导，召集了大名师范的同学参加农民的队伍，但因时间过短，没做好准备，军阀的大部队就赶到了，展开了激烈的战斗，终因农民组织松懈，成分不纯，被镇压失败了，但农民的革命运动并未停止。

1926 年春，大名师范广大师生受到南方革命的影响，当时校领导谢台臣、晁哲甫、王振华等，学生刘大风、赵纪彬、李大山、成润等，都是进步的活跃分子，他们广泛宣传革命，介绍进步书籍。1927 年春大名师范党组织曾派刘大风同志到武汉进行联系，返回后即建立大名师范的党组织。

1927 年暑假，大名师范因战争暂时停止，直到 1929 年春始开学，在这一时期大名师范的进步同学即散居农村，进行革命活动，刘大风、石仙洲等同志也都回乡开始活动。晁哲甫老师还不断到佛善村进行帮助指导。有一次晁哲甫老师到佛善村时我也在场，他还分配我刻印文件，文件的内容我忘记了。因此我估计南乐县的建党活动是在这时开始的。

关于党组织在南乐的建立问题

根据我的回忆，南乐县党组织的成立是在 1927 年大名师范暂时停办之后开始的。可能先是在农村活动，建立农村的基层组织。至于什么时候建立县的领导机构我不清楚。我是 1929 年在县城南乐第一高级小学（南乐一高）工作时，参加了中共南乐县委。在我未去之前，我知道有刘大风、郭林田（濮阳人）、李景梅（李调元）、胡通三、石仙洲等同志，刘大风任书记。这些同志的家庭成分，我知道刘大风是中农，李景梅是家庭手工业小业主，胡通三是贫农，郭林田也是贫农，石仙洲是地主，至于南乐创始人问题，我想应是刘大风同志。

1929 年 7 月—1930 年 6 月，我到南乐工作后，刘大风、郭林田两位同志被调到直南特委工作。刘大风同志还负责领导南乐县的工作，他不断参加我们的工作会议。他们二人走后南乐县党的领导机构有些改变，决定由石仙洲任书记。其他委员有李景梅、胡通三、吴思温、李渭川等5人。

关于佛善村麦收暴动问题

1930年5月初（麦收前）由直南特委冯和斋（冯温）到南乐布置麦收暴动，一同来的还有刘大风。当时的情况是南乐县的基础工作还很薄弱，只有两三个村庄有我们的组织，组织农民暴动连县委都没有信心。当特委领导人冯和斋布置暴动工作时，绝大多数人都不同意，并提出组织基础薄弱、力量不足以及没有武装等问题。这些问题都没有得到解决，冯和斋只说南乐客观条件已经成熟，只要我们登高一呼，四方农民即可响应，强调困难是右倾等。当场李景梅即提出不干了，要求退出，其他同志都没作声。

既然党组织已经决定，自然要执行。我们即连夜写传单、鸡毛信，并向县东一带传递，几天之后毫无回音。到6月间，刘大风回到南乐召开县委会议，讨论农民暴动问题，李景梅、石仙洲都没有参加，胡通三是否参加记不清了。参加会议的仅有刘大风、吴思温和我。这次会议是刘大风同志主持的，地点是在北关野外。在会上刘大风同志提议让我当大队长，我感觉既无军事经验，也没有武装，暴动起来如何办呢？进攻的目标是什么？行动的方向是什么？都没有明确起来，面面相觑，均无对策。最后刘大风同志提议先到佛善村召开一个农协会议，动员一下看情绪如何再作决定，会议就这样结束了。

农民协会的召开是在佛善村东南野地召开的，我和刘大风、刘峰、吴书升、吴思温等都参加了这个会，到会的有几十人，人数多，成分也不纯，见到我的亲戚也参加了会议，他是富农，还有他的本家是地主，其他的人就不知道了。有的开着会就走了，有部分人的情绪还很好，本来是会后研究决定行动方向问题的，不料走漏了消息。第二天黎明时分敌人就包围了这个佛善村，实行残酷镇压。吴铁头（吴书升）被杀害，还有刘介寿、潘彬两个同志被捕。恐怖的消息立时传遍了各村，其他村的负责同志大部分隐藏起来，有的逃到外地去了，使革命遭受了一次挫折。

这次事件发生后，敌人一连几天到处抓人，我也是他们抓捕的对象，适逢我外出买菜籽，五六天没有回家，后经人担保才平息完事。这年 8 月，我被调到直南特委，以后的情况我就不知道了。

文 / 李渭川

刘大风与佛善村党组织的建立及斗争

我参加共产党是在佛善村参加的，介绍人是刘大风，时间大概是在1926年底。

1925年以前，我是一个半耕半读的农民，一方面苦读诗书，另一方面耕种田地。当时由于军阀混战，土匪猖獗，群众倾家荡产的不计其数，有的被逼得逃往山西，有的无奈闯关东，那时卖儿卖女、逃荒在外，是我们南乐稀松平常的一件事。我想农民遭受这些涂炭，也就是旧政府所造成的，如果不推倒旧政权，人民便不能得到自由，不打倒土豪及地主阶级，人民的生活便不能得到改善。当时我虽有此心，但也不知从何着手。1925年春节，我在近德固串亲戚时恰遇妻妹丈李珂（国民党员）也去拜年。当时我与他扯起闲话来，他说治国安民只有两个主义：一是三民主义，二是共产主义，但三民主义没有共产主义受人欢迎。自从听了他谈的这两句话以后，在我脑海里就有了共产主义的印象。同时，我又把我村的阶级情况分析了一下，那时佛善村共有800余户，有土地9200余亩，占地最多的是4户地主，其中，有一户地主竟占地3200亩；富农5户占地800余亩；余下农户只占5000余亩。这样如果不去掉地主与富农这两个阶级的话，贫苦农民的生活永远是不会有保证的。从此，我更加坚定了共产主义思想。大概1926年底，刘大风从大名七师放寒假回到家乡，我与他闲谈时说："共产主义如果实现了，就会人人有饭吃，人人有活做。"他故意问我："你说共产主义好吧，政府知道了要杀你的头！”我说：“不怕！就是杀头我也得说。”这样争论了好几次，刘大风看到我是一个名副其实的共产主义的同情者，就介绍我入了党。随后，我介绍刘介法（原名刘介寿）、潘彬（原名潘真）参加了党；接着又继续发展村东头的吴书升、吴思温。根据刘大风的指示，先后建立了党小组和党支部，由我担任组长和支部书记（那时组织规定三个党员可建立支部，单线领导）。约在 1927 年 5 月初，在刘大风亲自指导下，党支部发动全村的农民与地主豪绅进行了铲麦茬斗争，7 月份又发动了打高粱叶斗争。铲麦茬与打高粱叶斗争均取得了胜利，从而激发了贫苦群众的积极性，趁此机会又发展党员 20 余名，记得有朱喜文、三老张、大老张、二陈庄、潘善、王发财、李同学、孟铁锤、二麻斗、冯七、李二顿、李向善、大牙兴、潘歌、潘洪渐、刘住卿、张起、杨明堂、大乐、李桥等，下分两个小组，大概是刘介法、吴书升二同志为组长。

因为佛善村比较先进，党员又多，上级党组织就确定佛善村为中心村，继续向外村发展，经过党支部研究，把南乐县西划为三片，豆村与岳村一带由吴书升负责，进行宣传和发展党的组织；岳固及寺庄、减店等村由刘介法与李二、马豆负责；蔡庄、君泽村、张庄等村由潘彬及李同学负责。发展成绩最好的是岳固和豆村两个村。

当时以红枪会的团体为基础，佛善村组织了农会（穷人会），随后就开始与地主豪绅开展了一系列斗争。

我记得 1927 年秋天就发动了一次拾秋斗争。当时佛善村党组织为了使贫苦农民吃饱饭，就组织穷人拾地主的秋，地主不愿意的话，我们党支部就出来组织群众与地主作斗争，这样地主也无办法，只好眼看着他们去拾秋。

1928 年春天，因地主私卖庙会地，“穷人会”与地主豪绅开展了一次算公账、反贪污的斗争。我记得这次斗争比任何一次都激烈，参加的贫苦群众大约有 300 人，在大街上与地主吵嚷十数次，结果地主向群众低头道了歉，退出了私卖庙会地的贪污款项，并分给了贫苦群众。

1928 年 7 月，上级党组织把我调到邢台中心县委。在邢台，由于党组织公开进行宣传，并大张旗鼓地与敌人开展斗争，次年春天邢台中心县委就被敌人破坏，县委主要领导人及数十名同志被捕。当时我也同时被捕，但因敌人对我不大重视，我就趁机逃回大名，在与大名中心县委接上关系后，组织上又派我到南乐工作。

1930 年 4 月底，由于受李立三“左”倾错误路线的影响，上级党组织要求组织麦收暴动。麦收暴动是以南乐为中心，清丰、濮阳、大名、肥乡等也相继制定了暴动计划。当时南乐县有基础的村庄主要有佛善村（支书吴书升）、古寺郎（支书王文远）、操守（支书王梅）、百尺（支书韩旺）、留固店（支书胡通三），其他还有任村、近德固、烟里、东节村、王方山固等村。我记得第一次讨论麦收暴动的会议是在烟里开的，参加的人员有刘大风、潘彬及刘介法等同志；第二次会议是在南乐北关老爷庙北边召开的，参加会议的有李调元、李渭川、石蓬山（石仙洲）、陈钦（陈子敬）等。这次会议刚一开始，李调元及陈钦二人要求退党。石蓬山、李渭川马上叫我上井店找刘大风解决这个问题。但徐西崑对我说，县东节村在姚喜兆领导下群众已经发动起来 3000 多人，姚喜兆要求我马上到那里去领导。我得了这个消息后，随即就去了东节村，但走到东节村姚喜兆跑了，那里的群众也散了。于是我又返回南乐。当我走到北坟上遇见两个推小车的说，佛善村被反动民团包围了，有三个党员被捕，支书吴书升被伪县长孙振邦枪毙了，等等。我听到这个消息后，也不敢再回南乐，就跑到郑州躲避起来，从此南乐党的活动就由高潮转入了低潮。

文 / 刘　峰

刘大风与佛善村早期革命斗争情况

我原名刘介寿，男，现年 60 岁，是本县近固乡佛善村人，贫农成分。

我记得在七八岁时，家里生活很困难，父亲在本村教书（黑学），每年只七八千钱。因为我的年龄小不能给人家扛活，就只能在家拾柴、拾粪，到晚上还掐辫子。到十一二岁时随父亲上二三年的学，因为我不喜欢读书就退学了。20 岁时与常庄地主常玉部做活，每年只几千钱，因为钱少在常庄住了一年就回家了。我回家后一面侍候父母，一面耕种自己的田地，当时家里人多地少，打下的粮食根本就不够吃。25 岁时我又与本村刘峰扛活，在与刘峰做活的时候，他不断与我讲马克思主义道理，说："现在这个社会真不合理，穷人经常劳动，一年到头还吃不饱、穿不暖，地主及富农不劳动还吃得好好的，穿得好好的，这能算合理吗？"我问怎样才算合理？他说："人人有饭吃，人人有衣穿，谁也不剥削谁这才算合理。"他与我谈话后，又过了四五天的光景，刘峰就介绍我参加了中国共产党，时间是 1927 年 3 月 18 日。当时我村党员很少，我记得有刘介风（刘大风）、刘峰及我共 3 个人。因为人少形不成一个支部，接着又介绍吴书升、孟仙州、孟学文、潘善、吴思温、李同学等也参加了。随后就建立了党支部，以吴书升为支书，吴思温为组织委员，我为宣传委员。因为人少不能搞大的活动，刘大风就安排我们一方面做一些发放传单、发展党员等工作，另一方面也找些机会与地主闹事。当时因为本村地主对穷人非常刻薄，变着法剥削、克扣穷人。党支部就趁此机会发动全村穷人与地主作斗争，如地主的麦茬不让铲，党支部就组织穷人非铲不可；谁的高粱叶不让打，就组织穷人专打他的高粱叶。还有一次地主把庙会的地卖了，并借口说是办公用的，穷人不愿意，就马上集合起来与地主开展斗争。当时，村里分穷富两党，刘大风就指导党支部带领"穷党"们（穷人会）在街上与地主公开说理，结果把钱退回重新分给了穷人；又有一次本村组织一个会道门（蟠桃会）在街上大肆宣传，说谁参加了能保佑谁家平安，等等。因为当时群众普遍觉悟低，参加这个会道门的很多，党组织为了破除迷信，把这些受迷惑的穷人拉回来，就有好几个党员也参加了"蟠桃会"，现身说法揭露他们的迷信活动。后来群众就都不相信了，"蟠桃会"也就慢慢地解散了。

大概是 1928 年 8 月间（时间记不清了），佛善村党支部为了进一步发动群众，扩大力量，就组织数十个儿童（有杨玉修、潘同等）去摘地主杨善堂的瓜。杨善堂不让摘，这几个儿童就合伙把杨善堂捆起来打了一顿。随后，杨善堂就依靠关系把这些儿童告到了国民党县政府，国民党政府随派人把这些儿童全部抓去，并把每个人痛打了一顿才放回。为了团结广大贫苦群众，刘大风就安排我带上他的亲笔信，去大名向程梓（地下党组织联络人）要了 60 元钱，然后，由他和刘峰亲自把钱送到了杨玉修及潘同的家里，以此对他们进行安慰。

1930 年 5 月间，在刘大风的领导下，发动党员及贫苦群众决定在全县举行麦收暴动。当时计划先收缴民团局的枪，然后再收割地主的麦子，准备到 5 月底就要下手，谁想地主的狗腿子杨明堂将此事报告给了地主杨贵，杨贵又报告给国民党南乐县长孙振邦。当天夜里由孙振邦亲率全县民团把我村重重包围，并将村支书吴书升枪杀，把我和潘彬逮捕入狱。从此我村的党组织活动基本上就停止了。

文 / 刘介法

刘大风在南乐一高的活动情况

我是1926年考入南乐第一高等完全小学（以下简称南乐一高）的，1927年因北伐战争而停学，1928年初重新开学上课。这时学校校长是李景梅（李调元），新调来几位教师有刘大风、石仙洲、李渭川、王师韩等，据说，他们都是共产党员。刘大风讲语文，石仙洲讲历史。他们在上课时讲解的内容，基本上没有按照课本上讲。讲的语文多数都是刘大风老师自选或自写的文章，如他自己写的有这么一首诗：在群鸡乱叫声中，暮色苍茫时分，整好行装，辞别了双亲……下面的我想不起来了，其中大概意思是这样的：在夜色深沉的情况下，在崎岖的道路上，踟蹰前进，走上征途……当时读起来朗朗上口，就如读长诗一样，认为比课本上的内容有趣味多了，后来才知道他是在写革命的大好形势。同时，他也给我们介绍当时所谓“左联”作品，如鲁迅、郁达夫、郭沫若等著名作家的文章以及《新青年》等读物。有时他和李渭川、石仙洲也讲唯物主义，讲啥叫“唯物论”和“唯心论”，啥叫“价值论”“劳动价值”和“剩余价值”，并结合工人、农民和资本家、地主的关系讲啥叫“剥削”与“被剥削”。在历史方面，主要讲历史进化论以及原始社会、封建社会和阶级斗争。当时讲这些是处于半公开状态。这样学习了几个月，在思想认识上有了很大变化，对过去读的“四书五经”封建理论那一套，如仁义礼智信、忠孝节义、三从四德和有神论全抛到九霄云外，认为那只不过是封建统治手段。

从此，在思想上对农民及被压迫者逐渐有了同情心，认为只有唯物主义是最正确的东西，是真理，并对共产主义有了初步的认识，感到是应信仰的主义。

麦假开学后，在一篇作文中我以“锄禾日当午”作题目，讲述农民在割麦时挥汗如雨，打高粱叶时在那闷热不透风的高粱地里，身上的汗水和一片一片的高粱叶粘贴在一起，到头来一年辛勤劳动的果实所剩无几，自耕者被苛捐杂税所勒索，雇耕者又被地主所剥夺，表达了自己的义愤和不平。刘大风老师在给我批改作文时发觉了我思想认识的变化，圈点并加了评语。此后，他在课外就经常安排我帮他刻写蜡纸、油印资料并抄写讲义，我与他具体地接触，这算是第一阶段。

1928 年 7、8 月间的一天晚上，刘大风老师在他住的屋里很严肃地对我说：“你看共产主义好不好？像现在苏联那样，没有资本家和地主的压迫剥削，人人平等。”我说：“那当然好喽。”他问：“你愿意参加共产党不？共产党是个政党，是为共产主义奋斗，为穷人办事，为无产阶级服务的。”我说：“愿意！”他说：“你今年才 17 岁，还未成年，应参加共青团，因咱县没有团组织，你就作为特殊情况直接参加共产党吧。”随后，他就安排石仙洲做我的入党介绍人，并成立了党小组，吴子正当书记，我当组织委员，张学颜当宣传委员，每人负责发展两个党员。我后来发展了张双林和杨深堂。这算是第二阶段。

第三阶段是开展党的工作，除每日课外写蜡纸、油印讲义之外，到夜晚在刘大风屋里，他又给我安排了一件党的秘密工作，就是利用《大公报》《益世报》传来的秘密文件，用碘酒涂刷后将显示出来的字抄录下来。同时，他有时候还给我讲解当时的国际国内革命形势如江西瑞金是苏区，是苏维埃中央，那里的形势如何搞得红红火火等，使我思想认识有了很大提高，工作更加积极。同时，还有目的地在同学中间进行宣传，夜晚熄灯以后一同上街贴标语、散传单。开党组织会议时为了隐蔽，也是选择晚上去校外城隍庙里开。当时，我主要是与刘大风、石仙洲两位老师秘密接触，与校内其他党小组一般不发生横向的联系。后来，刘大风老师被调到外地工作，直接接触的机会就少了。

文 / 姚喜兆

刘大风与革命策源地南乐一高

20 世纪 20 年代，南乐县最高学府算是南乐乡村师范和南乐第一高小学校(简称“南乐一高”)了。当时南乐一高的教育方针是以“礼义廉耻、孝悌忠信、八德四维”为中心，用封建理念来灌输学生的思想，教师老朽腐败，封建落后思想始终统治着他们的头脑。1928 年春天，李调元接任校长，教师也是从大名七师聘请的，如刘大风、石仙洲、李渭川等，听说都是共产党员，从此这个学校发展进入了一个新阶段。首先在课程上废除了古文“四书”,建立了学校图书馆，购买了大批的社会科学及文学书籍，强调“学生自治活动”。在教学方针上提倡“以作为学”，学校训育标准第一条就是：“青年要有革命的人生观，要养成工农的身手……”从此，同学们接受了一些新鲜的事物和知识，深刻体会到那些八股文先生害得我们太苦。这一年是同学们在思想上变化最大的一年，澄清了思想上的许多糊涂观点。对旧社会人吃人的剥削制度有了初步的认识。常听刘大风老师在讲课的时候说：“现在的政治是统治阶级压迫被统治阶级的工具，想得到真正的自由解放，只有推翻现在的社会制度，建立一个新的社会制度。”从此，同学们对旧社会的压迫剥削制度感受越来越深。当时同学们受刘大风、石仙洲、李渭川三位老师的影响最深，特别是刘大风老师在同学中最有威信，他教的中国历史是他自己编写的，他完全以唯物主义的观点立场对旧社会作了透彻地分析和批判；他选的国文教材也最富于革命性，他亲手撰写的新诗对同学们启发教育最深，至今已过去 20 多年了，还深刻印在我的脑子里，现在我把它重抄在这里：

听！是沉重的炮声！听！是杂乱的枪声。要闻声而奋起！
听！是敌人重伤的叫苦声；听！是敌人溃退的脚步声；
挥戈杀场的朋友们，要勇敢地杀上前去啊！

此外，我还记得他写过一首“征途”：为了环境的压迫，真理的探寻，在群鸡乱叫声中，在晓色苍茫的时分，我整好了行装，辞别了双亲，开始了漂泊的生活，离却了旧故的友人。我在雪的旷野间行走，在坎坷的道路上驰奔。这时残星已落，月色已沉，只有阴森的冷风,吹透我的寸心。我踏遍了层层的黄沙,穿过了密密的重林；沙上笼罩着惨白的冰雪，林中吼出夜鸟狂鸣的哀音……我寻不见遭了残杀的英魂，我只见到荒草乱石中的殷红血痕……

这首诗完全是他自己革命的写照，一个革命者为了追求真理，为了解放全人类，什么危险、什么困难，都可以被革命的热情熔化。刘大风老师不但把新诗写得深刻富于革命性，他选择的旧诗对同学们启发也很大，如：

昨日入城市，归来泪满巾；
遍身罗绮者，不是养蚕人。
二月卖新丝，五月粜新谷；
医得眼前疮，剜却心头肉。

总之，他选择的国文教材对同学们教育启发很大，绝没有那些风花雪月的文章。当时他的一举一动、一言一行对同学们都有深刻的影响。他还经常宣传苏联社会主义制度如何合理，人民的文化物质生活如何优越，马克思列宁主义的真理一定会在中国实现等。同学们在刘大风老师的教导下，接受了很多新鲜事物，思想普遍有了很大提高。在我们毕业前夕，经他的指点启发，陈仰贤、姚喜兆、王西领等都参加了共青团的组织，当时我虽然没有参加组织，但印象是深刻的。后来我考取了大名七师，经刘同方同志介绍参加了共产党。现在回忆起来，南乐第一高小学校不愧为革命的策源地。

文 / 孙汉章

刘大风接任邢台中心县委书记的前后

我是 1929 年 8 月间，由清丰县委书记调到邢台中心县委担任宣传工作的。当时中心县委书记是张振邦（又名冯温），组织委员刘大风，秘书是林玉平（又名喻屏，濮阳井店人）。

我原名王启瑞，又名王近瑞，在邢台化名王振山，现名王铣铁。为工作之便，开始阶段，曾化装为挎篮小商，卖花生、水果糖等，暂时住在城东街木匠铺楼上。张振邦、刘大风二人租住一地，化装成天津《大公报》地方记者。秘书林玉平带妻子另住一处。

是年秋末冬初期间，张振邦调他处工作，刘大风接任邢台中心县委书记，组织委员仍是大风自兼还是谁当，记不清了。不久又从南乐县调来刘峰任农运，他与大风同村。我仍做宣传，随后从濮阳调来个王文田担任中心县委交通员，秘书仍为林玉平同志。这时中心县委机关移到城西南二三里远的南瓦窟面坊里。常驻机关人员为刘峰、王文田、林玉平及他妻子。对外玉平是记账、掌柜的，刘峰是跑外的，王文田是磨面伙计，玉平妻子做饭也帮磨面。我一人在羊市街另租两间房子，计划到外县或下乡活动时化装卖纸笔的，回到住处即卖面。

中心县委开展革命活动情况有如下几个方面：在邢台城关加强了解工人、贫民、苦力、小商贩生活情况，宣传鼓动反厂方剥削、反苛捐杂税、反高利贷以及号召群众组织起来，争取改善生活待遇的斗争。

在农村，首先联系雇农、贫农组织赤色农会，酝酿反地主、富农、高利贷斗争，反对国民党新军阀混战，反对抓兵拉夫。当时城西张信卿、城东祝村刘万善等同志，各在自己家乡进行工作，建立赤色农会，通过斗争吸收积极分子入党。

在中小学，当时主要在直隶十二中、邢台一高、三高教师及学生中发展进步分子，宣传革命思想，揭露国民党已变成“刮民党”的反动面目，以进步分子为骨干组织学生会，通过活动吸收先进分子入党、入团，建立党、团组织。

搞兵运：派党员到驻邢台晋军当兵，了解士兵生活情况、官兵关系情况、组织反克扣兵饷、虐待士兵、贪污等斗争。当时派两个学生党员即王卓如、赵子云到驻邢台晋军当兵进行活动。

中心县委驻地及联系方法：我 1929 年后半年曾找到张振邦、刘大风两人住处接过一次头，是在城内，至于街道具体地点忘记了。刘大风任书记后是在原处还是又移动一个地方也忘记了。到开面坊作为县委机关，县委几个人的联系方法主要是个别接头，地点不固定。有时上城墙装作散步进行谈话，有时在郊外墓地装作游玩谈工作。一般是中心县委书记或委员个人在住处接头后，就外出找个便于谈话处谈工作。

入冬后，刘大风任书记，另住一处；我仍住木匠铺。这一段的联系办法除上述个别接头外，县委主要会议有时就在郊区面坊深夜里召开。

和省委联络办法：除省委派员下达指示，中心县委给省委报告工作采取秘密通讯方式。中心县委和所属县联系，也大致如此。中心县委有时奉省委函召，到省委驻地汇报工作、接受指示，张振邦、刘大风都曾去过顺直省委所在地天津。

到年终至 1930 年初，刘大风由省委调走，我接任中心县委书记，随后又介绍来濮阳县的刘汉生、王卓如（又名王立仁）、赵子云三位同志。刘汉生担任中心县团委书记，王卓如、赵子云被派到驻邢台晋军搞兵运活动，邢台第三高小教员赫耀星（内丘县人）担任宣传，邢台第一高小教员刘万善（祝村人）担任兵运委员。农运、秘书、交通没变动。

文 / 王铣铁

我知道的刘大风与邢台中心县委的一些情况

1928年夏天，中心县委机关由邢台南门里木匠铺搬到南关西头（是肥乡一个开木匠铺的人给介绍的），我和刘大风住在这里，郭喻屏还住在南门里那个木匠铺。是年秋天，刘大风找大名七师校长谢台臣及教员王振华、晁哲甫捐了一二百块钱，我们在南关西南边（即南瓦窑）开一面坊，专磨玉米面，并调刘大风的叔父刘峰在那里经营，郭喻屏和他老婆也到那里住，这样一方面掩护县委机关，再一方面解决经费问题。另调濮阳一个年轻人（可能是王文田）负责团的工作，公开职业是拉洋车。1929年下半年调清丰县王近瑞来，负责邢台县党的工作，公开职业是卖花生。同年秋冬之交，我调到河北省委农民部给郝青玉同志当秘书，中心县委工作由刘大风负责。到阴历腊月三十，我又回到邢台，在磨坊里和刘大风一起过年。那时上边不给经费，生活很苦，一块吃玉米面窝窝头，也没有菜，弄点盐蘸着吃。这次回邢台时，省委给我开的介绍信职务是直南巡视员，我和刘大风很熟，也没让他看信。来时省委张金刃洽谈，主要任务是搞农民游击斗争，重点到南乐、清丰、濮阳一带，我和刘大风一块去了，这时“立三路线”开始抬头了。邢台中心县委被破坏时，我和刘大风分别在清丰、南乐。我从邯郸沿平汉线向北走时，在半路不记得在哪个车站上遇到郭喻屏同志往南走，他说邢台中心县委被破坏了，我们一同回邯郸。后来成立直南特委，我任书记，刘大风任组织部长，郭喻屏任秘书长。1931 年冬，我调到天津市委工作，就离开了直南特委。

文 / 冯　温

回忆刘大风及南乐县党组织的恢复与活动情况

1930 年 9 月，中共直南特委组织部长刘大风同志把我介绍给中共大名县委，由许同云同志为我举行了入党仪式，并分配我回村向群众宣传党的政策及革命形势，开展恢复党组织的工作。

11 月，许同云同志来我村巡视工作，我汇报了工作情况，他代表县委批准了袁耕同志和袁湘同志入党，建立东邵村中共支部，指定我担任支部书记。

1931 年 2 月，中共直南特委老高同志（高克林）指定我进行恢复南乐县党组织的工作。

4 月，先后恢复了中共后陈村支部、中共留固店支部、中共近德固支部、中共东节村支部的组织关系，向老高同志汇报后，他指示恢复中共南乐县委，指定我担任县委书记，陈仰贤同志担任组织委员。

1932 年 2 月，老高同志指示建立中共大名中心县委，指定李云成（农民抗日战争中投敌）担任中心县委书记，分工领导盐民工作；许同云同志担任组织委员，分工领导大名城区工作；我担任宣传委员兼中共南乐县委书记，分工领导农村党的工作。为了筹集一些活动经费，又指定我寻找职业，为南乐县官庄村私立小学校的教员。共青团直南特委刘同方同志参加中心县委，分工领导学校和共青团工作。同时，指定王同兴同志参加中共南乐县委，担任宣传委员。

夏天，中共河北省委 ××× 来南乐县巡视工作。代表省委决定中共河北省委和中共南乐县委发生直接联系，并规定了联系暗号。

秋天，共青团河北省委杨三来南乐县巡视工作，代表中共河北省委布置了组织和发动群众进行合法和非法的阶级斗争，准备举行暴动起义的工作。

九一八事变后，群众革命热情高涨，由于党员同志的积极工作，大名一带党组织和赤色群众的组织都有了大的发展。不仅原有的党组织和赤色群众人数有了发展，如中共东邵村支部的党员增加到了 9 人，而且农协和青年组织也有了扩大，以他们为核心团结群众进行了几次经济和政治斗争，都取得了胜利。同时，还发展了一批党的支部、农协、青年组织。在这些村里，村政权基本上都在党组织的掌握之中，并适时向群众宣传了党的抗日主张和革命大好形势，批驳了国民党的污蔑和诽谤。党的影响扩大了，形象也鲜明了。这时党组织的分布情况是：（南乐县）县城以北，中共东邵村支部，书记是袁湮同志，组织委员是袁湘同志，宣传委员是袁昭同志；中共官庄支部，书记是任训同志；中共韩村支部，书记是魏春和同志；后陈村、北坟村、梁方山固村、古宁甫村、五花营村各有一个党员；属于大名县的北任村有一个党员；大名东部有股土匪，他们的头任三同志是党员。由于大名卫河以东没有党的组织，所以划归南乐县，袁湮同志领导北任村的党员，我直接领导任三同志。

南乐县城以东有中共东节村支部，县城东南有中共烟庄支部，县城西南有中共留固店支部，县城以西有中共近德固支部，卫河以西吴村有两个党员。中共城关支部有李宝善、魏焕新、端木斌亭、李渭川、胡通三等党员，王同兴同志兼支部书记。

1933 年 2 月，老高同志传达中共直南特委决议，把大名七师驱逐校长郭鸣鹤斗争中被开除的学生党团员的组织关系转到南乐，计有卫河西的孙汉章同志以及他建立的中共孙村支部；还有卫河东岸与孙村隔河相对的一个庄两名被七师开除的学生党员，以及由他们

发展的 ××× 村的中共支部（忘记村名和人名了）；转到城关区的有宋同发和端木宪勉同志。

由于党组织的扩大，领导任务的加重，老高同志指示我脱产辞去教员职务，不再兼任中共南乐县委书记职务，协助刘同方同志领导大名、南乐、范县、成安的党组织工作。

中共南乐县委书记由陈仰贤同志担任。王同兴任组织委员，宋同发同志担任宣传委员。共青团南乐县委书记由端木宪勉同志担任。

因为县城以北的党组织较集中，老高同志指示建立了中共城北区委，由袁涭同志担任区委书记兼东邵村支部书记。

3 月，刘大风同志来大名一带巡视工作，代表直南特委宣布老高同志调动工作，不再与他发生组织关系。（后来老高同志来我家住了半月多，向我说明他调中共河北军委工作了。）

6 月间王从吾同志来大名一带巡视工作，代表中共直南特委宣布刘大风同志调动工作，不再与他发生组织关系。（不久，就了解了刘大风同志调六河沟煤矿工作，并被逮捕。）

1934 年 3 月（农历二月二）南乐县委再次被破坏。

文 / 袁　声

我在南乐及对刘大风的回忆

1937 年 5 月，我从大名七师毕业后，即被南乐县教育局委任为教育委员。这给了我一个利用教育委员身份，到各地揭穿日本帝国主义侵略罪行的机会。我利用活生生的事实及各种形式，向广大民众特别是在教育、文化界，揭穿日本帝国主义正在一步一步地进行着灭亡我国的步骤。结合从 1931 年 9 月 18 日，日本帝国主义占领了东北辽宁、吉林、黑龙江、热河四省后，接着在冀东 22 个县成立了防共自治政府，并策动华北特殊化，国民党政府与日寇签订了《何梅协定》，成立了冀察政务委员会的事实，讲明日本帝国主义者亡我之心，并说明我们必须及早做好抗日的准备及我们必胜的道理和条件。七七事变一爆发，我就立即参与发动了南乐县各界知名人士组成的“抗敌后援会”。并组织指挥修正道路和向抗日前线运送给养的支前工作，还主动担任了全县乡村干部抗日训练班的主要讲师，宣传抗战必胜，坚持敌后斗争和救护伤病员、防空常识等内容。教材是我根据《陕北通讯》中毛泽东同志对敌后抗战情况的预测和我党坚持抗日的主张编写的。

1937 年 8 月底，晁哲甫同志从大名七师撤离，路过南乐县，向我建议成立“抗日救国十人团”（为党的外围组织）。我在成立大会上被选为团长，郭彩岑（南乐县乡师校长）和邵汉三（南乐县乡师历史教师）以及王国华（南乐县二高教员，新中国成立后曾任山东省水利厅厅长）被选为副团长。抗日救国十人团成立后，我率领这个组织开展了三项主要工作:(一)积极发展抗日救国十人团的组织，特别是在青年知识分子中做发展工作。由于当时整个国家正处于抗日高潮,全县5个区及重点村、镇很快都组织了抗日救国十人团。(二)发展秘密武装小组，准备成立抗日武装（救国军）。这项工作得到了广大民众的响应，旋即以抗日救国十人团为骨干，参与建立了党领导下的河北民军四支队。这支部队很快发展成为冀鲁豫一带的一支抗日主力军。(三)通过各种关系开展了抗日民族统一战线的工作。当时特别强调做好12个民团首领的工作，争取团结他们同我们一道抗日。这项工作取得了积极的成效，尤其是孙黑团的张建初、近德固团的赵冠经和福堪团的任善长，通过我们做工作，他们在整个抗日战争时期同我们党的关系始终比较密切。

1937年9月，直南特委书记刘大风同志在留固店邵汉三同志家，邀我汇报抗日救国十人团的情况及全县形势。他听了我的汇报后，即对我明确宣布说："我代表直南特委正式通知你，从今天起就由你担任南乐县工委书记，刘同方、陈仰贤同志为委员，组成中共南乐县工作委员会。你除负责全面工作外，把重点工作放在县东（包括大名、莘县、朝城一带），那里是三省四县天高皇帝远三不管的地区，你在那里很有影响力，可以放手开展工作。刘同方同志把重点放在县西，也是个三不管的地区。陈仰贤负责组织联络。南乐县工作委员会的主要工作，就是你讲的那三项：一是在抗日救国十人团中做好发展党员组织的工作；二是当前最迫切、最重要的一项任务就是建立抗日武装（即后来的河北民军四支队）；三是继续抓好统战工作。"

此后，我由于有了上级党的直接领导，心中有了主心骨，革命热情更加高涨，工作更加积极了。很快就把抗日救国十人团中的骨干转为党员，先后成立了城关、韩张、近德固、福堪、西邵5个区的工作委员会。在积极发展党组织的同时，扩大抗日队伍工作也取得了很大成效。四支队在古城大集合时，我一次就带去了30多人，其中多为党员和抗日救国十人团团员。

1938 年 5 月，我军收复南乐县城后，我和刘同方同志在宋谷金楼召开县、区领导干部大会，根据特委指示恢复了南乐县委。新组成的人员有我和白潜、李景温、郭良才、付润泽等同志，同时，刘同方调特委工作。在南乐县成立抗日政府时，我被委任为民训科副科长兼乡村干部训练学校校长，并在群众大会上被推选为抗日救国会主任。

1938 年 5 月至 9 月，我以民训科长和校长的身份，在南乐县的县城内原女高、韩张镇的原二高、元村镇的原三高等，先后举办了四五期基层干部训练班，受训人数达五六百人，从中发展了近百名党员和民先队员。这些干部受训回村后，绝大多数都参加了抗日工作。

1938 年 9 月底，特委派我到广平县任县长兼县大队队长，从此我便离开了南乐。

文 / 郭献瑞

冀鲁豫边区第一支抗日武装的创建与发展

1937年10月，中共直南特委负责人刘大风同志在日寇大举进攻华北，国民党军队节节溃逃的形势下，在河北省南部地区南乐县西留固店村举起抗日大旗，建立了一支抗日武装——河北民军第四支队。开始，该部用了一八一师游击队的番号，组织了五六十人，半个月后转移到清丰县古城镇，正式改名河北民军四支队，以后发展到1000多人，成为冀鲁豫边区这个重要战略地区第一支在共产党领导下的抗日武装。

1938年6月初，四支队编入八路军一二九师东进纵队为七支队，后又改编为东纵三团、一团、一二九师七旅十九团，几年中转战在晋冀鲁豫边区各地，屡建战功，1941年秋，十八集团军总司令部授予十九团为一二九师模范团光荣称号，载入人民军队的光荣史册。

这支队伍，从无到有，从小到大，由弱变强，是经过了一条不寻常的发展道路的，其中也有许多经验和教训。

这篇回忆录记述了这支队伍从创建到改编为八路军正规部队以前的发展过程。

历史背景

冀鲁豫边区，处于河北、山东、河南三省交界处，东沿津浦，西临平汉，南跨陇海，北接冀南，自古为兵家必争之地。这个地区黄河自西南向东北流去，黄河故道形成的沙区，长二百余里，宽20—50里，遍及滑县、内黄、濮阳、清丰、南乐等10余县，沙碱地比重很大，人民生活十分贫困。加之民国以来，军阀混战连年不断，贪官污吏趁机搜刮，苛捐杂税酷似猛虎，土豪劣绅为虎作伥，人民挣扎在死亡线上。为了生存，农民暴动此起彼伏，在强悍的人民中孕育着一股打碎旧世界的强大力量。

在大革命的风暴中，大名第七师范学生刘大风、赵纪彬、李大山于1926年加入了共产党，建立了大名七师第一个党支部，刘大风任书记。党组织吸收和培养了大批革命知识分子和农民党员，把马列主义和党的方针路线宣传到广大农村。1927年"四一二"反革命政变后，大名、濮阳、清丰、南乐等县成立了党的秘密领导机关——中共大名地方委员会，刘大风任书记，王从吾、刘汉生、王卓如、平杰三等同志相继入党。党组织领导和发展"农民协会""民生盐会"，领导群众开展抗捐、抗税、抗盐巡，反贪官污吏、土豪劣绅、地主恶霸的革命斗争，扩大了党的影响，锻炼了人民群众的斗志，使地主豪绅威风扫地，人民群众的觉悟大为提高。1931年九一八事变，激起了全国人民的抗日怒潮，党组织发动和领导爱国学生和广大人民把抗日救亡运动推向一个新的高潮。1934年，南乐、清丰、大名县委都遭到国民党反动派的破坏，刘大风、刘汉生、王卓如先后调离本地区，王从吾同志于1936年被捕，党的工作受到严重影响。但是不少党员和基层党组织，仍然不屈不挠地坚持领导着党的外围组织，继续进行革命斗争。

抗战初期

1937年7月7日，日本侵略军向北平卢沟桥发动进攻，我国守军奋起抵抗。二十九军副军长佟麟阁、师长赵登禹等英勇奋战，不幸壮烈牺牲。7 月 8 日，中共中央发布了《中国共产党为日军进攻卢沟桥通电》，号召全中国同胞和军队团结起来，筑成民族统一战线的坚固长城，抵抗日本帝国主义的侵略。这时抗日呼声传遍了全国。

在冀南、豫北地区，由于党的工作基础深厚，所以行动迅速。共产党员大名七师校长王振华、教务主任晁哲甫响应党中央的号召，首先发起组织“冀南文化界抗日守土后援会”，直南各县文化界纷纷响应，发表宣言并组织宣传队，发动群众起来抗日，如南乐简师的进步教师郭彩岑、邵汉三、赵秉谦和学生自治会的常务委员齐榶、王雨亭、张军直、申怀长、石一彬响应号召，当即成立南乐简师分会，并立即组织宣传队分赴农村进行抗日救国宣传。整个直南文化界和有觉悟的群众沸腾起来了。国民党大名专员马运昌害怕人民群众起来对他的统治不利，下令禁止“抗日守土后援会”的活动。于是王振华、晁哲甫决定改为秘密组织——“抗日救国十人团”，其宗旨为“发动群众建立抗日武装，在敌占区开展游击战争”。“十人团”公开宣传抗日，秘密串联发展组织。晁哲甫于 8 月 8 日专程由大名到南乐，在东街王梅书店召开文化教育界进步分子会议。说明缘由，宣布正式成立党的外围组织“抗日救国十人团”，并推荐郭献瑞为团长，王国华、郭彩岑、邵汉三为副团长。8 月 9 日郭彩岑、邵汉三、赵秉谦在南乐简师组织了“抗日救国十人团”，简师学生齐榶、王雨亭、申怀长、张军直、石一彬、宋锡九、宋在久等人参加了这一组织，开始了活动。

不久，日寇兵分三路沿平汉、津浦、同蒲三线长驱直下，向南进攻，国民党军队仓皇南逃。二十九军宋哲元部沿平大公路日夜兼程向南撤退；六十八军刘汝明部刚和敌人接触，就昼夜南逃 300 余里；刘峙部在保定受到日寇空袭，就一下子逃到郑州，被群众讥为“飞将军刘翅”。日寇迅速侵占了华北，中华民族到了生死存亡的关头，富裕人家纷纷南逃，广大群众走投无路，人心惶惶。一些有觉悟的青年认识到，只有坚决和日本帝国主义侵略军进行战争，把他们赶出中国，才能拯救中华民族的危亡。他们迫切要求参加共产党领导的抗日武装，打日本保家乡。也有一些青年人想到国民党后方去找出路。多数人的思想仍处在混乱之中。南乐县官庄小学校长贾伯喦，是清朝末年最后一届举人，为人正派，有正义感，有爱国心，但对前途丧失信心。他看到华北沦陷、国家将亡的形势，感慨万分，悬梁自尽。他留下遗言："誓死不作亡国奴，我身为人民师表，国亡不能救，只有一死以谢国人。"面对这个思想混乱的局面，"抗日救国十人团"展开宣传，大讲共产党的主张，大讲开展游击战争，抵抗日本侵略者，才是唯一出路。于是很多动摇不定的青年，留下来与我们一起坚持斗争。

1937 年 9 月，正在人心惶惶、动荡不安的时候，刘大风同志受党组织的派遣回到南乐。中共直南特委书记张玺根据北方局的指示，给他的任务是在南乐、大名、清丰、濮阳等县恢复和发展党的组织，建立抗日武装和抗日根据地，就地坚持抗日游击战争。刘大风同志回到南乐等县以后，就在同志中、乡亲中迅速传开了，大家异口同声地说："共产党回来了，有办法了。"

刘大风同志是南乐县西佛善村人，我们在上小学时就常听到老师夸奖他，说他是大名七师的高才生。他较早地接受了共产主义思想，是大名七师党组织的创始人之一。那时，我们还小，但在我们心目中，他是一位令人敬佩的榜样。现在他以直南特委负责人的身份，带着党的任务回来了。这是多么鼓舞人心啊！当赵秉谦同志带来这个消息后，我们非常兴奋，渴望见到党的领导人刘大风的愿望终于实现了。

我们见到刘大风同志，他给我们讲了形势，指明了方向。他说党交给我们的任务是：要迅速恢复大名以南各县党组织，成立直南特委，抓紧时间集中力量建立我党直接领导下的抗日武装，开展独立自主的游击战争。他说，我们这个地区党有很长时期的斗争史和很好的群众基础，只要恢复和依靠地方党的领导，以“抗日救国十人团”为骨干，在国民党统治区建立一支由共产党领导的抗日武装，是完全可能的，也是非常必要的。他希望我们串联和团结在家的青年知识分子，向群众进行广泛的宣传，准备建立抗日武装的条件。

特委负责人会议和特委扩大会

刘大风同志回到直南以后，夜以继日地进行工作，首先联络在当地有影响的老党员王振华、晁哲甫，研究建立抗日武装的问题，同时先后找到在濮阳、清丰、南乐和在沙区长期坚持地下斗争的一批老同志，这些同志是：刘汉生：濮阳千口人，1927 年加入中国共产党，在沙区坚持党的工作，1931 年任大名中心县委书记，后任河北省委秘书长时被捕，七七事变后出狱。王从吾：内黄化村人，1927 年加入中国共产党，曾任濮阳中心县委书记，是直南特委主要负责人之一，曾领导冀鲁豫边区 13 个县的盐民斗争，于 1936 年被捕，七七事变后脱险。张增敬：内黄太平人，1935 年任滑县中心县委书记。根据特委“开展游击战争”的指示，发动群众分粮夺枪，建立了一支近百人的武装游击队。1936 年被捕，七七事变后出狱。刘晏春：濮阳五星人，长期在濮阳、濮县一带坚持白区工作。七七事变前他与中共濮县县委书记马功臣一起建立了一支抗日武装，1938 年 3 月并入四支队。

1937 年 10 月，直南特委领导人在清丰县青石[illegible]村召开特委会，会议由刘大风主持，是在杨节同志家开的，赵秉谦、齐梿等列席了会议。主要议题是：以农村党组织为核心，以“抗日救国十人团”为骨干，建立抗日武装。刘大风同志根据广大人民群众的要求，提出了“誓死不当亡国奴，武装起来保卫家乡，就地坚持抗日游击战争”的口号。会议决定：争取同情和支持抗日的地主武装参加抗日队伍。并派赵秉谦、齐梿去做民团领导人赵冠经的工作。

10 月中旬，在近德固村召开特委扩大会，由刘大风和刘汉生主持，列席的有冯扬舟、李渭川、张德光、刘峰、潘斌、王雨亭、赵秉谦、齐梿、吴振卿、李桥。

主要议题有三个：1. 检查建立抗日武装的准备工作情况：（1）串联动员的人数。（2）落实枪支的数目。（3）说明经费来源困难，要求大家想办法，把部队组织起来再力争各方支援，否则会坐失良机。2. 建军原则：大风同志说，要以红军为榜样，建立一支由共产党领导的抗日武装，团结各阶层人民，抗日高于一切，一切为了打倒日本帝国主义，建立新中国。要像红军一样严格执行“三大纪律、八项注意”。要宣传群众，发动群众，组织群众，武装群众，团结广大群众进行抗日战争。3. 在这次会议上，决定借用石友三部队一八一师游击队的番号，以便于在国民党统治区进行活动。

会后，赵秉谦去元村给党在一八一师搞统战工作的张克威同志送信，并进一步说明建立抗日武装工作的进展情况。经过一系列的工作，石友三只同意给一个一八一师游击队的名义，不给枪支弹药和其他给养。由于人民群众抗日呼声很高，抗日救亡是人心所向，我们又有群众基础，只要武装搞起来，一切都好办。于是特委决定做好参军人员的家属工作，1937 年 10 月下旬在留固店集合。

抗日武装——四支队诞生

留固店是南乐城西南的一个大村。10 月下旬的一天，来了许多陌生人，熙熙攘攘，大家都是便衣，群众有疑虑，村长出来交涉。这时一八一师学兵队的张静岑、季铁中、李景岩、董文华、张伟来了。他们全副武装，张伟同志首先把一八一师游击队报到处的大字通告，贴到留固店东寨门上，指挥部设在邵汉三同志家。接到通知的同志，陆续前来报到，当天来报到的有：冯扬舟、张德光、吴子厚、吴振卿、吴近人、刘峰、刘金鸣、潘林、潘斌、杨向署、李鸣恪、李桥、杨清山、李渭川、王雨亭、王建阁、王石山、石一彬、彭儒、赵秉谦、赵彦人、赵西安、赵振寰、谷平方、齐樾、戚耀臣等40余人。几天以后又有留固店的邵德普、邵学琴、邵学善、邵秉先、邵法先、胡令生来参加。

人民自己的武装——一八一师游击队正式成立，刘大风任队长兼政委，袁也烈为参谋长，群众欢欣鼓舞，欢迎自己队伍的成立。成群结队的人们，都来看穿军装的女兵董文华，董趁机向大家宣传抗日，教儿童唱歌。齐樾、王雨亭、张静岑、冯扬舟都是会唱抗战歌曲的，就组织群众学唱抗战歌曲。由于我们对留固店的群众进行了宣传、发动和组织工作，十几天内，留固店就有六名青年参加了队伍，部队发展到五六十人，五十来支枪。

不久，部队由留固店转移到清丰西北沙区边的古城镇，清丰县王冠儒、金立耕、阎志清、傅学楷、聂凤巢、张清聚、杨耀汉、靳生云、刘国选，还有六个女同志——高栖鸾、高素环、彭月梅、尚素娥、程颂姣、李梅云（刘志良的爱人）、张剑锋（唐哲明的爱人）入伍。郭献瑞从南乐县东带来30多名“抗日救国十人团”团员和进步青年，队伍迅速扩大到三个中队，一个通讯排，达二三百人。

一中队农民成分较多，思想水平较差。队长路恩梓。

二中队多是有觉悟的青年，开始马参三任中队长，后换陈耀元同志任队长。副中队长刘子良是个老党员，指导员季铁中。

三中队队长开始是张德光，后换张西三，张是南乐梁村人，有武装斗争经验。指导员开始是阎志清后为李景岩，是从一八一师学兵队来的。

通讯排排长潘林，指导员赵彦人后为赵秉谦。这个排的主要成员是由筹建时的宣传队改编的。除潘林、潘斌以外大都是中学以上知识青年，它不仅负责司令部的警卫，通讯联络，还负责政治宣传工作，所以也有人称它为“武装宣传队”。

部队到古城不几天，一八一师向南撤退，张克威、袁也烈同志为了继续做好一八一师的统战工作，也随同南下了。当时，河北民军在我党坚决抗日，不当亡国奴的感召下，民军司令高树勋率部队进驻清丰，刘大风同志同高的副参谋长、地下党员唐哲明同志取得联系，商定一八一师游击队改为河北民军第一路第四支队（简称四支队），唐哲明任支队长，刘大风任副支队长兼政委，张静岑任参谋长。张静岑后来调四支队三大队任大队长，与滑县县委书记同去滑县独立开展工作，参谋长职务由张西三担任。民军司令高树勋还亲自到古城召开了会议，发给四支队30余支枪，3000发子弹，法币10000元。这时候，四支队已发展到二三百人，200多支枪，一挺轻机枪，编三个中队，一个通讯排。12月15日，日寇攻陷南乐，炮击清丰，高树勋率部南退，唐哲明也随同南下了。四支队仍由刘大风负责。

四支队第一中队，旧民团的人员较多，队长路恩梓也是过去民团的无业农民，思想水平低，组织性差，吃不了苦，入伍不久就带了30多人，30来支枪脱离了四支队，到路先州土司令处去了。这是四支队建立后初次遇到的曲折。恰在这时，北方局派肖汉卿、陈耀元、漆汉臣三位红军干部来到四支队，肖任副支队长，陈任二中队长，漆任三中队长，加强了四支队的军事领导，迅速地增强了战斗力。从此，四支队一方面加强军事训练，同时加强红军政治工作的传统教育，军事政治素质迅速提高，组织纪律性不断加强，每到一处群众都说“红军来了”，也有的说是“红军宣传队来了”。

贯彻红军建军原则，关心人民群众利益

直南特委设在四支队，公开名义为四支队政治部。四支队的政治工作是在直南特委直接领导下进行的，这是四支队政治素质、军事素质好，战斗力强的根本原因。

建军开始，由直南特委书记刘大风、宣传部长兼支队政治部主

任刘汉生提出坚持红军建军的三大政治原则，即官兵一致，军民一致，敌伪军工作。红军干部肖汉卿、陈耀元、漆汉臣三位同志到来后，更是把红军政治工作传统和作风变成连队政治工作的具体行动。并直接传授和介绍红军十六个字的游击战术。讲述坚定正确的政治方向，艰苦朴素的工作作风，灵活机动的战略战术。从此，四支队的政治军事素养进一步提高。

政治工作是抗日军队的生命线。我们这支队伍是在国民党统治区极端困难的情况下建立起来的，为了站得住脚并得到发展，就必须加强政治工作，首先是军队本身的行动和作风要体现出党领导的八路军的作风。要求战士有高度的觉悟，以自己的行动来教育和宣传群众，尊重当地人民群众的风俗习惯，关心人民的利益。每个战士都要严格遵守“三大纪律、八项注意”，特别强调一切行动听指挥，不拿群众一针一线，借物送还，损物赔偿，说话和气，全心全意为人民服务。

当时，冀鲁豫是屡遭军阀混战的地区，国民党军队和土匪一样到处骚扰人民，他们每到一处人民都称为兵灾。我们四支队成立后，军衣很少，多半都是自己带来的衣服，老百姓开始对我们不了解，也像怕国民党兵痞那样地怕我们，每到一个村庄，群众都用怀疑而又冷淡的态度对待我们。但是一听说是刘大风领导的队伍来了，群众就倍加欢迎。部队到清丰地区时，有的村庄拒绝我们进村。因为我们的供给主任、副官长王冠儒同志曾担任过中共清丰县委书记，教书多年，学生很多，在当地是很有影响的老党员，由他出面交涉，说明我们四支队是共产党领导的队伍后，群众马上表示欢迎。但是，联系群众的工作需要每个战士去做，每个中队都注意教育战士做群众工作。以通讯排为例，我们的每个战士都起到了宣传员的作用，与群众建立鱼水之情。这个排从1937年冬到1938年春，整个冬天，没有脱过衣服睡，没有睡过床铺，没有借过群众的被褥，铺草多用玉米秸，睡觉时硌得腰疼，但他们以苦为乐，讲越王勾践卧薪尝胆的故事。编写歌谣以鼓励士气："玉米秸硌得慌，学习卧薪把胆尝，棉衣棉裤不须脱，虱子多了不痒痒。"铺上谷草舒服一点，就编写另一个歌谣："干草黄暖洋洋，胜似棉被和热炕，不怕北风和大雪，舒舒服服入梦乡。"用文艺形式振奋革命精神。有这么一件事，是令人难忘的：一八一师学兵队员张宝钿同志，送给齐樾一条军用毛毯，通讯排一班全体同志就用它度过了一个冬天。张宝钿同志的高尚风格，给大家留下了深刻的印象。

我们通讯排有三个班，排长潘林，是行伍出身，有打仗经验。潘斌是个老党员。除他二人年龄较大外，其余30多人都是20岁左右的中学生。指导员赵秉谦是大名七师毕业不久在南乐简师任教几个月的教师。一班长齐樾，南乐简师毕业生；二班长杨向署，大名七师学生；三班长杨耀汉，清丰简师学生。王雨亭、齐樾兼文艺干事，领导唱歌，组织演戏。这个战斗集体，因为都是当地人，而且多是部队筹建时参加的，他们熟悉群众的情感、情绪和要求，一切行动能够适应当地群众的习惯，能与群众打成一片。支队司令部还规定部队宿营住前院、闲房、客厅、牛棚、磨道、祠堂、庙宇，不住群众的内院。不借群众的被褥、床铺和门板，借铺草先打借条，行军前捆好送回原处。部队离开时，把地打扫干净，并把群众的水缸担满水。出发前检查纪律，整队唱歌与群众告别。我们每次进村首先用抗日歌声吸引儿童，儿童听到歌声都围拢来，我们就趁势组织儿童团，编成队形沿街唱歌，并喊"一二三四"，把大人妇女都吸引来了，通讯排就唱抗日歌曲，演活报剧进行抗日宣传。这样做的结果，哪怕在一个村庄仅住三天，到走的时候，全村的群众都出来欢送我们，并提出欢迎我们再来。如果我们第二次再到这个村庄，原来住在那一家的主人，就会主动来接。群众说我们是红军，是朱德、毛泽东领导的队伍。群众对我们的赞颂越传越远，元城、大名、魏县、南乐、清丰、濮阳、滑县、内黄、濮县的青年都接踵而来，要求参军。

1938年春节前后，给养供应不上，支队部决定让通讯排到附近农村动员群众献粮食。通讯排一班去大高村动员群众献粮食，这个任务是很艰巨的，决定先做好宣传工作，使群众自动愉快地献出粮食。我们进村后集体唱歌，把群众吸引过来，进行抗日宣传，说明四支队是为打日本建立起来的，誓死不做亡国奴，军民团结打日本，保家乡。在群众受到感动之后，我们再提出四支队目前遇到最大的困难，给养供应不上了，希望大家献粮以济燃眉之急。这样，一个小时之内集中了五六袋粮食，群众主动用车送到梁村支队司令部，充分体现了军民一家、军民一致的精神。为此通讯排受到支队部的表扬。

1938 年春节是在青石磙过的，由于 1937 年沙区一带遭到特大水灾，秋季农作物大为歉收，人民生活极端贫困。群众因有过节吃饺子的习惯，家家总是要千方百计地吃顿饺子。可是四支队全体指战员不忍增加群众的负担，动员大家不吃饺子，还是吃窝窝头、老咸菜。

为了克服困难，鼓舞情绪，编写歌谣："窝窝头，小米汤，萝卜咸菜脆又香，每班一碗辣椒酱，顿顿吃个净又光。"

回忆当时，生活虽然如此艰苦，同志们情绪仍然十分高昂，到处歌声嘹亮。

打击汉奸组织，活捉日本特务，伸张民族正气

1938 年 2 月中旬，日寇第二次占领南乐、清丰县城，国民党县长闻风而逃。汉奸组织维持会开始建立。南乐的维持会长，是教育界国民党党棍、民族败类何举之，自称县长。清丰县维持会长是青红帮头子刘建义。这些汉奸组织为日寇效劳，广大人民恨之入骨。当时我们分析南乐、清丰县以梁村为中心的沙区一带，工作开展得很活跃，群众都有较高的爱国热情，汉奸组织是敌人的走狗，又是刚刚建立，如对他们狠狠地打击，有利于弘扬民族正气，教育人民

誓死不做汉奸，也可防止一些地方武装走汉奸化的道路。于是红军老干部副支队长肖汉卿同志挑选了一个精干小分队，夜间潜入清丰县城，以迅雷不及掩耳之势，逮捕了两名维持会员，回来召开群众大会公审处决，使汉奸受到迎头痛击，惊心丧胆，不敢公开活动了。

与此同时，司令部派出的侦察员齐耀臣同志，在侦察中发现一名日本侦探。他在群众帮助下，很机警巧妙地把这个日本侦探捉住送到司令部，由通讯排看管。这个日兵，原是住保定的酒保商人，会说中国话，是个中国通，卢沟桥事变后被征入伍。这个日本兵当了俘虏后，内心恐慌，表面上还装着“日本皇军”骄傲的神气，他看我们穿的都是便衣，以为我们是老百姓，说：“你们赶快把我放回去，我保证日本‘皇军’对这一带村庄不烧不杀。如果你们不放我，日本‘皇军’会烧你们的村庄，把你们统统杀掉。”我们就问他：“你听说过共产党领导的红军和八路军吗？”他说：“知道，知道。”我们说：“我们就是八路军。”这一下可把他惊呆了，吓得说不出话来。我们狠狠地打击了他的气焰，说明：“中国人民坚决不当亡国奴，日本军国主义的野心是不能实现的。”这时我们每到一个村庄，就有许多群众围着来看被捉的日本人，激动地高呼：“打倒日本帝国主义，东洋鬼子滚回去！”群众的愤怒，使这个日本人阵阵发抖，使他看到了中国人民的力量。斗争锻炼了自己，鼓舞和增强了人民群众的信心。打倒日本帝国主义，打倒汉奸走狗，成为解放区军民的一致行动。

加强党的领导，扩大四支队

1938 年初，直南特委正式成立，北方局决定朱则民同志任特委书记，刘大风同志任副书记兼四支队副支队长。特委委员有王从吾、刘汉生、张增敬、肖汉卿。肖汉卿也兼任副支队长。特委决定，四支队于 2 月中旬（正月十五日）开到沙区活动，队伍经过千口、化村，太平到达井店。当时王从吾、刘汉生、平杰三、张增敬，利用了丁树本濮阳专区保安司令部八大队的合法名义，已经把这一带的许多村子里的地下党员和有觉悟的青年组织起来建立了百余人的队伍。四支队来到以后，同他们会合了。我们每到一村都组织军民联欢，由王从吾、刘汉生、平杰三、张增敬分别在各处军民联欢会上讲话，动员青年参加抗日军队，打日本保家乡，使这个队伍顺利地编入四支队，为第四中队。原八大队的 25 人、25 支枪，仍由平杰三带领，以应付统一战线对象丁树本。四支队由井店开往清丰县王什，新编的四中队由刘汉生、张增敬带领路过千口到王什，两支队伍合编后，四支队共 400 多人，270 多支枪，设四个中队一个通讯排。这时由张增敬任政治部主任，刘汉生任副主任。当时四支队已成为冀鲁豫边区的主要抗日武装力量。特委为了联合各界抗日武装力量，在 1938 年 2 月 21 日，曾发出了《为联合抗日敬告各武装部队书》，号召成立统一的抗日指挥部。

特委在贯彻洛川会议上，发生了分歧

部队到达王什以后，特委召开扩大会议讨论部队的行动方针问题。在这次会议上，发生了意见分歧。分歧的主要问题是：1. 在统一战线中谁领导谁的问题，贯彻党中央洛川会议精神，如何坚持抗日战争中无产阶级的领导权的方针。2. 共产党领导的四支队，是处在敌人后方，是放手发动群众进行独立自主的游击战争，实现建立敌后抗日根据地的战略任务，还是接受丁树本的管辖，限制自己的发展，放弃建立抗日根据地。这是两条路线的斗争。

为了说明斗争的性质和双方的论点，首先需要把当时当地的政治形势、敌友我三方实力的情况简述如下：1. 日寇 1938 年 2 月第二次沿平大公路向濮阳地区进攻，相继占领各县县城，日军在濮阳驻有一个步兵中队，一个骑兵小队，伪军很少。附近少数土匪、民团开始与日寇勾结，由于害怕我们，还没有完全投靠日寇。日寇人数虽少，气势很凶，它们的近期动向是企图摧垮丁树本的残部。2. 丁树本是濮阳专区五县专员兼保安司令，他把濮阳民团改编成一个团，一个骑兵连，号称一个旅。在 1938 年 2 月日寇进攻时，各个县的旧县长和政府人员都望风而逃，县保安队也都跑光了，基层政权全部垮了，丁树本已成了一个光杆专员。丁树本是个旧军人，他的原籍安徽，据说是老西北军的军官，他的参谋长陈明绍也是一个旧军人，士兵多是无业农民和兵痞流氓，没有抗日觉悟，恐日病甚为严重。他的军队根本谈不到有政治思想工作。丁树本经过敌人两次进攻，已成惊弓之鸟，军队没有战斗力，又没有群众基础。他已经作了过黄河南逃的准备，并把一部分后勤人员和重要物资，经濮县王成固渡口转移到黄河以南。他的司令部驻在靠近渡口王成固的常庄，以便遭敌进攻时，能够迅速渡河南逃。丁树本也考虑到我们四支队的实力比他强得多，很想利用我们四支队的力量，扩大他的实力。所以他标榜守土抗战，想争取我们的支持，但又怕我们的实力迅速发展。他想尽一切办法，企图把四支队控制在他的管辖之下，一方面利用我们扩大他的实力，维持他的地盘，另一方面又能限制我们的发展，到一定的时机把我们"吃掉"。3. 四支队从 1937 年 10 月创建以来，在五个月内发展到四个中队，一个通讯排，400 多人，270 余支枪。支队设政治部，中队设政治指导员，并在中队建立了党支部，建立了一整套政治工作制度。四支队还有一个极大的优势，那就是——北方局派来了三位经过两万五千里长征，有丰富武装斗争经验的红军指导员——肖汉卿、陈耀元、漆汉臣。指战员中的共产党员和原"抗日救国十人团"团员，占比重很大。战士多是离家不久，有抗日救国觉悟、有活动能力的青年学生和农民中的进步青年，热爱祖国，热爱自己的家乡，和当地人民群众有着血肉相连的关系。他们抗日热情高，能吃苦，经过五个月的政治教育、军事训练和战争考验，有战斗力，已成为冀鲁豫边区主要抗日武装力量。

地方党的各级组织，在直南特委领导下，得到了恢复和发展，打开了局面。截至 1938 年 2 月底，南乐、清丰、濮阳、内黄、滑县等县，先后恢复和建立了县委、区委和农村党支部。各县组织已开始举办军政干部、基层干部、工青妇干部各种训练班，培养了大批干部和积极分子，他们发动群众，动员人员、枪支支持和扩大四支队；组织抗日救国会、抗日动员委员会、儿童团、少先队，并开始筹建群众武装等，开展抗日救国活动，抗日秩序初步建立，政权基本掌握在党的手里。

形势对于我们与丁树本搞统一战线，显然是极为有利的。但是在直南特委王什扩大会议上却发生了争论。以特委书记为代表的少数同志认为，丁树本是五县专员、保安司令，他还未过黄河南逃，说明他是抗日的。我们四支队在他的管辖区活动，他应该是我们的主要统战对象。为了巩固和发展统一战线，首先要团结他。根据“一切经过统一战线”“一切服从统一战线”的原则，丁树本是当地最高长官，四支队要取得合法地位，就应当支持他，服从他，接受他的领导，应该把四支队改编为丁树本的保安四支队，与他一起活动。

多数同志则认为，争取丁树本抗日，和丁搞统一战线是对的，也是应该的。但四支队是河北民军，我们已经取得了合法的地位，因此不能接受和服从丁树本的领导，应该独立自主地发展自己的力量，这才符合党中央洛川会议决定的路线和方针。另外我们这个地区有长期党的工作基础，又有黄河故道，沙丘起伏，树多林深，人民群众有过革命斗争的锻炼，无论是自然条件和政治环境，都是坚持平原游击战争非常理想的地区。只要我们独立自主地放手发动群众，壮大自己的力量，开展抗日游击战争，联合丁树本共同抗日，共同发展，逐步地不失时机地建立抗日政权，开创抗日根据地是完全有可能的，并且可以肯定，我们的力量发展速度将比丁树本要快得多，建立敌后抗日根据地是指日可待的。只有我们的力量迅速壮大了，对于和丁树本搞统一战线，才更为有利，更能影响和促进丁的进步，防止他倒退，还可能调动丁树本的力量听从我们的指挥。如果现在与丁树本拉到一起，倒是帮助了丁树本，而限制了自己力量的发展壮大。是放弃无产阶级领导权，是背离洛川会议的路线方针，这条路不能走。当时，持这种意见的同志虽属多数，但因书记说了算，最后还是决定按照特委主要负责同志的意见办了，把四支队拉到丁树本所管辖的小濮州，作为丁的前卫。

当参加特委扩大会议的张静岑和季铁中同志告诉我们特委会议的情况之后，在同志中引起了不少的议论，许多同志认为这是违背中央洛川会议精神的，中央明确提出："统一战线要独立自主地壮大自己的力量。""党的工作就是要把党的方针，变为群众的行动，这是我们取得胜利的保证。"现在决定与丁树本拉到一起，是与中央方针不符合的，同志们对此颇为担心。

霍町驱走土匪，瓦屋头村保护群众

虽然特委内部发生了争论，作出了错误的决定，但是在行动上还是保持了统一。部队的士气是高昂的，纪律是严明的，与人民群众保持着血肉的联系，因此，在对敌斗争中能够取得一个又一个的胜利。部队由王什开拔前，接到卫河东群众代表的情报，说从卫河西开来一支土匪队伍数百人，过河占领霍町，有向东侵扰的意图，迫切要求四支队把这股土匪赶走。支队司令部接受人民群众的要求，命令部队向西北急行军直指霍町。这支土匪部队气焰很凶，开始想与我们较量，但观察到我们队伍，秩序井然，三面包围，网开一面，人民群众又大造舆论，说"老红军来了"，吓得固守寨围不敢轻动。支队司令部经过判断，吓跑不战对我有利，就命令二中队一个班深入到对方射程以内修筑工事，建立前哨阵地，以显示我方威力，另外又派通讯排的齐榶同志骑马往返前沿阵地，传递命令和侦察敌情，试探他们敢不敢向我射击。结果土匪不敢打枪，判明他们是害怕我们的，于是，我们一方面命令土匪迅速撤走，说明卫河以东是四支队活动地区，不准任何人进犯，同时撤回前沿的那个班，给土匪一个逃跑的机会。黄昏时，土匪果然弃寨西逃。这件事使四支队在群众中影响更大，威望更高，人民群众进一步体会到，四支队是人民的子弟兵，更加拥护我们了。

之后，我们从霍町、阳邵经翟固、青石磙、留固店，夜间从杨村过南、清公路到达清丰县东六塔。为了开展这一带的群众工作，决定就地休息。这时，瓦屋头村的群众代表到司令部求援，说有一支番号不明的武装，向他们村索要粮款，要求四支队给予保护，并且说只要派两个干部去召开一个群众会，宣传一下四支队的主张，说明清丰是四支队的活动区，就是给他们极大的支持。司令部接受了群众的要求，派金立庚、齐樾二同志到瓦屋头村，全村群众出来欢迎，我们就开了个群众会，宣传我党的主张，是团结一切抗日的人民和抗日的武装共同抗日，反对不打日本骚扰群众的任何武装。这样一个群众会，确实见效，以后反动武装不敢再来瓦屋头村勒索粮款。群众说四支队是人民的军队，一方的保障，人民群众拥护共产党。

1938 年 3 月 8 日，四支队驻到小濮州，特委书记带领阎志清同志去丁树本司令部谈判，并达成了三项协议：1. 四支队受共产党领导，单独打游击。2. 丁树本不向四支队派干部。3. 四支队可以改用丁的番号，改编为丁的“冀鲁豫八县保安司令部民军四支队”。他们从丁部领回关防、符号和 5000 元经费，从此四支队变成为丁树本管辖之下的四支队了。由于多数特委委员坚决反对，又怕群众不满，所以这个情况在当时未敢向群众公布。

小濮州、常庄之战

1938 年 2 月，日寇两次进攻濮阳，丁树本成了惊弓之鸟，一部分南渡黄河，又将司令部设在黄河边的常庄，把重要物资搬到黄河以南，打算一遇日寇“扫荡”就过黄河逃跑；日寇不来，就虚张声势表示守土抗战。这就是他的两面态度。由于四支队支持了他的部署，他又壮起胆来，暂不过黄河。

1938年3月8日，四支队按照丁树本指定的地点，开到小濮州（此地在常庄西边，正对着濮阳敌人的方向）。9日早晨，部队接到通知，全体集合村西头广场，听丁树本、陈明绍讲话。这一天，小濮州是骡马大会，赶会的人很多，我们的部队集合后，围观的群众里三层外三层，把部队围得严严的。丁树本开始讲话，哨兵匆忙跑来，报告西边发现骑兵，丁树本听了一愣，定定神又装着满不在乎地说：“不要怕，那是我们的骑兵。”可是，时隔不久，哨兵又急忙跑来气喘吁吁地说：“不好了，穿的黄军装，骑的是洋马，日本人来了。”这一下子，丁树本、陈明绍慌了手脚，骑上马就跑了。

四支队副支队长肖汉卿同志沉着机智，经验丰富，在此突如其来的情况下，他当机立断，命令二中队正面攻击，三中队从右翼、通讯排从左翼包抄敌人，我们的部队迅速行动。那一天，因为赶集的人多，把部队围得很紧，敌人虽然离我们很近了，但他们没有弄清情况，并未发现我们。而且日寇这次出来的目的是搜索丁树本的住处，30多个骑兵是尖兵，因为他们从北平南侵没有遇到过抵抗，骄横惯了，毫不介意，加上他们的目标是常庄，所以没有战斗的准备。当敌人进入射程以内时，副支队长一声令下，二中队轻机枪手马纪德同志一梭子弹把敌人打了个措手不及，有7个日本兵跳下马来就地抵抗，战士吴振卿冲上去，一刀刺死了一个日本兵，夺了一支三八式马盖板枪；另一个战士外号叫老毛司的同志冲上去又刺死了一个日本兵，又夺到了一支三八式马盖板枪。战斗打响不多时间，就缴获了四支枪和一匹马及其他军用物资，敌人且战且退。

左翼通讯排与继续顽抗的敌人战斗在一个坟头堡，右边是一班长齐梿，左边是二中队战士靳生云，当一颗子弹从帽檐射到靳生云的左肩时，齐樵掩护靳生云撤下，并带领通讯排一班，为消灭敌人冲到最前边。在接到撤退的命令后，一班的同志还把一个牺牲的同志抬了回来。这一行动，受到支队部的表扬："一班能冲锋在前，退却在后，又能把牺牲的同志抬回来，是值得表扬的战斗作风。"这次战斗，我们打死了 4 个日本兵，缴获了 4 支日本三八式马盖板枪，战马一匹，还有子弹、药品和部分军用品。当时，我们问支队长，为什么还没有把逃跑的 30 个日本兵消灭，就命令撤退呢？他说，这是敌人的尖兵，我们打响后，敌人大队摸不清情况不敢贸然前进，等他们的人逃回后，定会迅速反扑，如果我们撤得慢了，会吃亏的。话刚说完，果然大队敌人反扑来了，为了保护丁树本，支队长命令部队往东北方向撤退，敌人尾追。天黑后，我们住下了，敌人也在离我们很近的村庄住下。而我们悄悄地摆脱了敌人的追击，安全地迂回到常庄。

凶狠的日军吃了亏是不甘心的，他们千方百计寻找四支队的下落，追了一天一夜，3 月 11 日拂晓，到常庄附近。丁树本命令，保卫常庄，打阵地战。支队领导分析了敌我力量对比，当时日军只有一个步兵中队和一个骑兵小队，还没有组织伪军，力量是很小的，我军有四个中队，丁树本部有几个连，保安团也能配合。我们虽然吃不掉日军，但常庄是丁树本的司令部所在地，为了帮助丁树本，也显示一下我们的力量，支队部决定服从丁树本的命令，打一个阵地战。丁树本要我们的老红军二中队长陈耀元同志指挥打正面，把他的部队都摆到两侧，这是丁树本利用我们保存自己的又一次暴露。为了团结抗战，拂晓前，我们的部队就进入了常庄外围的正面前沿阵地，陈耀元同志勇敢机智，指挥有方。战斗当天就打响了，我们的战士打得很顽强，涌现出许多狙击手。二中队二排长张清聚沉着阻击敌人，敌人发起几次进攻，一直未突破我们的阵地。中队和排级干部在陈耀元同志的指挥下，在政治指导员季铁中同志的战场鼓励下，最后终于打退了敌人。由于四支队的指战员团结一致坚决打击敌人，给丁树本部队树立了一个榜样。

群众看我们的战士英勇果敢，有枪的自动拿起枪来投入战斗，许多群众把水和饭送到火线上。群众抗日保家的热情，勇敢机智的支援，更加鼓舞了我们的战斗意志。

丁树本的部队在两侧的战斗中，还顶不住敌人的火力，不断向参谋长陈明绍告急，陈明绍看到这种情况，相形之下甚有愧色，急得大骂大嚷，说四支队打正面都能顶得住，你们为什么顶不住?

战斗持续了一天一夜，敌人是孤军深入，又不了解我们的底细，怕拖下去吃大亏，3 月 12 日拂晓就撤退了。据群众说，敌人撤退时，拉了几车用麻袋装的尸体，狼狈退回濮阳。

这两次战斗虽然没有消灭更多的敌人，我们又牺牲了 4 位同志（刘明芹，南乐佛善村人，22 岁;李志元，近德固村人，20 岁;申玉学，近德固村人，19 岁；还有一位同志名字记不得了。）但是首次对日军作战，消灭了部分尖兵，缴获了武器，又打退了敌人第二次报复性的进攻，给敌人以很大的杀伤。

这一仗打出了四支队机智灵活、猛打猛冲、能攻能守的战斗作风。这一仗鼓舞了士气，鼓舞了群众，教育了友军。丁树本原打算过黄河逃跑，由于四支队作战勇敢顽强，他说："四支队还能顶住敌人的进攻，我要过河逃跑多丢人呢？"决定不走了。他依靠四支队守住常庄后，窃四支队的功为己功，向上级报了功受了奖，但是他又怕四支队的壮大会威胁他，战斗结束后，只补给我们 500 发不合口径的马力匣子弹。战斗结束后，他要我们和他一起行军，表示他自己是胜利者，行军到小濮州，我们的战士在行军中，一路歌唱:"……怕什么牺牲流血抛头颅，为了民族得解放，背起了钢枪，整齐着脚步，冲上前去消灭日本鬼 ……"活跃异常。丁树本的部队，都是灰溜溜的，耷拉着脑袋，倒背着枪，不像打仗的样子，因为他的部队平素没有抗日救亡的政治思想工作，也不会唱抗战歌曲。因此也没有战斗精神。

在小濮州召开庆祝大会时，丁树本借我们缴获的战利品，三八式马盖板枪、军衣、皮靴、战马等去拍照，派人到武汉向蒋介石政府报功、请赏，还登报说："我丁部在民军四支队的配合下，打败了日军的进攻，取得重大胜利，缴获大量战利品。"等等。进一步暴露了他窃夺胜利果实，把我们的战功记到他的功劳簿上，他向四支队全体指战员讲话时还强调说："以后你们不要叫四支队了，只说是丁司令的队伍就行了。"他企图把四支队"吃掉"，我们虽然保持了警惕，坚持在共同抗日的前提下，独立行动。但是客观上受了他的利用，为他打开了局面，限制了自己的发展。丁并提出要陈耀元同志任他的团长，想分化瓦解四支队的党员干部，从这些事实中我们受到了教育。

四支队进一步壮大

由于直南特委主要领导人的错误使四支队受到了重大的挫折，但是在抗日高潮的鼓舞下，队伍仍然继续壮大。小濮州常庄两战之后，特委委员刘晏春同志领导的中共濮县县委书记马功臣、张成一同志为首的抗日武装，也合并到四支队，这样四支队又增加了新的力量，发展到六七百人。

为了进一步壮大四支队，特委决定由四支队参谋长张静岑组建四支队第三大队并兼任大队长，滑县县委书记吴兰田兼大队政委（此人后来叛变投敌），齐榶任第一中队长，赵彦人任政治指导员。新建三大队离开四支队本部，活动在滑县上官村、瓦岗、牛屯一带，部队发展得很快，到1938年5月，三大队发展到160余人，接到支队部通知北上与本部会合后，行军到清丰梁村，特委决定把三大队的学生近百人集中起来，由齐榶带领到一二九师三八六旅政治部所在地肥乡县新庙村办教导队，周发田任队长，齐榶任教导员。学习后，这批学生出身的游击队员，被分配到各个战线，大多数同志都做了负责工作。

在右倾路线影响下，把胜利果实拱手让给丁树本

1938年4月上旬，四支队由副支队长肖汉卿指挥，解放了清丰县城，逮捕了24名汉奸，处决了8名，大快人心。参谋长张西三和秘书主任李渭川同志带领一个中队，攻克南乐县城，伪县长何举之落荒逃跑，其弟何贤轩和另一名汉奸被逮处决。四支队同时又收复了离大名10公里的水上交通重镇龙王庙，缴获了很大一部分军用物资和军费。在这军威大振、胜利空前的时机，特委负责同志住在丁树本司令部，不委派我们自己的县长去建立抗日政权，却请丁树本委派他们的人去当县长掌握政权，把四支队的胜利果实拱手让给了丁树本。这样，我们又一次丧失了建立根据地的良好时机。特委主要负责人的右倾错误，又一次使冀鲁豫地区工作发展受到难以估量的损失。

由于丁树本掌握着政权，限制我们的军费和枪支弹药，给我们制造了许多困难。特委主要负责人怕影响统一战线，对丁树本的种种限制和反动言行不敢进行斗争。如1938年春，四支队在南乐县近德固村休整，清丰县西大屯商业资本家兼地主王朝方自愿捐献一挺捷克式轻机枪，并已发给三中队使用。丁树本知道后，逼王朝方要枪，王求救于四支队，特委书记朱则民同志决定将这挺轻机枪送回王朝方，转献给丁树本。当时许多有爱国思想，一心向往共产党的青年，从四面八方跑到四支队要求参军，但由于丁树本的限制而无法接收，使无数满腔抗日热情的青年扫兴而归。正是这种错误的路线，严重地影响了四支队的发展壮大，使根据地建立的时间大大推迟了。

1938年5月，由于日寇的疯狂进攻和洪水造成的灾荒，直南豫北土匪蜂起，人民遭难。这时，井店周围的一股土匪领头人刘相友，

约有四五百人枪，刘有三个“绿林”弟兄，都有一支人马。因他到处打家劫舍，地主富农也组织武装与他对抗。这种混乱局面，给人民带来更加深重的灾难。5 月间，四支队开到井店沙区一带，刘相友正与滑县追来的地主武装列开阵势，准备决战。特委领导人王从吾、刘汉生、平杰三、张增敬等同志对当时当地的情况进行了分析，认为如能把土匪武装引导到抗日方面来，既可增加抗日力量，又给人民解除痛苦，一举两得，于是特委决定分头进行工作。王、刘、平、张同志因为都是井店沙区一带的老党员，在当地有很高的威望，由他们利用党的间接关系，去做有关地方士绅的工作，让其退兵；由四支队司令员唐哲明同志亲自与刘相友谈话，晓以抗日大义。经过反复的思想工作，刘相友在受地主武装围攻、处境十分困难的情况下，又加上四支队在群众中有崇高的威望，认为参加四支队光荣，唐司令又表示欢迎他参加四支队，经过他们内部酝酿之后，他在答应参加四支队时提出两个条件：1. 让滑县的追兵撤回，保证永不侵犯刘的地盘。2. 他本人参加四支队，其余“绿林”弟兄应听其自便。唐哲明同志当面答应了他的条件，于是刘就参加了四支队，被任命为四支队副司令，他表示决心跟共产党抗战到底。

四支队在克服了丁树本的限制和制造的种种困难，收编了刘相友，壮大了武装力量后，积极开展抗日游击战争，得到广大群众的支持和拥护，部队发展到 1200 多人，成为当时冀鲁豫边区一支强大的抗日武装，成为广大群众的依靠和希望。而丁树本则认为四支队的壮大，是对他的威胁，竟背信弃义，阴谋策划改编“吃掉”四支队。

特委主要负责人，轻易放弃了创建冀鲁豫边区根据地的工作，给革命事业造成了难以估量的损失。

根据当时的情况，只要认真贯彻党的路线方针，敢于和丁树本的倒行逆施作坚决的斗争，丁树本不仅“吃不掉”我们，而且会使我们的武装力量得到迅速的发展。但是特委主要负责人由于执行王明的投降主义路线，看不到四支队的武装力量和中共各县县委领导的抗日群众团体以及抗日自卫队武装的相互支持的巨大潜力，害怕统一战线的破裂，不敢与丁树本作斗争。最后竟放弃了依靠自己的武装来创建抗日根据地的打算，把具有重大战略地位的冀鲁豫地区送给了丁树本。

特委主要负责人在1938年5月底或6月初，不经特委认真讨论研究，又不征求各级干部的意见，就派人到一二九师三八六旅所在地肥乡县，找到政委王新亭同志，请求把四支队编入八路军正规部队。经同意后，一声令下即把四支队全部拉到肥乡县，改编为东进纵队七支队，以后又改为东纵三团、一团、一二九师十九团。只留下特委委员王从吾、刘晏春两位同志坚持地方工作。这一举动，固然给正规部队增加了一个团的力量；同时也从四支队抽出了一批领导骨干去开辟冀南的工作，建立了冀南三地委、三专署第三军分区，为创建冀南抗日根据地增加了力量。但是，由于四支队的所有干部包括战士中的骨干，在当地都有一定的活动能力，他们联系群众很广泛，在发展抗日武装和创建冀鲁豫抗日根据地时可以发挥更大的作用，而把这批人调到冀南后，多数人就失掉了这个有利条件。张西三同志说："物离乡则贵，人离乡则贱"，这是有一定道理的。更为严重的是把冀鲁豫这个具有重大战略意义的地区，拱手让给了丁树本。由于给丁树本派去了大批有威望、有能力的老党员干部罗士高、晁哲甫、平杰三、张伟、李景岩、陈子敬等，帮助他迅速扩大到三个旅的武装力量。丁树本在力量加强之后，就更加反动，更加肆无忌惮，而各县地方党的工作因失去武装的支柱，活动就更加困难。四支队于6月初离开当地，丁树本竟于7、8月间，把我清丰县委组织领导的抗日民军自卫团12个中队1000多人，改编"吃掉"了8个中队800余人。丁树本还企图吃掉我党领导的其他武装力量，反动面目逐步表面化。由于特委主要负责人的右倾错误，使冀鲁豫边区抗日根据地的建立推迟了两年，而且使我党付出了更大的代价。

后来丁树本勾结国民党顽固派石友三、李仙洲，把我们有良好革命基础的冀鲁豫边区，作为他反共反人民的基地，制造摩擦，向我根据地挑起事端，妄图摧毁我抗日民主政权。他抓捕我抗日工作人员，用尽种种刑罚，进行惨无人道的摧残杀害，掠夺人民财产，祸国殃民，老百姓痛恨地骂他们为“刮民党”。

直到 1940 年初，我八路军总部下令在华北抽调晋冀鲁豫、晋察冀两个边区和鲁西的部分野战部队组成讨逆野战军，在司令员宋任穷的率领下，开到冀鲁豫边区，一举赶走和消灭了石友三、丁树本，冀鲁豫边区才从顽军的统治下解放出来，并开始建立起冀鲁豫边区抗日根据地。

现在很多同志回忆起这段历史时，都认为当时特委主要负责人，受王明投降主义路线的影响太深，没有贯彻执行党中央洛川会议方针，放弃了无产阶级领导权，不敢放手发动独立自主的游击战争，失掉了建立敌后抗日根据地战略任务的良好时机，教训是沉痛的。

文 / 季铁中　齐　樚　王雨亭

刘大风与他创建的一支抗日游击队的成长

1937年，我正在大名师范学校读书，七七事变打断了我的学生生活。我家住在冀鲁豫交界的南乐县，距离抗日前线很近。当时我虽说还不是共产党员，但受到党的影响。从“九一八”到七七事变，我们的锦绣河山，被日寇侵吞了一大片，这严酷的事实也教育着我，使我对国民党反动政府不抱任何幻想，而且是十分憎恶。当地有的同学带钱南逃，我和家兄商量，决不能“南逃”，家兄赵秉谦是刚从大名师范毕业的学生，他与地下党的同志有过联系，但一时又失去了联系。在这危急关头，怎么办？确实成了我们焦灼不安的大难题。正在这个时候，我们地区有名的共产党员、我们小学的老师安明同志（原名刘大风），突然来到我家找我家兄，要我们不要离开家乡，要组织抗日游击队，拿起枪来与敌人战斗。当我们听了安明同志给我们指明的道路时，心情非常激动，而且充满了希望。就连我们的老母亲，听说刘大风老师到我们家来了，也深情地说:“大救星来了。”她对中国共产党拯救人民于水深火热之中，同样也寄予了极大的信任和希望。安明同志当时是在中共直南特委做领导工作，这支抗日游击队就是在直南特委的直接领导下开始组建的。

我和家兄串联在师范和小学中的同学，动员他们参加抗日游击队。我记得伯母不同意伯兄赵栖安参加抗日游击队，我还竭力说服伯母 :“我们拿起枪来主动与敌人战斗，比在家等着挨打好得多。”同时安明同志又通过党的关系与驻在附近的石友三学兵队地下党的负责同志袁也烈取得联系，派来党员季铁中、张靖臣等 5 位同志参与共同组建工作，并征得石友三的同意，取名“一八一师游击队”。这样，于 1937 年 10 月的一天早晨，我和家兄、伯兄及本村同学赵颜人，带了本村民团的一支步枪到离我村一华里的留固店集中。开始集中的几天，只有二十几人，安明同志在留固店有村民参加的大会上宣布抗日游击队的成立，动员大家起来抗日。这一下周围村庄的群众都兴奋地传开了 :“好呀，留固店已成立了抗日红军！”这支抗日游击队从一成立就得到了广大群众的拥护。地方党的同志和自愿来参加的青年学生，很快就集中到 100 多人。其中很多人带来了本村民团或自己家中自卫的枪支，有的则是背着一个大砍刀来入伍。游击队的口粮，很长时间主要是部队走到哪里就依靠哪里的群众自愿捐助。不久，石友三南撤。我们不便再用“一八一师游击队”的番号。恰在这时，河北省保安司令高树勋驻在离我们驻地 16 里的清丰县城。高树勋的高级参谋唐哲明是中共地下党员，这样，游击队通过唐哲明同志改名为“河北抗日民军四支队”，唐哲明同志任支队长，安明同志任副支队长，张西三同志任参谋长。同时，还从高树勋那里弄来 30 支步枪和弹药。1937 年底，日寇由大名向南侵占南乐和清丰、濮阳县城，进行了野蛮的大屠杀。群众的抗日情绪又进一步高涨，部队逐步扩大，很快就组成了三个中队，一个警卫排。大概是 1938 年 1 月，上级党委派来了直南特委书记朱则民和红军指挥员陈耀元等三位同志。陈耀元同志是湖北天门县人，雇工出身，作战勇敢，指挥有方，待人诚恳，深得广大指战员的拥护，给我的印象极深。后来，他曾任冀南第五军分区副司令员，抗日战争中英勇牺牲。

1938 年 2 月，部队移驻濮阳县千口村，地下党员王从吾、张增敬、刘汉生、刘玉峰、刘晏春同志等组织的抗日八大队并入四支队。张增敬、刘汉生分别任支队政治部正、副主任。为了与当地国民党专员丁树本（1947 年解放东明县时被我活捉）搞统战，部队很快移至鲁西濮县一带。一天，部队正集中在小濮州听丁树本讲话，讲话刚开始，敌骑兵来袭，丁树本带着卫队跑了。我们的部队很快与敌人展开战斗。日本人大概也没有想到会遇到我们这支游击队。同志们打得很勇猛，一下打死打伤日军10余人，把敌人击退了。在战斗中，我们有两位同志牺牲了（可惜不记得名字了），一位排长靳升云同志负伤，一位勇敢的战士“老毛瑟”（因他背的是一支单打一的毛瑟枪，故外号叫“老毛瑟”，可惜也不记得名字）缴获了敌人一支马步枪。这是我们这支游击队第一次与日本人交手，仗打得很漂亮。因为丁树本司令部就驻在附近的常庄，我们的部队也就移驻常庄附近。敌人很快就向常庄进行报复性的进攻，但敌人仍未弄清是与我们这支中国共产党领导组织起来的并由中国工农红军指挥员训练指挥的部队在作战。我们这支游击队与丁树本的部队互相配合，与敌人打了一天一夜的阻击战，打死打伤敌人数十名，粉碎了敌人的进攻。我们一位同志在战斗中英勇牺牲。在洒泪掩埋了同志的遗体后，部队移驻濮县王辛庄。这时鲁西地下党的张成一（任营教导员时牺牲）、马功臣（任邯郸县抗日县长时牺牲）等组织的抗日独立大队加入四支队，这时部队已发展到400余人。国民党专员丁树本想用发饷、发衣、发粮收编这支共产党领导的、具有战斗力的部队，但遭到全体指战员的反对。大家一致表示：要坚决保持我们这支党领导下的游击队的独立性。部队的口粮，依然主要是依靠当地群众的捐助，服装依然是各自从家带出来的衣服。部队中绝大多数是青年学生，过着艰苦抗战的生活，但大家情绪高涨，从没有一个离队开小差。正当这时，安明同志赴延安去学习。

1938年4月，乘敌寇兵力不足、缩短战线的机会，我们袭击了清丰、南乐县城，打死和活捉了一些汉奸，收复了清丰、南乐县城。同时部队还袭击、占领了南乐县重镇元村集及大名县重镇龙王庙，没收了敌伪汉奸大批财产，并把其中的一部分分给了当地的群众。可惜当时受了王明的“一切经过统一战线，一切服从统一战线”

的影响，我们没有抓紧时间建立政权，甚至把收复了的县城仍交给国民党专员丁树本来掌权。5 月，部队自南乐一带移驻内黄县井店镇一带。在井店镇，经过耐心的工作，争取收编了被逼为“匪”的刘相友部队（这一部队后来表现很好，刘在冀鲁豫地区成为有名的抗日民主人士）。这时，部队已发展为有 800 余人的大部队，编有三个大队，一个警卫连。6 月，部队移驻冀南肥乡一带，首先与八路军一二九师骑兵团会合，双方联欢、会餐，十分亲热。不久，又经上级党决定，由刘汉生和吴近仁同志带领一个中队返回冀鲁豫地区组成黄河支队。我们这支游击队又与冀南部分游击队合编为八路军东进抗日纵队第三团。陈耀元同志任团长，周发田同志任政委，季铁中同志任政治处主任。唐哲明、张增敬同志，在部队进驻肥乡一带后，就分别任冀南三专员公署专员和中共三地委书记，张西三同志任成安县抗日县长。我于 1939 年 1 月离开这个团，调八路军一二九师政治部锄奸保卫部工作。在我离开这个团不久，他们就在冀南参加了有名的香城固战役，陈耀元同志负重伤。部队几经改编，现据说隶属中国人民解放军十五军。

我参加中国共产党，就是这支游击队在濮县王辛店驻扎时，经当时支队政治部组织科长陈荣同志介绍入党的。新中国成立初期，陈荣同志曾任天津市劳动局长，在游击队开始组建时，他曾误认为我为共产党员而编入党支部，当我声明还不是党员时，才于 1938 年 3 月正式介绍我入党。我在这支游击队，曾任班长、俱乐部主任、组织干事、教导员，以后做锄奸保卫工作任团特派员。我个人的成长，是在党的领导下，和这支抗日游击队的成长分不开的。

文 / 赵震寰

缅怀四支队的创建者刘大风同志

1937 年秋（9 月下旬），中共直南特委书记刘大风同志（现名安明）受党的委托来南乐、清丰一带恢复党的组织，建立党的抗日武装，开展当地游击战争。由于刘大风同志是我们南乐一位比较出名的共产党员，也是南乐许多进步师生素所敬仰的人物，他来本地组织抗日武装消息传出后，人们奔走相告，认为只有参加他所领导的抗日武装才是出路。所以，我们便主动同他联系，听取他的指示和吩咐，积极动员学生和青壮年农民参军入伍，协助他建立党的抗日武装。当时，国民党石友三部一八一师驻南乐县西元村集、审什村一带，为使党的抗日武装在初创时能够在国民党军事力量控制的地区活动，刘大风同志曾主动同石部的学兵队长、中共地下党员张克威和袁也烈同志联系，请他们予以支持。经过一番工作，石友三同意我们以“一八一师游击队”的名义成立武装，所以，1937 年 10 月在南乐县西留固店开始集合人枪时，是以“一八一师游击队”的名义出现的，后来石友三部南撤，河北民军司令兼保安处长高树勋率部进驻清丰，经其高级参谋、中共党员唐哲明同志从中斡旋，改为“河北民军第一路第四支队”，高还帮助解决了一部分枪支、弹药和款项，并派唐哲明任支队长，刘大风同志为副支队长。记得当时我曾动员本村和邻村 7 名同学和亲友入伍，并介绍原南乐县教育局督学郭良才同志参加四支队。齐梿、王雨亭、张军直等同志动员入伍的青壮年，估计可能都多于我动员的。我和齐梿、王雨亭、申怀长、张军直以及本班同学赵鸿涛、王冀滋、李伯约、宋蕴书、王渭缙、张麟书、胡文升、于贯群、张雨等就是1937年9、10月间第一批参加第四支队的。当时参军入伍的知识青年（包括经我们动员入伍的青壮年在内），除在战争中英勇牺牲者外，现大都成为党的县团级或地师级以上领导干部。

四支队在党的领导下，从创建之初就建立了连队政治工作制度，既有明确的建军宗旨奋斗目标，又有以“三大纪律、八项注意”为中心内容的行动准则，纪律严明，秋毫无犯；上下同心，富有朝气；新老干部团结，官兵一致；指挥机动灵活，作战勇敢，深得广大人民群众的信任，许多群众把它视为自己的子弟兵，对它表示赤诚拥护和支持，并有不少青壮年背着自己的枪支加入这支队伍。所以，成立之后短短几个月内就发展到上千人，七八百支枪，分别编为四个中队，一个大队，成为一支驰骋于直南、予北、鲁西一带（大名、南乐、清丰、濮阳、濮县、观城、内黄、浚县）的抗日武装骨干力量，在打击敌伪、保卫国土、安定人民生活、保卫群众生命财产安全、发动和组织人民群众参加抗日救亡活动等方面起了很大的作用。至1938年5月间，北上广平、成安、肥乡、威县、南宫一带，改编为八路军东进纵队第七支队，后又改编为七旅第十九团，转战南北，屡建战功，在抗日战争和解放战争中为党为人民作出了重大贡献。

文 / 石一彬

刘大风与濮阳第一个基层党支部

濮阳一带于1926年开始有中共地方党员的地下活动，主要活动内容是秘密发展党员，宣传马列主义，宣传俄国十月革命的胜利和共产党的主张，发动贫苦农民开展土地革命斗争等。1927年4月，南乐县佛善村党支部建立，成为濮阳地方最早的中共农村党支部。在白色恐怖弥漫下的苍茫夜色中，佛善村党支部闪烁着一点充满希望、引领光明的星火。

佛善村党支部是濮阳一带第一个党组织。言及至此，不能不说中国共产党在濮阳地方的重要创始人——刘大风。

从“濮阳才子”到职业革命者

刘大风，原名刘介风，又名安明，南乐县近德固乡佛善村人。刘大风出生于普通农民家庭，1923年考入河北省省立大名第七师范学校（简称“大名七师”)。他成绩优秀，组织能力强，是大名、濮阳一带有名的学生领袖，“濮阳八才子”之一。1925年“五卅惨案”发生后，刘大风等组织领导大名七师、第五女子师范和第十一中学等学校的进步学生，积极开展反帝爱国运动，与商会联合召开市民大会，举行声势浩大的游行。1926年10月，七师英语教员、中共豫陕区委委员冯品毅介绍刘大风、赵纪彬（内黄人）、李大山（河北魏县人）一起加入中国共产党，成立了大名七师特别党支部，刘大风任书记。1926 年年底，刘大风在七师南乐籍进步学生中发展党员，寒假期间又在家乡发展刘峰等几个贫苦农民入党，并建立党小组。1927 年 4 月，佛善村党小组改为党支部。这就是濮阳地方最早的中共农村党支部。

1927 年 4 月，中央北方局选派刘大风到武昌中央农民运动讲习所学习，聆听毛泽东讲授《湖南农民运动考察报告》。7 月，他以中共顺直省委特派员身份回大名、濮阳一带领导各县开展农民运动。10 月，大名中心县委成立，刘大风任书记，以沙区为中心，领导大名、南乐、清丰、濮阳、内黄等县党的工作，在濮阳化村、千口、井店（今属内黄县）建立党支部，办农民夜校。后来，大名中心县委改名濮阳中心县委，县委机关搬到佛善村秘密工作。1928 年，刘大风在大名儒家寨、万堤村和东明、长垣发展了一批党员，建立了党组织。同年夏，县委机关又迁回濮阳，刘大风调任中共顺直省委巡视员，仍负责领导濮阳中心县委的工作。

1929 年 4 月，刘大风赴邢台，参加陈潭秋主持召开的直南党的活动分子会议，决定组建邢台中心县委，刘大风任组织部部长。该中心县委领导邢台、南宫、肥乡、巨鹿、邯郸、磁县、大名、南乐、清丰、濮阳、内黄、东明、长垣等十几个县的党组织。9 月，顺直省委改名河北省委，彭真在天津约见刘大风单独谈话，不久，刘大风任邢台中心县委书记。1930 年“立三路线”盛行，邢台中心县委改名直南特委，新来的特委书记盲目鼓吹、组织武装麦收暴动，结果导致岳城、南乐等地麦收暴动失败。刘大风因不同意开除谢台臣、晁哲甫、王振华三人的党籍，受到处分。1933 年 3 月，刘大风到磁县六河沟煤矿组织工人斗争。前后有约一个月的时间，跟随刘少奇视察、指导开展工人运动。7 月，刘大风在漳河桥被捕入狱。1934 年 2 月，刘大风出狱后被任命为濮阳中心县委组织部部长。

七七事变后，刘大风任中共直南临时特委书记，迅速恢复建立大名、南乐、清丰、濮阳等县的党组织，使直南各县已经解体的党组织很快恢复工作，并创建濮阳地方第一支党领导下的抗日武装——河北民军第四支队，与日伪军展开艰苦卓绝的斗争。1938年3月，刘大风坚决反对把濮阳地方优秀领导干部——濮阳县委书记李素若、清丰县委书记王冠儒等，以“托派分子”处理并杀害，同错误路线进行了不妥协的斗争，被停止党籍，送赴延安抗大学习。在延安，他向刘少奇汇报工作，党籍得到恢复，入抗日军政大学学习。此后，刘大风以“安心工作，久而自明”自勉，改名“安明”。

“文革”前，安明任中共广东省监察委员会副书记。1980年恢复工作后，他积极参与平反冤假错案工作。1983年，他回到久别的故乡南乐，为家乡的党史、地方志编写提供了很多重要、翔实的资料。1986年1月，他在广州因病去世，享年80岁。

濮阳第一个基层党组织——佛善村党支部

1927年4月，中共北方局安排大名七师党支部书记刘大风到武汉中央农民运动讲习所学习。临行前，刘大风回到家乡和刘峰等秘密谈话。一天晚上，刘大风通知全体党员在村外小树林里开会。在听取了党小组的工作汇报后，刘大风讲了当时的革命斗争形势，最后决定把佛善村党小组改为党支部。他提出了党支部书记和两名委员的候选人，大家举手表决，一致通过。当晚，中共南乐县佛善村党支部建立，刘峰任书记，潘斌任组织委员，刘介法任宣传委员。佛善村党支部直接受大名七师党支部领导。从此，濮阳一带第一个中共基层党支部诞生，它是濮阳地方革命的零星火种最早的凝聚，标志着濮阳地方党的活动有了上级党组织的领导，开始了有方向、有组织、有目的、有秩序的革命活动。

1928年初，刘大风改任省委特派员，刘峰接任大名县委书记，吴书升任佛善村党支部书记。12月，濮阳县委机关搬迁到佛善村刘大风家，村党支部在县委直接领导下成立穷人会组织，与当地土豪劣绅进行了一系列斗争，在附近村庄产生很大影响。土豪劣绅宣扬：佛善村的穷棒子要造反啦！

麦收时节，佛善村党支部动员群众开展铲麦茬斗争，为贫苦农民解决了生活燃料问题。

秋天，地里的高粱红彤彤的，像一大片火。村里的土豪劣绅对穷人会恨之入骨，但不敢出声。一个自认为有势力的地主咬着牙说："我就不信他们穷棒子敢咋着我……"他在自己的高粱地边上立了一块木牌，上写两行字："谁敢动我一根柴火棒儿，打断他的狗腿！"仅仅过了两天，他到自己的高粱地一看，差点儿没气死。几亩地的高粱全都没有了，连秆儿带穗儿不翼而飞，木牌还在那儿立着，只是字换了，上面写着："动了你的全部柴火棒儿，打断你的狗腿！"

1928 年年底，佛善村地主卖掉了 4 亩庙会公地，把收入顶替了按地亩摊派上交的钱粮，没有用到按人口摊派的项目上，贫苦农民非常气愤。村党支部在刘大风的指导下，组织穷人会会员和普通群众 300 多人，在大街上展开与土豪劣绅的讲理斗争，揭露他们转嫁负担、剥削穷人的行为，使他们当众低头认错。

由于佛善村党支部的活动有办法，表现出色，周围不少村庄竞相效仿。一年间，南乐、内黄、清丰等县的二十多个村庄先后建立了党支部。

1929 年初，刘大风到天津开会，把濮阳县委和佛善村党支部的活动情况向顺直省委作了汇报，受到蔡和森的称赞。蔡和森说，南乐县群众基层好，工作搞得扎实。可是，谁也没有想到，佛善村党的活动开展得如火如荼，却为"立三路线"影响到直南地区的一场大灾难埋下了伏笔。

1930 年夏天，直南特委主要负责人在条件很不成熟的情况下，突然要在佛善村搞麦收暴动，说："现在全国革命形势很好，只要我们登高一呼，就会八方响应。"刘大风强烈反对，被批为"右倾"。结果，佛善村麦收暴动失败，村党支部书记吴书升被捕，惨遭杀害，委员潘斌、刘介法被捕入狱，佛善村党支部遭到破坏。

这次斗争失败，对濮阳地区党的活动影响很大，不少基层党支部暂停活动，有的党员情绪低落，革命陷入低潮。后来，刘大风再次回到大名、濮阳一带，恢复党组织，继续开展革命活动，佛善村党支部又焕发青春，积极投入到革命的大洪流中，砥砺前行，为濮阳地方革命事业做出了应有的贡献。

作为濮阳一带最早的党组织——中共佛善村党支部，它的建立及其领导的早期农民运动，唤起了大批群众的觉醒，发展壮大了党的组织。佛善村党支部带领群众同土豪劣绅开展的一系列反压迫、反剥削的斗争，推动了濮阳地区早期农民运动的发展，在某种意义上为后来大规模的革命斗争奠定了思想基础和组织基础。

2001 年 7 月 9 日，濮阳市人民政府公布濮阳第一个党组织——佛善村党支部纪念地为文物保护单位，成为濮阳市爱国主义教育基地。

四支队的建立与夜袭南乐

七七事变后，国民党军队节节败退，地方官吏弃职南逃，广大人民群众惶惶不安。1937 年 10 月初，中共直南临时特委书记刘大风回到濮阳、大名一带，组织领导抗日斗争。他先和地方一些有影响的秘密党员接上关系，很快恢复了大名、南乐、清丰、濮阳等县的党组织，并先后在清丰县的青石磙村、南乐县的近德固村召开了两次特委扩大会议，研究部署建立抗日武装。10 月下旬，国民党石友三部一八一师撤退到南乐县西审什一带驻扎，刘大风与一八一师学兵队长、共产党员张克威，教官袁也烈取得联系，通过后者的引荐与石友三面谈。经过几个回合，双方终于达成以一八一师游击队的名义建立抗日武装的一致意见。

10 月底，刘大风等在南乐县留固店村东寨门上贴出布告，号召广大爱国青年踊跃参军，几天时间就集合了60多人50多条枪。刘大风即在村中大槐树下宣告一八一师游击队正式成立。11月，一八一师南撤，河北民军高树勋部撤退到清丰。刘大风与高部共产党员唐哲民联系，经过与高树勋通融，改一八一师游击队为河北民军第一路军第四支队，简称四支队。唐哲民兼任支队长（随高部南去），刘大风任副支队长，主持支队工作，张西三任参谋长，刘汉生任政治部主任。月底，部队很快发展到200多人。

四支队是直南地区第一支由共产党领导的抗日武装。四支队的成立，标志着党领导大名、濮阳、寿张一带的广大人民群众对日伪军正式开展武装斗争。

1938年初，中央北方局为四支队派来了肖汉卿、陈耀元和漆汉臣3位经过长征历练的红军干部，不仅给部队带来了红军的优良传统和工作作风，而且使四支队的军事素质迅速提高，组织纪律性明显增强。四支队相继开展了激战小濮州、常庄阻击战、收复清丰县城、夜袭南乐县城等战斗，大大提高了四支队的威望。

当时，侵华日军迫于整个战场的兵员压力，从直南各县撤出了大部分日军，大名以南各县的伪军、伪组织实力空虚。直南特委书记兼四支队副支队长（实际是政委）刘大风和支队长肖汉卿、参谋长张西三等研究商议，认为这是收复清丰、南乐的好机会。一天夜里，肖汉卿率四支队战士一举攻克清丰县城，当场处决了两名汉奸。

一次，四支队正在夜行军，侦察员齐耀臣突然发现有个人鬼鬼祟祟，尾随部队，若即若离，十分可疑，就带人巧妙突袭，把那个人捉住。经审问，原来是个所谓“中国通”的日本商人，名叫川田寅次，跟随四支队刺探军情。这个日本特务被捉，为部队获得一些情报，也震慑了其他特务汉奸。1938年4月，直南特委决定攻打南乐县城，打击汉奸，防止个别土匪武装伪军化。肖汉卿、张西三和秘书主任李渭川经过认真分析形式，研究制订了“打援、佯攻、突袭”的作战方案。这天深夜，张西三、李渭川带领四支队的100多人，悄悄埋伏在南乐县城南门外，肖汉卿指挥四支队其他战士秘密向预定地方集结。张西三命令通讯班割断伪军联络的电话线，等待信号，实施突袭。在北门执行佯攻任务的50名战士按时行动，佯攻开始，顿时枪声大作。

南乐县城的伪军见北门受到攻击，又无法联系，就立即组织兵力涌向北门增援。张西三、李渭川带领百余名战士正潜伏在南门外，听见北门的枪声，立即呐喊攻城。北门战士听到南门突袭开始，佯攻也转为强攻。经过大半夜攻城战和巷战，四支队攻克伪县政府，消灭了大部分伪军，占领了整个南乐县城。

天亮后，四支队在县城广场召开群众大会，宣传共产党的抗日救国主张，提振了军心民心。这次战斗，共抓获汉奸24名，8名维持会重要成员被当场枪决，一举摧垮了伪县政权。紧接着，四支队部队会合，乘胜北上进攻，收复了日军据点、水陆交通枢纽龙王庙镇。

四支队连战连捷，军威大振。1938年6月，四支队北上，在广平、肥乡一带编入八路军一二九师，南征北战，立下了不朽功勋。

文 / 史国强

刘大风与直南地区第一支抗日武装四支队

四支队，全称河北民军第一路军第四支队，1937 年 10 月在南乐县留固店成立。这是中共直南特委直接领导的第一支抗日武装，也是冀鲁豫边区第一支抗日武装。这支武装虽然存在时间较短，但在冀鲁豫边区抗日斗争中，对壮大人民军队、反击日本侵略、培养革命干部、发扬优良传统诸方面，均发挥了不可替代的作用，它的战绩已载入了人民军队的光荣史册。

一

七七事变后，国民党军队如惊弓之鸟，不战而溃，仓皇南逃。日军长驱南下，邢台、邯郸、大名、南乐、清丰、濮阳诸地相继沦陷。广大人民悉遭蹂躏，陷入水深火热之中。中华民族到了危亡的关头，不当亡国奴，坚持华北抗战，已成全国人民的共同呼声。

为力挽狂澜，1937 年 10 月，中共派往国民党第一战区长官司令部的代表朱瑞（中共北方局军委书记，负责冀南、豫北一带共产党的领导工作）指示中共冀南特委书记张玺，要迅速派人恢复大名以南各县党组织，成立中共直南特委，要利用各方面的关系，抓紧时间，集中力量，建立共产党领导下的抗日武装，就地开展抗日游击战争。随后，中共直南特委在清丰县梁村成立，张玺指派刘大风为直南特委临时书记，开展工作。

刘大风是直南共产党组织的创始人之一，德高望重，他临危受命，夜以继日地忘我工作，与在此地坚持工作的王从吾、刘汉生、平杰三、晁哲甫、王振华取得联系，研究恢复共产党组织，筹建抗日武装。

10 月初，刘大风等便在直南以“抗日救国十人团”为基础筹建抗日游击队。未几，由刘大风、刘汉生主持在南乐县近德固召开特委扩大会议，主要研究建立抗日武装问题：（1）落实动员参加游击队的人数；（2）落实动员枪支弹药数目；（3）要求大家想办法筹集经费。决定先将队伍组织起来，再争取扩大。同时决定借用国民党第二十九军石友三部队一八一师游击队的番号，来组建武装，并要求大家分头做好动员枪支和家属工作，于 10 月下旬自带枪支或干粮到南乐县留固店集合。这时日军已攻陷大名，国民党的大名专员马润昌弃职南逃，国民党石友三部一八一师退居南乐县城西元村集一带。刘大风等派赵秉谦去同我党在一八一师搞统战工作的共产党员——学兵队队长张克威、教官袁也烈取得联系，想用红军改编八路军的办法，借用一八一师的名义建立一支独立的抗日游击队。石友三说：“你用我的名义，给你钱，给你枪。但是，我的部队到哪里，你得跟到哪里。”这是刘大风等不能同意的。因为刘大风等建立部队的宗旨是：坚持部队应由共产党领导，坚持就地抗战。石友三最终只给了一个“一八一师游击队”的空头番号，未给任何给养、枪支和弹药。

一天下午，张克威带着一八一师学兵队的张静岑、季铁中（均为共产党员）全副武装来到南乐县留固店组建部队，刘大风已经在这里设好指挥部，热情接待。前来报名的人员络绎不绝，十几天就招收了 60 多名人员，收集 50 来支枪。人员多为清丰、南乐县的，也有大名、濮阳及周边县的。直南特委按照八路军的建制，建立了一八一师游击队，队长张克威（兼），刘大风任副队长兼政委，袁也烈任参谋长，刘汉生任政治部主任，冯仰舟任副主任。一八一师游击队基本上是属于我党领导，又从一八一师学兵队中抽调出有一定政治军事素养的季铁中、张进臣、李为，还有一名女同志等共五名干部作为游击队的骨干。未久，集合地点迁到与留固店相邻的清丰县青石磙村杨节（又名杨延祐、杨助三，1930 年在大名七师入党，1939 年任中共清丰县委书记）家里，因为他家是地主，食宿方便，杨节遂投笔从戎，并将家里存放的大枪、匣子枪、子弹以及军需品悉数交给部队，对部队的早期建设做出了贡献。

二

半月后，游击队转移到清丰县古城集。清丰县的中共县委书记王冠儒（时在清丰县古城高小任教员兼庶务）遂投笔从戎，又带领 20 多名青年入伍。郭献瑞从南乐东带来 30 余名“十人团”团员和进步青年，濮阳的杨真等青年也加入了游击队。随后，游击队已发展到 200 余人，100 多支枪。石友三一八一师已奉命南下，张克威、袁也烈随军南撤。刘大风又和河北民军司令高树勋取得联系，在这里建立了河北民军第一路军第四支队。四支队建军地点选择在清丰县古城高小学校里，在很大程度上是跟王冠儒担任该校教员和庶务分不开的。因部队建军伊始，一无所有，选在这个学校可以使用学校的校舍、设备、医药等，连学校的经费也可供四支队使用。因王冠儒担任副官长，利用他自己在当地的威望，积极地筹措粮、款，动员枪支。第一挺机枪就是他派副官闫之青用 160 元买来的，部队的 100 套服装和子弹袋、炸弹兜也是他在清丰县民众教育馆组织人员制作的。而且他抓得很深入、具体、细致，从买布、染色，一直到缝纫都是亲自操劳奔波。王冠儒在清丰教书多年，又担任多年县委书记，颇负声望，很有号召力，所以清丰县参军的很多是他的学生，家长对孩子跟着王老师当兵抗日很放心。当时有“好人不当兵，好铁不打钉”之说，特别是女孩子参军，社会阻力很大。有五名女学生参军，如彭月梅、高素环等，开始家长不同意，后来听说是跟着王老师，便欣然同意了，并亲自送女儿参军。

抗战初期，社会秩序混乱，村庄大多有寨墙，这给部队行军和开展工作带来很大不便。部队夜间进村常常是王冠儒出面交涉，当群众知道是王老师的队伍，便大开方便之门，并赠送给养、物资，安排食宿。总之，王冠儒对四支队的建立和发展贡献是很大的。中组部曾在文件中指出："王冠儒同志七七事变后，积极参加抗日工作，并在四支队组建中积极动员青年参军，筹措枪支、粮款，对发展这支队伍作出了贡献。"

部队到古城后，一八一师这时已经南撤，张克威、袁也烈为了继续做一八一师的统战工作，也随同部队南下。这时，河北民军司令高树勋，在我党坚决抗日不当亡国奴的感召下率部进驻清丰。部队同高的副参谋长、地下党员唐哲明取得联系。高树勋还到古城集召开会议，宣布河北民军第四支队成立，发给 30 支枪，3000 多发子弹，河北省币 1 万元。未久，高树勋南下，唐哲明也随军南下。党又派富有作战经验的老红军肖汉卿、陈耀元、漆汉臣来四支队，肖汉卿任支队长，刘大风为政治委员。从此，四支队一方面加强了军事训练，同时还向战士进行红军传统和作风教育，军事素质提高很快，组织纪律性不断加强。最后发展到 1000 多人，700 多支枪，建制为三个中队，一个通信排。第一中队长：路恩梓；指导员：杨真。第二中队长：马参三（后改陈耀元）；副队长：刘子良；指导员：季铁中。第三中队长：张德光（后改张西三）；指导员：闫之青（后改李景岩）。通信排排长为潘林，指导员赵彦人（后改赵秉谦）。通信排负责政治宣传和司令部的警卫通讯联络工作。从此，四支队成了冀鲁豫边区第一支抗日武装。

三

1938年2月中旬，日军第二次攻占南乐、清丰二县，国民党的县长已闻风而逃，汉奸组织——维持会相继成立。南乐县的维持会会长、大地主何举之自称县长，清丰县维持会会长是青帮头子刘建义。这些汉奸组织成立后，专为日寇效力，他们上蹿下跳，狼狈为奸，弄得乌烟瘴气，引起了抗日军民的公愤。

当时抗日活动群众基础比较好的是清丰、南乐县西部沙区、梁村、青石磙村一带，那里的抗日工作开展得很活跃。

一天夜里，肖汉卿率领部队潜入清丰县城，以突然袭击的方式，逮捕了两名维持会会员，公审后又严惩了八名汉奸，迎头痛击了汉奸组织。后来高镇五把此事编成顺口溜载入抗日学校课本："四支队进清丰，包围维持会，四面不透风。捉住汉奸贼，个个上了绳。带到张林子，埋了一大坑。好人放回去，吃了一大惊。"同时四支队又派出侦察员齐耀臣，在群众的帮助下活捉了一名日本侦探，以其为活教材，每到一村就利用他亮相示众，开群众会，群众情绪激昂，高呼："打倒日本帝国主义！"大大震慑了反动势力，鼓舞了人民抗战必胜的信心，充分显示了抗战力量。

1938年3月8日，日军已攻占濮阳，四支队由刘大风、肖汉卿、张增敬等率领，由清丰县六塔开到濮阳县城东60里之小濮州集结待命。次日清晨，刘大风、肖汉卿去常庄会见丁树本，请其视察部队。当时丁为国民党濮阳专员兼八县保安司令，处于统战时期，为了自身利益，他很愿意和四支队合作抗战。常庄是个有名的地主庄园大村子，周围有寨墙，东南两面是黄河大堤，西北方向8里就是小濮州。丁正想利用四支队的力量，一则为他独挡一阵，二则试探其实力。所以会见后便乐意去小濮州与四支队见面，以示欢迎。

3月9日这天，正值小濮州骡马大会，人特别多，熙熙攘攘。四支队整整齐齐地集合到村西大庙前的场里，准备听丁讲话。赶会的群众也把会场围得严严实实。丁树本正兴致勃勃地讲话，突然四支队的哨兵跑到主席台前，立正敬礼道："报告！发现西方有骑兵。"丁见赶会的群众已经乱了，便故作镇静地说："不要怕！那是我们的骑兵侦察队。"仍继续讲。一会儿，哨兵又来报告说："不好了！穿的黄军装，骑的是洋马，日本人来了！"丁树本一听便惊慌失措。面对突如其来的情况，刘大风、肖汉卿沉着机智，当机立断，命令二中队正面伏击，三中队从右翼、通讯排从左翼包抄敌人。当敌人进入射程以内时，肖汉卿一声令下，二中队轻机枪手马纪德一梭子子弹把敌人打得措手不及，有七个日本兵跳下马来妄想抵抗，刘大风的警卫员吴振卿猛冲上去，一刀刺死一个，还夺了一支三八式马盖板枪，另一名战士也刺死一个日本兵夺了一支马盖枪。一排长张清聚缴获了一支马盖板枪，二排排长吴近仁缴获了弹药，侦察员齐耀臣缴获了军衣和药品，还有许多军用物资。战斗中，一名战士不幸牺牲。三中队和通讯排继续和敌人战斗，通讯排一班长带领战士冲锋在最前边，二中队队长陈耀元根据红军打骑兵的经验，命令二排排长吴近仁把全排集中起来，一个班卧射，一个班跪射，一个班立射，集中火力猛打。正当战士们穷追猛打时，司令部怕引来大股敌人引火烧身，下令撤退。于是二中队做后卫，掩护司令部和三中队、通讯排安全撤退转移。这次战斗胜利结束，打得干净漂亮，共击毙日本兵四名，缴获四支马盖枪、战马一匹及一些军用品。

3 月 11 日拂晓，敌人又转过头进攻常庄。上午 11 时，敌人向常庄进攻，在小屯阵地被四支队二中队迎头痛击，指导员季铁中和一排排长张清聚带领战士英勇战斗，接连打退敌人几次进攻。敌人受阻后，转攻常庄北面，又被四支队三面包围，困兽犹斗。丁树本的部队和常庄的群众又从北门往外射击，群众用四个大型火炮向敌人猛轰，黑烟滚滚，杀声震天，痛击敌人。周围村庄的群众还拿着花生、红枣、鸡蛋、油饼，提着水去阵地慰问，有的拿着长矛大刀前来助阵。战斗持续了一天一夜，敌人被打得晕头转向，落花流水，乘夜败退。

常庄战斗之后，四支队和丁树本部一起在小濮州召开庆祝大会，丁还借四支队缴获的马盖枪、军衣、皮靴、大洋马进行拍照，并派人到武汉向蒋介石报功请赏。

4 月上旬，四支队由肖汉卿带领，转移到清丰县武强镇。在清丰县委和广大群众的强烈要求和大力支持下，四支队收复了清丰县城，逮捕了 24 名汉奸，处决了 8 名。同时四支队参谋长张西三和主任秘书李渭川带领一中队收复了南乐县城。伪县长何举之望风而逃，其弟何贤轩和一名作恶多端的汉奸被活捉后处决。不久，四支队又在肖汉卿的指挥下解放了离大名城 20 里之水上交通重镇龙王庙，缴获了大批军用物资，筹款 1 万元。经过三次胜利，四支队军威大震，颇受民众欢迎。

1938 年夏，丁树本背信弃义，把原商定的大名县长改派为陈明绍，并策划改编四支队。我党及时识破了丁树本的阴谋，按照上级指示，四支队到河北肥乡同八路军七七一团会合，随后改编为八路军东进纵队第七支队，编入了正规军。

四支队虽然只存在了半年多的时间，但在抗日战场上发挥了非常重要的作用，永彪史册。

文 / 高　嵩

今不忘昔

——我的记忆

我们刘家，也是山西省洪洞县人氏，如何移民到南乐县，详情已无可考。高祖一世可能是近德固村的张（章）姓子弟，到佛善村承继了刘家血脉，按老理："嗣子不得葬入老坟"，一世祖在其身（死）后自行立祖（坟）于村西地里，我们刘家称之为"杏园子"老地。我家曾经分有一块很窄的地，种有一行杨树并间种金针，儿时的夏天早上我去摘"金针花"做菜。传到我这一辈已是第十一代了。

我曾祖父刘清心（八世祖）排行为三，兄弟四人，也就是现在北片刘家常说的老四股。据说老人家先天性眼疾而高度近视，"地里分不出草苗，看人看不清眉眼"，因择业有限，只能以读书为业，苦读"四书五经"，不为功名，只求谋生，也曾数度应试，但颇失意，直到中年才考了个秀才。视力不好，从政无望，从商也难，只能当乡下的教书先生了。于是到附近的富家主户的私塾里为人施教，一生清贫，但为人正直善良，作为长孙的我父亲受其言传身教，受益匪浅，我父亲晚年曾说起过如何受教育的。我曾祖父于 1942 年（或 1941 年）的麦收后去世，享年 84 岁。

我祖父刘建午，排行为大，兄弟三人（建朝，建三）。祖父心灵手巧，是典型的好庄稼活把式，因我曾祖父视力的原因，他从青年时期就承担起了全家农业活动的组织领导和带头示范的作用。中年分家之后，由于我父亲常年在外从事革命工作，全家的生活重担全由这个步入老年的祖父承担，也确实不容易，老人家甚是辛苦。

我祖父先娶杏园村寨外的吉氏女为妻，生下我父亲和大姑（秀珍），奶奶在我父亲虚岁九岁时病逝。祖父后又续弦豆村江氏女，以后又生了我二姑（秀银），大姑嫁到我村四牌吴家（吴海水之父），二姑嫁到五牌孟家（孟庆贺——留栓之父）。

我父亲刘大风（安明），1906 年 6 月 2 日出生，原名刘介风（乳名光增），就读于大名七师时，借用“大风起兮云飞扬……”（刘邦之《大风歌》）改“介”为“大”，始称刘大风，九岁时丧母，大妹（秀珍）虚岁六岁。失去母爱的小兄妹甚得全家大人们的怜爱，尤其我曾祖父，更是关爱这个丧母的长孙。在他常年离家为人执塾的岁月，就将我父亲带在身旁，所以父亲从很小就接受教育，祖孙二人常年生活在一起，一方面我父亲受到良好的中华传统文化教育，增长了知识，开拓了思想，为其后的学习和工作打下了坚实的基础；另一方面一个视力欠佳的老人身旁有个少年，生活上互相照应，精神上也有慰藉。我父亲的启蒙教育就是这样进行的，后来考上大名七师……直到参加革命，都和祖父的教育有关。

父亲娶我村四牌吴姓之女为妻，一共生育了三个子女：我姐（翠娟）现名安林，1926 年出生，1944 年参加革命工作，共产党员，是抗战老兵。爱人为武英虎（河北省赞皇人），夫妻同为军人，先后经历抗日战争、解放战争、抗美援朝、援藏支边……度过了大半生。我姐 1954 年曾转业到广州铁路中心医院，又调干到上海医学院学习，后随爱人到西藏支边，后调回佛山，现居住广州军区沙河干休所。我生于 1934 年 10 月，乳名方田，按堂兄弟排列俊方、殿方之后，其后则是占方、喜方……1943 年春节后被父亲通过地下党接到太行山抗日根据地上学时，改称安方，直到现在。我妹（翠芬），1944 年 8 月出生在老家（因为根据地物质条件艰苦又无亲友，日军进山“扫荡”，于是我母亲——一个中年孕妇带着我一路讨饭从河北磁县出发，一路走走停停，走了 20 来天才于麦收前月余，回到了家里）。

秋天妹妹出生。为返回磁县，冬初的一天，我妈“揣着”我妹带着我，前往县南一个叫青石磙的地方，找到抗日县长郭良才叔叔帮忙筹措路费，批了两百斤公粮的“条子”，通过有关人员兑换成银圆，由江叔（刘介锋，二爷之子，刘炳安的祖父）等二人，送我们母子三人返回了磁县，住在陶泉乡的霍家沟村。

我妹乳名翠芬，大名安芸，1966 年毕业于中国科技大学（校址北京玉泉路），在西安国防科委属下某研究所工作，1984 年调到深圳工作，直到退休。

我母亲吴俊，1906 年元月生，2010 年 3 月去世，享年 105 岁，是个“长寿星”了。她虽出生于农家，也没上过学，但性格开朗，心灵手巧，在严格的家教培养下，不仅是贤妻良母，而且家里家外都是劳动能手，家务活一流，纺花、织布、绣花等针线活更是上乘，农忙时下地干活也不差。她身上体现了中国劳动妇女所具有的聪明和智慧，正直、勤劳、知足本分、明理等传统美德，我们子女也从中受益匪浅。

我父亲和母亲始终恩爱如初，父亲从不认为母亲无文化，不认为配不上他。他们相亲相爱共同生活了六十年，可谓是患难夫妻永不相离，生死相依，忠贞不贰，令人称赞，我们作为子女的也很欣慰。

我家的财产经济状况：据我听说（大部分听我母亲讲）大致是这样的：老四股（我曾祖父那一代），分家时每股（各家）分到了四五十亩土地及庄产（房产）等，我们这一股（家）由于老奶奶（曾祖母）勤俭持家，加之其娘家（张浮丘望家）家境殷实（据说无兄无弟——常说的“绝户头”），从娘家得到不少帮助，先后又置买了 30 多亩地，日子过得红红火火。据说分家前（我祖父兄弟三人分家前），全家有土地八九十亩，有油坊（用土法榨油），有车有骡，大小 28 口人。老奶奶主内，我二爷当家主外，可以说人丁兴旺，其乐融融，这一切直到 1933 年而生突变。这年我父亲在安阳六河沟从事工人运动中不幸被捕，在营救问题上产生了分歧：一方坚决花钱营救，另一方则说这个家不能败在我父亲一人身上。争吵结果是，最终决定分家、卖地（卖我家这一份的）。所以分家后，二爷、三爷家有近 30 亩地，我家只有十七八亩地。直到 1947 年土改时，我家仍是十七八亩地，被划成中农。二爷、三爷家因兄弟稍多，也相继划分为中农、贫农。直到 1955 年的农业合作化，才由个体进入集体。

文 / 安　方（刘方田）

第五辑 缅怀诗词·题联

刘大风

悼安明同志

李坚真

万物催春，噩耗惊雷。

痛悼战友，泪水沾襟。

缅怀往事，记忆犹新。

严于律己，爱憎分明。

光明磊落，平易谦恭。

全心全意，奋斗终生。

浩然正气，同声赞颂。

挽歌一曲，敬慰英灵。

作者系原中共广东省委书记兼监委书记

纪念佛善村党支部成立 75 周年（五绝）

郭献瑞

七师早策源，南乐大风联；

濮阳筹建党，同说此地先。

作者系原北京市副市长

纪念佛善村支部成立 75 周年

王尚恭

忠贞不屈刘大风，临危壮烈吴书升。

濮阳建党谁最早，第一支部佛善村。

作者系濮阳市原统战部部长

挽安明联

史国强

六十年汗马奔驰，而冀而鲁而豫。一腔血尽洒沃土，荡扫人矢鬼歌。润丛花竞放，奠宏基石坚。太行西耸，黄河东流，雄府北矗，琵琶南横，阖域中口碑累累，唤起工农齐奋举。江山红浸，与百越同笑羊城。谁承望，黄苍无情，哲人作古。天雨哭，地风悲。

三千里鸿雁往返，是粤是湘是鄂。八寸笔满汲长水，评诉创业坎坷。流豪情洋溢，树典范永垂。联袂三省，绵络九川，犬牙廿城，繁茂万村，全民心师模皎皎，激励大众共腾飞。平野绿染，偕众英伴游象原。幸喜得，厚土有意，学子奋发。春花艳，秋实丰。

徘徊刘大风墓园

史国强

几度流连忘归鹤，秋凉满口逐逝波。
冀南暴动驱铁马，豫北抗倭奋金戈。
三生无悔看粤岭，半世有冤忆延河。
劳作安心久自明，蒙尘犹唱大风歌。

佛善村党支部成立75周年题联

端木建伟

长夜难明大风引路播星火，
高天放歌书升节义助燎原。

七律·忆佛善村党支部

谷萃健

晓色苍茫唱大风，沉沉长夜署光明。
卫河哽咽乾坤晴，星火燎原天地红。

黑手高悬诛壮士，赤旗漫卷写英名。
如今歌舞昌乐地，酒祭书升众魂灵。

七律·咏佛善村党支部成立90周年

王善增

长夜悠悠弥直南，生灵涂炭月不圆。
先驱舍身播星火，前赴后继建党难。
唤起民众砸旧制，改天换地立潮前。
马颊河畔如画美，缅怀英哲酹祭坛。

参加刘大风墓碑揭晓仪式有感

端木建伟

风大志云霄，投笔同仇胆气高。
策马直南驱日寇，英豪。皖北持枪更射雕。
左乱恨难消，北上延安道义挑。
坎坷一生悲错案，天昭。磊落心怀大海骄。

七律·谒刘大风墓

苏书贤

翠柏鲜花慰杰英，流年往事载舟青。
直南叱咤镰刀举，吴粤韬光玉尺擎。
缔造民军杀日寇，追随刘邓缚苍龙。
江山万里家国梦，沥胆披肝唱大风。

看刘大风墓有感

张　耀

冬青翠柏遮坟茔，雄伟丰碑若有声。
唤醒昌州君建党，峥嵘岁月建奇功。

访刘大风故居

王善增

青砖蓝瓦土坯房，木栏柴扉四壁空。
直南星火源此处，传播马列唤工农。
忧国为民举义旗，救亡图存忘死生。
抗倭灭蒋成大业，建国兴邦立丰功。

附　录

刘大风生平年表

1906 年 2 月 28 日　出生于佛善村；

1913 年　始读私塾；

1919 年 2 月　入本县官庄读高小；

1923 年 8 月　考入直隶省立第七师范学校；

1926 年 10 月　加入中国共产党；

1927 年 4 月　去武汉中央农民运动讲习所学习；

1927 年 7 月　任顺直省委驻大名特派员；

1927 年 10 月　任中共濮阳（濮阳、清丰、南乐、大名联合县委）县委书记；

1929 年 7 月　任中共邢台中心县委组织部长，10 月任县委书记；

1930 年 1 月　任中共河北省委直南地区巡视员；

1930 年 2 月　任中共直南特委组织部长兼磁县中心县委书记；

1933 年 2 月　去安阳六河沟煤矿开展工人运动；

1933 年 5 月　被国民党逮捕入狱；

1934 年 2 月　去河南淇县任教；

1934 年 5 月　任濮阳中心县委组织部长；

1934 年 10 月　在新乡以教师身份为掩护开展党的工作；

1937 年 9 月　任中共直南特委临时书记；

1938 年 1 月　任中共直南特委副书记；

1938 年 4 月　在延安抗大三大队学习；

1938 年 12 月　在太行党校任教员；

1939 年 10 月　任冀晋军事干校教导员；

1940 年 5 月　任一二九师党校教员；

1940 年 10 月　任抗大六分校教员；

1941 年 12 月　任太行五分区武委会主任；

1944 年 1 月　在太行区党委党校参加整风学习；

1947 年 7 月　南下大别山任麻西工委书记、三分区专员；

1948 年 1 月　任豫皖苏七地委副书记；

1949 年 4 月　任中共商丘地委副书记；

1950 年 12 月　任河南军区人武处处长；

1952 年 8 月　任中南军区人武处处长；

1954 年 8 月　任广州铁路局党委书记；

1958 年 9 月　任广东省交通部副部长、省经委副主任；

1961 年 10 月　任中共广东省委监察委员会副书记；

1966 年 5 月　受迫害被隔离审查；

1976 年　任广东省纪检委顾问、省委顾问委员会委员，为第五届全国政协委员会委员。

1986 年 1 月　病逝于广州。

悼　词

中国共产党的优秀党员，老红军，老干部，原中共广东省委监察委员会副书记，中共广东省纪律检查委员会顾问，第五届全国政协委员，第四届广东省政协委员、常务委员，中共广东省顾问委员会委员安明同志，因病医治无效，于 1986 年 1 月 21 日 9 时 15 分在广州逝世，终年 80 岁。

安明同志（原名刘大风）1906 年 2 月出生于今河南省南乐县佛善村。1923 年就读于河北省立第七师范学校时，接受革命思想，积极参加"五卅"反帝爱国运动。1926 年 10 月参加中国共产党，开始了漫长的革命生涯。

1927 年春，党组织派安明同志到武汉中央农民运动讲习所学习，后编入中央独立师第二团第三营，负责保卫武汉城防，建立和发展党组织。同年任河北省委特派员，后历任中共濮阳县委书记，邢台中心县委组织部长、县委书记。1930 年 2 月任直南特委组织部长兼磁县县委书记。在当时极端困难的环境下，根据党的指示，坚持开展党的武装斗争，参加和组织了磁县武装暴动。暴动失败后，1933 年 2 月经党组织批准，以六河沟煤矿做工为掩护，继续坚持革命斗争。5 月，在煤矿罢工中被捕，出狱后被调任濮阳中心县委组织部长。在这期间，安明同志对建立和发展濮阳、大名一带党的组织，扩大党的影响，坚持武装斗争，起了很大的作用，在人民群众中享有崇高的威望。

抗日战争开始后，安明同志被派到大名以南各县组建抗日游击队。1937 年 9 月担任直南临时特委书记，使濮阳一带各县已经解体的党组织很快恢复工作，并建立了河北民军第四支队，与日伪展开了艰苦卓绝的武装斗争。1938 年 4 月由于坚持正确原则，受到当时组织的错误处理，离开部队到延安抗大学习，后来分配在太行党校、冀晋军事干校、抗大六分校任教。在此蒙冤期间，他始终坚持真理，同“左”倾错误作斗争，并以“安心工作，久而自明”来勉励自己，因而将原名刘大风改为安明。1941 年底，调任太行五分区武委会主任，在党委领导下，在艰难困苦的环境中坚持斗争，多次粉碎了敌人的“扫荡”和“蚕食”，发展和壮大人民武装，成绩显著，为太行区抗日根据地的发展和巩固起了积极的作用。

解放战争期间，安明同志先后在平汉战役、豫北战役中，动员和组织民兵支前参战，出色地完成了任务。1947 年随刘邓大军挺进大别山区，他历任大别山麻西工委书记、三分区专员、豫皖苏七地委副书记，对开辟该地区的工作发挥了积极作用。1949 年 3 月，安明同志任商丘地委副书记兼分区副政委，发动群众进行土地改革，为支援大军南下，保障供应前线作出了贡献。

新中国成立后，安明同志历任河南军区人武处处长、中南军区人武处处长、广州铁路局党委书记、中共广东省委交通部副部长兼省经委副主任；1961 年 10 月后历任中共广东省委监察委员会副书记，中共广东省纪律检查委员会顾问，第五届全国政协委员，第四届广东省政协委员、常务委员，中共广东省顾问委员会委员等职。

十年动乱中，安明同志身心备受摧残，但始终坚持党性原则，坚持革命信念。粉碎“四人帮”之后，安明同志的遗留问题得到了彻底的平反。他坚决拥护党的十一届三中全会以来的路线、方针、政策，积极参加广东省处理历史遗留问题、落实政策和端正党风的工作，并根据自己的亲身经历，积极支持党史研究活动，认真撰写革命回忆录，为党的事业贡献了毕生的精力。

安明同志的一生是革命的一生，是英勇战斗的一生，是全心全意为中国革命和社会主义建设事业奋斗的一生。他几十年如一日，忠诚于党的事业；他襟怀坦荡，光明磊落，坚持原则，和各种错误路线作斗争；他勤奋好学，谦虚谨慎，平易近人，善于团结同志；他严于律己，处处以身作则，在和各种不正之风的斗争中，始终保持艰苦朴素的优良传统和作风，表现出共产党员一尘不染的高尚品德。他不愧为中国共产党的优秀党员、党的好干部，是大家深为尊敬和爱戴的老同志，是我们学习的好榜样。他的逝世，是我们党的损失。我们永远怀念他。

后 记

2021 年，是中国共产党成立 100 周年。100 年来，中国共产党引领中华儿女英勇奋起，推翻了压在人民头上的三座大山，开辟了新的纪元；100 年来，又是中国共产党这一盏明灯，带领中国人民逐步走出困境，让中华民族屹立于世界之林。这是一个奇迹，更是 100 年来顽强拼搏、艰苦奋斗的见证。

在我们党 100 年艰难曲折而又灿烂辉煌的历史进程中，涌现出了无数革命先驱、英烈先贤，为了党和人民的事业，抛头颅，洒热血，一往直前，义无反顾，谱写了惊天动地、可歌可泣的壮丽诗篇。正是他们，铸就了中华民族爱国爱民、自强不息的精神；正是他们，创造了惊天地、泣鬼神的丰功伟业。正因为有了他们的崇高和无私，才有了我们今天的和平与安定。他们的英名，将与日月同辉，与江河共存。

历史是最好的教科书，忘记过去就意味着背叛。习近平总书记在党史学习教育动员大会上指出："全党同志要做到学史明理、学史增信、学史崇德、学史力行，学党史，悟思想，办实事，开新局。"为了更好地庆祝中国共产党百年华诞，缅怀革命先贤崇高的爱国情怀和革命精神，我们编辑出版了这本《刘大风》专集。刘大风是从南乐这片热土上走出去的英雄人物。他的一生，为人民、为革命。我们缅怀他，就是要学习他那种为了实现理想信念，忠贞不渝、不屈不挠的革命英雄主义精神；我们宣扬他，就是要学习他那种模范遵守党的纪律，把一生交给党安排的高贵品格；我们纪念他，就是要学习他那种为了人民的利益，始终坚持上下求索，甘愿牺牲自己一切的爱民情怀。本书的出版可以使世人翔实了解革命先贤刘大风的丰功伟绩，进一步激励广大青少年学习、传承和发扬革命先辈的共产主义精神，坚定理想信念，树立正确的政治信仰和价值观，努力成为中华民族伟大复兴奋斗的“有志者”。

本书在资料征集及成书过程中，参考了《冀鲁豫边区革命史》《冀南革命斗争史》《中国共产党安阳市历史》《中国共产党濮阳市历史》《中国共产党邢台历史》《中共磁县历史》《中国共产党南乐县历史》《中共大名县历史》《中国共产党濮阳县历史》以及《中共濮阳党史人物传》《中共安阳党史人物传》《中共南乐党史人物传》《内黄老区革命人物集》等资料，同时也得到了刘大风的亲属安方、安芸、安衡、武岐山、武漫岭、安珞以及中共南乐县委党史研究室、近德固乡党委政府及有关单位的热情帮助和大力支持，在此一并表示诚挚的谢意！

由于资料搜集、求证困难，加之水平有限，书中难免有错误疏漏之处，敬请批评指正。

编 者

2021 年 6 月